BASTEI
LÜBBE
TASCHENBUCH

Weitere Titel der Autorin:

Schattenfreundin
Phönixkinder
Tod nach Schulschluss
Denn mir entkommst du nicht
Nach dem Schweigen

Über die Autorin:

Schon während ihres Studiums arbeitete Christine Drews für diverse TV-Produktionen. Mittlerweile schreibt sie Drehbücher oder wirkt als Autorin bei Showformaten mit. Mit ihren Romanen um das Münsteraner Ermittlerduo Charlotte Schneidmann und Peter Käfer begeistert sie etliche Krimifreunde im In- und Ausland. Zusammen mit ihrer Familie lebt Christine Drews in Köln.

CHRISTINE

DREWS

KÄLTER ALS DIE ANGST

KRIMINALROMAN

BASTEI LÜBBE TASCHENBUCH

BASTEI LÜBBE TASCHENBUCH
Band 17788

MIX
Papier aus verantwortungsvollen Quellen
FSC® C083411
www.fsc.org

Dieser Titel ist auch als E-Book erschienen

Originalausgabe

Textredaktion: Christiane Geldmacher
Titelillustration: © bob van den berg photography/getty-images;
© FinePic/shuttterstock
Umschlaggestaltung: ZERO Werbeagentur, München
Satz: hanseatenSatz-bremen, Bremen
Gesetzt aus der Adobe Caslon
Druck und Verarbeitung: CPI books GmbH, Leck – Germany
ISBN 978-3- 404-17788-2

2 4 5 3 1

Sie finden uns im Internet unter
www.luebbe.de
Bitte beachten Sie auch: www.lesejury.de

Für meine Mutter

Prolog

24. August 2017

Auf die Blutspritzer fiel mein Blick als Erstes, als ich wieder klar denken konnte. Ich habe keine Ahnung, wie lange ich da gesessen habe, das Blut an meinen Armen und auf meinem T-Shirt war jedenfalls schon getrocknet, die Luft von Fliegen erfüllt.

Irgendwie habe ich es geschafft, nach Hause zu kommen, ohne angesprochen zu werden. Und jetzt sitze ich hier und fühle mich so schlecht wie noch nie zuvor. Ich weiß, warum ich es getan habe und dass es notwendig war. Wenn ich das heute nicht hingekriegt hätte, würde ich den nächsten Schritt erst recht nicht schaffen. Daher musste es sein. Aber schlecht fühle ich mich trotzdem.

Wenigstens weiß ich jetzt, wie man den Hammer richtig in der Hand hält und dass man genau auf die Schädelmitte zielen muss. Mit dem ersten Schlag hatte ich den Kopf nur seitlich getroffen. Das bringt nichts, zieht alles nur unnötig in die Länge. Präzise auf die Mitte zielen, dann ist es sofort vorbei. Das weiß ich jetzt.

Das Haus erwartet mich.

Endlich kann beendet werden, was vor so vielen Jahren begann.

Ich bin bereit.

1

Katrin Ortrup lehnte mit einem Glas Wein an der grob verputzten Wand und versuchte, dem Monolog zu folgen, der ohne Pause aus dem Mund ihres Gegenübers strömte. Der breite Hausflur eignete sich perfekt für die Feier, die ihre neuen Nachbarn ihr zu Ehren organisiert hatten. Auch aus den umliegenden Häusern waren Gäste gekommen, insgesamt tummelten sich nun bestimmt fünfundzwanzig Personen im Hausflur und ließen es sich gutgehen. Neben dem Treppenaufgang stand ein Klapptisch mit selbstgemachten Frikadellen, Käse, Weißwein und Bier. Für die Kinder gab es Limo und Wasser, aber die hatten sich schon vor einer Weile in die Wohnung von Familie Mahnheim verdrückt, um dort mit der Playstation zu spielen. Alle Nachbarn machten einen netten Eindruck, und Katrin war froh, dass man sie hier so herzlich willkommen hieß. Vor zwei Wochen war sie eingezogen, und bisher hatte sie die Entscheidung keine Sekunde bereut. Es war der ideale Ort, um nach der Scheidung von Thomas neu anzufangen.

Katrin nippte an ihrem Weißwein und versuchte, sich wieder auf das Gespräch zu konzentrieren. Stefan Mahnheim, der Mann, der sie gerade vollquatschte, hatte offensichtlich schon einen sitzen, jedenfalls verlor er immer häufiger den Faden und verstrickte sich in nicht enden wollenden Sätzen. Sie konnte ihm einfach nicht folgen. Immer wieder ging ihr Blick zur Wohnungstür der Mahnheims, die einen Spalt offen stand und aus der vergnügtes Kindergeplapper zu hören war. Es ist alles in Ordnung, sagte sie sich. Eine gewisse Grundangst war seit damals einfach fest in ihr verankert.

Zum Glück hatte sich Leo schnell mit den Kindern der Mahnheims angefreundet, die ungefähr in seinem Alter waren. Hannes war mit elf Jahren ein Jahr älter als er, und Sarah war gerade neun geworden. Katrin überraschte es immer wieder, wie gut Leo die schrecklichen Ereignisse weggesteckt hatte. Sieben Jahre lag das alles nun zurück.

Ein helles Lachen riss sie aus ihren Gedanken, und im selben Augenblick stürmte eine junge Frau fröhlich kreischend aus der Wohnung der Mahnheims. Sie wurde von einer Horde Kindern verfolgt, die sie zu fangen versuchten. Kurz vorm Treppenhaus schlug die junge Frau sportlich einen Haken, und ihre langen roten Locken wirbelten durch die Luft. Wenige Sekunden später verschwand sie mit einem lauten »Ihr kriegt mich nicht!« wieder in der Wohnung. Ohne Berührungsängste zu zeigen, tobte Leo in vorderster Reihe mit. Katrin war froh, dass er trotz allem, was er erlebt hatte, immer noch schnell Vertrauen zu anderen Menschen fassen konnte. Manchmal kam es ihr so vor, als hätte er die Geschehnisse von damals vergessen. Während sie selbst in den letzten sieben Jahren jeden Tag an diese Zeit der Angst und Ungewissheit denken musste. Der Kommissarin, die ihn damals gerettet hatte, würde sie bis an ihr Lebensende dankbar sein.

Die erste Zeit danach hatten sie alle wie in Trance erlebt. Katrin erinnerte sich noch, wie sie die Tage im Schlafanzug verbracht hatten. Nicht nur sie, auch Thomas und Leo, sie waren alle unfähig gewesen, vor die Tür zu gehen. Natürlich hatten sie psychologische Hilfe in Anspruch genommen, aber Katrin war sich nicht sicher, ob die ihnen wirklich geholfen hatte oder ob es im Endeffekt nicht Finn gewesen war, der der Familie wieder Normalität verschafft hatte. Denn als ihr jüngster Sohn auf die Welt gekommen war, war zumindest sie gezwungen gewesen, wieder zu funktionieren, am Alltag teilzunehmen und sich um ihre Familie zu kümmern. Sie war davon überzeugt, dass so auch Leo wieder ins normale Leben zurückgefunden hatte. Finn war ihr Sonnenschein, das große Glück, das sie alle ins Leben zurückgeholt hatte.

Ihre Ehe hatte das Drama trotzdem nicht überstanden. Dennoch hatte Katrin manchmal das Gefühl, an alldem auch gewachsen zu sein. Für sie war es ein großer Schritt gewesen, als sie vor gut drei Jahren damit begonnen hatte, sich aktiv in der Opfernachsorge zu engagieren. Thomas hatte das nie verstehen können, ihm wäre es am liebsten gewesen, wenn alles, was ihn an damals erinnerte, ein für alle Mal unter den Tisch gekehrt würde. Aber Katrin hatte gespürt, dass das nicht funktionierte. Und sie wollte sich auch nicht mehr nur in einer Psychotherapie ihren Ängsten stellen, sie wollte einen Schritt weitergehen. Sie wollte aus dem Erlebten etwas Positives ziehen, das Schlechte in etwas Gutes wandeln. Heute leitete sie eine Selbsthilfegruppe, in der sich einmal im Monat Eltern von Kindern trafen, die Opfer von Verbrechen geworden waren.

»Todeshaus ist natürlich total übertrieben«, lallte Stefan Mahnheim jetzt und pustete eine dunkle Strähne aus seiner Stirn. Katrin schreckte auf. Was redete der Mann da?

»Entschuldigen Sie.« Elli Mahnheim, seine gutaussehende und etwas zu blond gefärbte Frau, ging augenrollend dazwischen. »Du trinkst jetzt mal ein Wasser«, sagte sie streng zu ihm, bevor sie sich an Katrin wandte. »Hören Sie nicht auf sein Gewäsch, er übertreibt wie immer maßlos. Haben sich Leo und Finn gut eingelebt?«

Katrin nickte irritiert. »Ja. Gymnasium und Grundschule sind ja zum Glück direkt um die Ecke.« Dann wandte sie sich wieder an Stefan Mahnheim. »Wieso Todeshaus? Was meinen Sie damit?«

Der Mann trank sein Wasser aus und unterdrückte ein Rülpsen. »Hab ich doch gerade erklärt«, sagte er, und als er weitersprechen wollte, stieß seine Frau ihm den Ellenbogen in die Seite.

»Stefan! Jetzt mach der armen Frau doch nicht so eine Angst!«

»Er macht mir keine Angst, ich hatte nur nicht mitbekommen, was er genau erzählt hat«, sagte Katrin. Aufmerksam sah sie den angetrunkenen Mann an. »Was ist hier passiert?«

Grinsend beugte sich Stefan Mahnheim zu ihr herunter, sodass sein biergetränkter Atem sie mitten ins Gesicht traf. »Vielleicht kriegen Sie eines Tages ja auch diese Briefe«, meinte er mit verschwörerischem Tonfall. »Bisher hat sie noch jeder bekommen …«

»Herrgott noch mal, Stefan!« Nun klang seine Frau wirklich sauer. »Du gehst jetzt in die Wohnung und kochst Kaffee. Sofort!«

Ihr Mann stöhnte genervt auf, warf Katrin noch mal einen grinsenden Blick zu und verschwand dann wankend in seiner Wohnung.

»Bitte entschuldigen Sie, ich weiß auch nicht, was heute mit ihm los ist. Normalerweise verträgt er mehr …« Kopfschüttelnd blickte sie ihrem Mann hinterher.

Katrin bemühte sich, so gelassen wie nur möglich zu wirken. »Kein Problem.« Eine Mischung aus Neugier und Beunruhigung durchströmte sie. »Briefe?«, fragte sie dann.

»Ja. Aber bitte, das dürfen Sie nicht so ernst nehmen«,

meinte Elli Mahnheim. »Tatsächlich trudeln in regelmäßigen Abständen so alberne Drohbriefe hier ein. Die Schmieds aus dem Erdgeschoss hatten schon welche, genauso wie wir und Ihre Vormieter. Harmloses Zeug, wahrscheinlich irgendein Dummejungenstreich.«

»Aha. Was stand denn in den Briefen?«

Eric Schmied, der mit seiner Frau Anke im Erdgeschoss wohnte, hatte die Unterhaltung mitbekommen. Der untersetzte Mann, der die fünfzig längst überschritten haben durfte, kam mit einer Flasche Weißwein zu ihnen und füllte die Gläser neu auf.

»Lassen Sie sich von den schwachsinnigen Briefen nicht verängstigen«, meinte er grinsend. »Angeblich hat dieses Haus eine düstere Vergangenheit …«

»Angeblich!«, warf Elli Mahnheim genervt ein.

»Sag ich ja, angeblich«, bestätigte der Mann. »In den Achtzigerjahren soll unten im Keller jemand ermordet worden sein, so stand das jedenfalls in einem dieser Briefe. Ich hab das mal versucht zu googeln, kam aber nichts. Wahrscheinlich also eine Legende.«

»Verstehe.« Katrin nickte. »Und die Drohbriefe beziehen sich nur auf diesen Vorfall?«

»Ganz genau«, bestätigte Eric Schmied. »Ich war mal mit meiner Frau in Los Angeles, da konnte man so Gruselfahrten buchen. Sie wissen schon, Stadtrundfahrt zu den Häusern, in denen früher berühmte Morde passiert sind.«

Davon hatte Katrin schon mal gehört, und sie fragte sich, was das hiermit zu tun haben sollte.

»Und so ähnlich ist es meiner Meinung nach auch mit diesen Drohbriefen«, erklärte Eric Schmied. »Garantiert steckt da jemand aus der Nachbarschaft hinter. Irgendjemand, der es cool findet, dass hier angeblich so was passiert ist. Der hat was von einem alten Mord gehört und will nun auf persönliche Gruseltour gehen. Und wenn man die Leute ein bisschen erschreckt, macht es natürlich gleich viel mehr Spaß. Kann man doch nicht ernst nehmen.« Er lachte.

»Aber was steht denn nun in den Briefen?«, hakte Katrin nach.

»So 'n Blödsinn wie: *Geht nicht in den Keller* oder *Dich wird es noch genauso erwischen* oder *Das Todeshaus wird dich nicht in Ruhe lassen*. So'n Quatsch halt!«

Eric Schmied lachte, und Elli Mahnheim stimmte in das Lachen ein.

»Und das immer in Reimform, aber in so einer Kleinkinderart, wirklich schlecht und einfallslos. Total kindisch. Da hat jemand zu viele Horrorfilme gesehen, so viel steht fest!«, meinte sie, und nun musste auch Katrin lächeln. Das klang tatsächlich alles absurd. Ein Todeshaus, das seine Bewohner verfolgt – was für ein Blödsinn!

»Sollte nicht noch getanzt werden?« Anke Schmied war zu ihnen gekommen. Sie wirkte ähnlich angeheitert wie Stefan Mahnheim, der in seiner Wohnung verschwunden war.

»Tanzen ist immer gut!«, meinte Elli Mahnheim und drehte ihren Kopf Richtung Wohnungstür. »Schatz? Mach mal Musik!«, rief sie laut, und es dauerte nicht lange, bis Kurt Cobain durch den Flur dröhnte.

Die junge Frau mit den roten Locken kam gut gelaunt aus der Wohnung der Mahnheims zu ihnen herüber. Schweißperlen standen ihr auf der Stirn, und sie fächelte sich etwas Luft zu.

»Die lieben Kleinen sind ganz schön groß geworden«, sagte sie lachend und reichte Katrin die Hand. »Ich bin Leni.«

»Unsere Tochter«, sagte Anke Schmied sichtlich stolz.

»Ich hab früher auf Hannes und Sarah aufgepasst …«

»Sie war unsere beste Babysitterin«, warf Elli Mahnheim lächelnd ein.

»Aber so wild wie heute waren die früher nicht!« Leni Schmied lachte und wischte sich über die Stirn. »Ihre zwei verstehen sich aber super mit den beiden«, sagte sie dann zu Katrin. »Zwei wirklich liebe Jungs.«

Katrin freute sich. Das hörte sie gerne.

»Und wenn Leni das sagt, dann stimmt das auch!« Anke Schmied legte lächelnd den Arm um ihre Tochter. »Leni studiert Psychologie und Pädagogik. Sie kennt sich aus. Letztes Semester war sie Jahrgangsbeste.«

»Wenn sie so weitermacht, hat sie ihren Master noch vorm Ende der Regelstudienzeit in der Tasche«, warf Eric Schmied ein.

»Mal abwarten, Papa.« Leni machte eine abwehrende Handbewegung und lächelte bescheiden. Offensichtlich waren ihr die Lobhudeleien der Eltern etwas unangenehm, was Katrin sehr sympathisch fand.

»Sie hört das nicht gerne«, sagte ihre Mutter augenzwinkernd. »Aber sie ist nun mal unser einziges Kind, da ist man ja sowieso schon stolz. Und wenn sie dann noch alles mit Eins macht …«

»Ihr Abi war damals das beste in ganz Münster!«

»Papa!« Leni verdrehte die Augen. Entschuldigend sah sie Katrin an. »Tut mir leid … Erzählen Sie doch lieber was über sich. Fühlen Sie sich wohl hier im Haus? Trotz meiner nervtötenden Eltern?« Sie warf ihren Eltern einen Blick zu, und ihre Mutter knuffte ihr gespielt empört in die Seite.

Katrin lachte. »Ja. Sehr sogar. Es ist genau die richtige Umgebung für einen Neuanfang.«

Leni nickte verständnisvoll. »Leo hat erzählt, dass sein Vater nicht mit eingezogen ist.«

Katrin musste schlucken. Sie schüttelte den Kopf. »Nein. Wir haben uns getrennt.«

»Das tut mir leid.« Obwohl Leni vielleicht halb so alt war wie Katrin, sprach aus ihrem Blick viel Verständnis und Mitgefühl. »Leo hat noch erwähnt, dass ihm mal was passiert sei … ich hoffe, es war nichts Schlimmes?«

Der Satz trieb Katrin sofort die Tränen in die Augen. Manchmal war dem Jungen das Erlebte offenbar doch noch präsenter, als sie dachte.

Leni Schmied sah sie betroffen an. »Bitte entschuldigen Sie. Das war taktlos von mir. Ich wollte Ihnen nicht zu nahe treten.«

»Schon gut.« Katrin zwang sich zu einem Lächeln. »Ist ja kein Geheimnis, die Zeitungen waren schließlich voll davon.« In knappen Worten erzählte sie Leni Schmied von dem Drama, das sich damals abgespielt hatte. »Natürlich hängt einem das immer noch ein bisschen nach«, sagte sie und war froh, dass sie sich so schnell wieder gefangen hatte.

Leni nickte wieder. »Das kann ich mir sehr gut vorstellen.«

In dem Moment drang laute Heavy-Metal-Musik aus der Wohnung, und Katrin zuckte unwillkürlich zusammen.

»Das ist doch keine Musik, das ist doch nur noch Krach! Haben Sie auch Helene Fischer?«, fragte Anke Schmied, die angesichts der lauten Gitarrenriffs genervt das Gesicht verzog.

»Sind Sie wahnsinnig?« Elli Mahnheim machte ein gespielt entsetztes Gesicht. »Das spielen wir erst, wenn die Leute nach Hause gehen sollen!«

Die anderen lachten, und Katrin freute sich, dass so eine freundschaftliche und lockere Atmosphäre zwischen den Nachbarn herrschte.

Am nächsten Tag wachte sie mit fiesen Kopfschmerzen auf. Sie hatte noch nie besonders viel Alkohol vertragen, aber seitdem die Kinder da waren, war es noch schlimmer geworden. Vielleicht, weil sie nicht mehr ausschlafen konnte, vielleicht aber auch, weil sie einfach älter wurde.

»Ich hab Hunger.« Finn rüttelte an ihrem Arm und sah sie vorwurfsvoll an. »Es ist schon acht. Hunger!«

»Acht ... Schatz, es ist Sonntag!«

»Hab trotzdem Hunger.«

»Klar. Logisch.« Sie seufzte. Dann drückte sie ihren kleinen Sohn an sich. »Ich mach Frühstück.«

Leo lag noch im Bett und hörte eine CD. Im Gegensatz zu seinem kleinen Bruder stand er morgens nicht mehr in aller Herrgottsfrühe auf. Er liebte es, noch im Bett herumzuliegen und zu faulenzen.

»Kommt Papa heute?« Finn hatte das Wochenendprinzip immer noch nicht ganz verstanden.

»Nein, mein Schatz. Übernächstes Wochenende seid ihr bei ihm.«

»Warum kommt er nicht heute?«

»Finn ...«

»Er könnte seine Pfannkuchen zum Frühstück machen.«

»Ich mache dir Pfannkuchen.«

»Aber du kannst die nicht so gut wie Papa.«

»Finn, du weißt doch ...«

»Ja, ich weiß.«

Mit hängendem Kopf ging er in Leos Zimmer. Durch die

offene Tür konnte Katrin sehen, wie er unter die Decke seines Bruders kroch, der ihm bereitwillig Platz machte.

Wie oft hatten sie diese Unterhaltung in den letzten Wochen schon geführt? Unzählige Male. Und immer wieder zerriss es Katrin das Herz. Sie hatten darauf geachtet, dass die Jungs von ihren Streitigkeiten so wenig wie nur möglich mitbekommen hatten, sie hatten versucht, sich als Freunde zu trennen, was eigentlich ein Ding der Unmöglichkeit war und auch bei ihnen nicht richtig funktioniert hatte. Wie auch, nach allem, was vorgefallen war? Und obwohl Katrin manchmal nichts als Ablehnung empfand, wenn sie an Thomas dachte, so achtete sie doch penibel darauf, vor ihren Söhnen niemals schlecht über ihn zu sprechen.

Und dann war da immer noch das schlechte Gewissen, dass sie die Familie zerstört hatte, sie ganz alleine, weil Thomas die Scheidung ja gar nicht gewollt hatte. Aber es hatte keinen anderen Weg gegeben. Sie hatte seine Nähe nicht mehr ertragen, seine Trinkerei und sein Selbstmitleid erst recht nicht. Und dass er sie am laufenden Band betrogen hatte, in einer Zeit, in der ihre Familie am Abgrund stand, darüber kam sie bis heute nicht hinweg.

Katrin atmete tief durch. Es war normal, dass Kinder unter der Trennung ihrer Eltern litten, alle Kinder taten das. Sie konnte nur versuchen, ihr Bestes zu geben, um einen Neustart für die beiden so gut wie möglich hinzubekommen.

Nachdem sie sich im Bad die Zähne geputzt und einen Bademantel übergezogen hatte, ging sie in die Küche und bereitete das Frühstück vor, setzte Teewasser auf und suchte ihren Briefkastenschlüssel.

»Ich hol eben die Zeitung!«, rief Katrin ihren Söhnen zu und betrat den Hausflur, nachdem zustimmendes Gemurmel aus dem Kinderzimmer gekommen war. Die Luft im Treppenhaus war immer noch partygetränkt. Ein paar kalte Frikadellen und etwas vertrockneter Käse lagen auf dem Klapptisch, unter dem sie gestern Nacht noch alle leeren Flaschen gesammelt hatten. Das eigentlich so gepflegte Mehrfamilienhaus in Münster-Hiltrup erinnerte sie jetzt fast an ihre Studenten-WG, in der es beinahe jeden Tag so gerochen hatte wie hier.

Katrin musste grinsen, als sie den Ketchupfleck an der Wand entdeckte, den Stefan Mahnheim dort letzte Nacht versehentlich hinterlassen hatte und woraufhin ihn seine Frau endgültig ins Bett geschickt hatte. Der Mann dürfte sich heute vermutlich ein paar Vorwürfen ausgesetzt sehen, dachte sie.

Sie öffnete die Haustür und schob mit einem Fuß den Türstopper darunter, damit frische Luft in den Flur kam. Es war ein typischer Novembermorgen, kalt und regnerisch. Irgendwie regnete es immer, dachte Katrin und schreckte im nächsten Moment zusammen, als eine gelbe Vespa aus der Einfahrt des Nachbarhauses schoss und mit hohem Tempo auf der Straße davonfuhr. Kopfschüttelnd blickte sie der Vespa hinterher, zog fröstelnd den Gürtel des Bademantels enger und ging zum Briefkasten, um die Sonntagszeitung herauszunehmen. Als sie das Fach gerade wieder verschließen wollte, fiel ihr ein Briefumschlag auf, der von der Zeitung verdeckt gewesen war. Post? An einem Sonntag? Hatte sie gestern vergessen, den Briefkasten zu leeren?

Da keine Adresse auf dem Umschlag stand, tippte sie auf ein Werbeschreiben und nahm es zusammen mit der Zeitung ins Haus. Jetzt brauchte sie erst mal dringend einen heißen Tee, und eine Kopfschmerztablette konnte auch nicht schaden. Hoffentlich bekam sie keine Migräne. Vielleicht hatte sie ja Glück, und die Jungs würden sie nach dem Frühstück eine Stunde in Ruhe lassen. Dann könnte sie sich ein schönes Bad einlassen und ein wenig entspannen.

Nachdem sie gefrühstückt und mit den Mahnheims und Schmieds den Hausflur aufgeräumt hatten, waren Leo und Finn mit Sarah und Hannes im Garten verschwunden, der zu dem Haus gehörte. Der Regen hatte nachgelassen, und so konnten die Kinder draußen spielen. Und Katrin sich endlich in ihre heiße Badewanne legen.

Sie kippte eine Verschlusskappe mit Lavendelöl ins Wasser, spülte die Kappe aus und wartete einen Moment, bis sich das Wasser in ein helles Lila verfärbt hatte. Seufzend stieg sie in die Wanne, und ein wohliger Schauer lief ihr über den Rücken, als sie im warmen Wasser versank. Nichts half besser gegen einen Kater als ein heißes Bad.

Nachdem sie ein paar Minuten einfach so dagelegen und die wohlige Wärme genossen hatte, streckte sie ihre Hand nach der Zeitung aus. Es war etwas umständlich, den Hauptteil von den anderen Teilen zu trennen, ohne dass alles vom Badewasser durchweicht wurde. Als es ihr schließlich gelang, fiel der weiße Briefumschlag heraus und landete direkt auf ihrer Brust, die nur zur Hälfte vom Wasser bedeckt war.

»Verdammt!«

Schnell fischte sie ihn auf. Als sie ihn gerade auf den Badezimmerboden fallen lassen wollte, fielen ihr die dunklen Buchstaben auf, die nun durch den aufgeweichten Umschlag hindurchschimmerten. Nach einer Werbesendung sah das irgendwie nicht aus. Vorsichtig, damit das ganze Papier nicht zerriss, öffnete sie den Brief und zog den Zettel hervor.

Zwei Wochen im Todeshaus,
wann macht es dir den Garaus?
Hier wurde gemordet und gestorben,
nicht nur einmal ist es so geworden.
Und das nächste Mal,
fällt auf dich die Wahl …

Katrin wollte lachen. Die Mahnheims hatten recht, die Art, wie dieses Drohgedicht verfasst worden war, war geradezu lächerlich. Ihre Söhne konnten besser reimen als der Verfasser dieses Briefes. Das Ganze erinnerte sie an diese albernen alten Schwarzweißfilme, in denen immer irgendeine dümmliche Figur noch dümmlichere Reime von sich gegeben hatte.

Grinsend wollte Katrin den Zettel zerknüllen und auf den Boden werfen, als ihr Blick erneut auf den Zeilen hängen blieb.

Zwei Wochen im Todeshaus …

Katrin zog die Augenbrauen hoch. Vor zwei Wochen war sie hier eingezogen. Wer immer diesen albernen Brief geschrieben hatte, wusste das ganz genau.

Steiger dich nicht in irgendwas rein, ermahnte sie sich. Es war nicht schwierig, einen Umzug mitzubekommen, so was war doch kaum zu übersehen.

Sorgfältig legte sie den Brief zur Seite und tauchte unter Wasser ab. Sie hörte ihren eigenen Herzschlag und wusste, dass es schneller pochte als sonst.

Ein Dummejungenstreich. Nichts, worüber du dir Sorgen machen müsstest, sagte sie sich.

Aber ein komisches Gefühl hatte sie trotzdem.

2

Schlecht gelaunt stieg Peter Käfer aus seinem Wagen.

Ausgerechnet an einem Sonntag!, dachte er, und zum wiederholten Male sehnte er sich nach geregelten Arbeitszeiten. Charlotte mochte noch so viel über ihren langweiligen Alltag im Innendienst stöhnen, aber wenigstens musste sie nicht an einem gemütlichen Sonntagnachmittag von einer Kaffeetafel aufbrechen, die Annette mit den neuesten Petit-Four-Kreationen aus ihrem Laden überhäuft hatte, die selbst vor Paulines kleinen Patschhändchen nicht sicher waren. Auch wenn seine kleine Tochter mit ihren sechs Monaten die süßen Köstlichkeiten beim besten Willen noch nicht essen durfte, hatten sie ihr heute zum ersten Mal erlaubt, einmal davon zu kosten. Ihren Gesichtsausdruck würde Käfer niemals vergessen, dieses Strahlen, diese Freude und Begeisterung! Und genau in dem Moment hatte sein Handy geklingelt.

»Ich wäre auch lieber zuhause geblieben«, begrüßte ihn Carsten Hammersbach, der ihn schon per Telefon über den Leichenfund informiert hatte und jetzt mit ähnlich schlechter Laune vor ihm stand.

»Wo?«, fragte Käfer nur, und sein Kollege zeigte auf eine Werkstatt, vor der ein roter GTI parkte und die neben dem schon fast ländlich gelegenen Haus am Stadtrand von Münster stand. *DD – Designermöbel Dellbrück*, stand auf einem Schild über dem Eingang. Die Feuerwehr rückte gerade ab, und der Anblick der von Ruß verfärbten Fassade weckte böse Erinnerungen in ihm.

»Eine Brandleiche?«, fragte er. »Warum hast du mir davon nichts gesagt?« Seine Laune wurde noch schlechter.

»Weil ich erstens auch noch nicht alle Informationen hatte und weil es zweitens keine Brandleiche ist«, erwiderte Hammersbach, dem Käfers schlechte Laune auf die Nerven ging. »Eindeutig ein Vertuschungsbrand, und auch noch ein ziemlich schlecht gemachter. Aber sieh selbst.«

Käfer streifte sich schnell die weißen Plastikschoner über die Schuhe, zog Handschuhe an und trat durch die aufgebrochene Tür. Kurz darauf stand er in einer Tischlerei, in der offensichtlich teure Maßanfertigungen für gut betuchte Kunden gefertigt wurden, jedenfalls waren überall nur edle Materialien zu sehen, soweit Käfer das beurteilen konnte. An der Seite befand sich eine Kommode, die vom Feuer verschont geblieben war, an der aber noch Schubladen und Türen fehlten. Die Außenwände der Kommode waren mit Schnitzereien versehen, die für Käfers Geschmack zwar scheußlich aussahen, aber bestimmt sehr aufwendig waren. Daneben waren Regale angebracht, in denen sich allerlei Werkzeug befand. Davor kniete Dr. Christian Heer von der Rechtsmedizin in seiner weißen Schutzkleidung auf dem Boden. Er warf Käfer einen kurzen, aber nicht unfreundlichen Blick zu.

»Grüß dich«, sagte er und wandte sich dann wieder der Leiche zu, die auf dem Boden lag und von der Wolske, ein weiterer Kollege aus der Rechtsmedizin, gerade Fotos machte.

Die Art, wie die Leiche dort lag, fiel Käfer sofort auf. Die Arme zu den Seiten ausgestreckt, die Beine geschlossen nebeneinander, lag sie in der Mitte eines Kreises, der aus angekohlten roten Totenlichtern bestand. Der Leichnam schien auf den ersten Blick nur oberflächlich vom Feuer betroffen zu sein. Zwar fehlten die meisten Haare, die Kleidung war an einigen Stellen verkohlt und auch die Haut darunter rotbräunlich verbrannt. Aber Knochen und Sehnen waren nicht zu sehen. Da hatte Käfer damals bei dem Fall, bei dem er Annette kennengelernt hatte, ganz andere Brandopfer gesehen.

»Weiblich, zweiundvierzig Jahre alt, verheiratet, keine Kinder«, sagte Christian in dem Moment.

Käfer machte ein erstauntes Gesicht. »Das konntest du alles anhand der Leiche herausfinden? In so kurzer Zeit?«

»Nein.« Christian grinste. »Die Tote ist die Frau des Tischlers, Carla Dellbrück. Eine ehemalige Opernsängerin.«

»Verstehe. Hat er sie gefunden?«

»Erst als die Nachbarn bereits die Feuerwehr alarmiert hatten«, warf Hammersbach ein. »Vorher will er nichts bemerkt haben.«

»Hm. Was sollen die Totenlichter? Und diese Position?«, fragte Käfer. »Ist das was Satanisches?«

Christian zuckte mit den Schultern. »Denkbar. Es erinnert mich an eine Christusfigur.«

Käfer beugte sich nach vorne und betrachtete den Schädel der Frau, aus dem irgendetwas herausragte. »Was steckt da in ihrem Kopf? Ein Hammer?«

»Sieht aus wie ein Zimmermannshammer«, meinte Christian. »Ich wollte ihn erst in der Gerichtsmedizin rausholen, das kann mir hier zu viele Spuren kaputt machen.«

»Fingerabdrücke?«

»Wenn der Täter keine Handschuhe getragen hat, dann vielleicht schon. Das Feuer hat den Hammer nicht richtig erwischt. Könnte ein bisschen fummelig werden, aber ich denke, ich kriege was.«

Käfers Blick fiel auf eine leere Dose, deren verkohlte Aufschrift verriet, dass sich darin ein Klarlack befunden haben musste. »Ist das als Brandbeschleuniger benutzt worden?«

»Schätze schon. Genaueres nach dem Labor. Aber alles deutet darauf hin. Wenn du mich fragst, war hier kein Profi am Werk. Mit einer Dose Lack kommt man doch nicht weit, es hätte bestimmt fünf Dosen gebraucht, um den Körper richtig ins Brennen zu kriegen. So gab es aber in erster Linie eine starke Rauchentwicklung.«

Käfer nickte. »Wo ist der Ehemann?«, fragte er Hammersbach.

»Nebenan. Seiner Frau gehörte das Haus.«

»Hast du schon mit ihm gesprochen?«

»Nur kurz. Personalien und so. Mit dem Rest wollte ich auf dich warten. Frank Subotik ist bei ihm.«

»Dann mal los.«

Während sie die wenigen Meter über den Hof zu dem hellen Klinkerbau gingen, informierte Hammersbach ihn über den Mann.

»Klaus Dellbrück, sechsundvierzig Jahre alt, Tischlermeister. Die sind erst vor zwei Monaten hierhergezogen, nachdem die Frau das Haus samt Werkstatt von einem Onkel geerbt hatte. Bis vor einem halben Jahr hat sie an der Oper gearbeitet, jetzt wohl in erster Linie in der Firma ihres Mannes.«

»In welcher Verfassung ist er?«

»Aufgelöst, fix und fertig.«

»Was ist mit den Nachbarn?«

»Die direkten Nachbarn sind verreist. Um die anderen kümmere ich mich gleich.«

Ein uniformierter Beamter stand an der Haustür und nickte ihnen zu. Sie gingen durch einen hellen Flur in die Küche, wo

Klaus Dellbrück zusammengesunken auf einem Stuhl saß. Durch den offenen Durchgang konnte man ins Wohnzimmer sehen. Der Umzug lag offenbar noch nicht allzu lange zurück. Zwei Kisten standen an der Seite, an der Wand hingen keine Bilder, und alles wirkte noch recht steril, nicht richtig lebendig und ohne die üblichen Wohnspuren, die man mit der Zeit ganz automatisch hinterließ und die sich in zu vollen Garderoben, angesammeltem Krimskrams und an den Kühlschrank gehefteten Zetteln zeigten. Frank Subotik stand neben dem Mann und machte sich Notizen. Freundlich nickte er Käfer zur Begrüßung zu. Ihm schien die Sonntagsarbeit nichts auszumachen. Seitdem er sich von seiner Freundin getrennt hatte, hatte Subotik mit Wochenendarbeit und Überstunden kein Problem mehr.

»Herr Dellbrück? Peter Käfer von der Mordkommission. Mein Beileid.«

Klaus Dellbrück war offenbar noch nicht in der Lage, seinen Blick zu heben und ihn anzuschauen. In einem sauberen Trainingsanzug saß er einfach nur da und starrte ins Nichts. Käfer setzte sich zu dem Mann an den Tisch und sah Subotik bei der Arbeit zu. Schließlich sagte er: »Wann haben Sie Ihre Frau zum letzten Mal gesehen?«

»Zum Mittagessen. Bratkartoffeln mit Rouladen«, sagte Dellbrück.

»Wann war das?«

»Halb eins.«

»Was ist dann passiert?«

»Meine Frau wollte ein bisschen an die frische Luft. Das Wetter war ja so schön. Und ich bin aufs Laufband. Meine Kopfhörer auf und die Musik wie immer in voller Lautstärke.«

»Das heißt, Sie haben nicht gehört, was in der Werkstatt passiert ist?«

Er schüttelte den Kopf. »Nein. Die Sirenen der Feuerwehr waren das Erste, das ich wieder gehört habe.«

»Und Sie sind direkt nach dem Essen aufs Laufband gegangen?«, hakte Käfer nach, der sich beim besten Willen nicht vorstellen konnte, wie man mit Bratkartoffeln und Rouladen im Bauch auf diese Idee kommen konnte. Vor ein paar Jahren hatte er auch mal eine Phase gehabt, wo er das Laufen angefangen hatte und regelmäßig joggen ging, in erster Linie motiviert durch das Kennenlernen von Annette. Nie wäre er nach dem Essen los.

Klaus Dellbrück offenbar schon.

»Wie lange sind Sie gelaufen?«

»Anderthalb Stunden?«

Er lügt, dachte Käfer. Anderthalb Stunden hatten nichts mit einem lockeren Verdauungslauf zu tun, das kam schon an Leistungssport ran, und kein Mensch machte so etwas, wenn er gerade deftig gegessen hatte.

»Warum haben Sie Ihre Frau bei dem schönen Wetter nicht begleitet?«, fragte Käfer.

»Sie wollte spazieren gehen, ich joggen«, antwortete Klaus Dellbrück.

»Sie hätten ja nebenherlaufen können.«

»Ich habe doch ein ganz anderes Tempo«, erwiderte der Mann.

»Verstehe. Wo steht denn das Laufband?«

Klaus Dellbrück wies mit dem Kopf zu einer Tür, die vom Flur abging. »Im Schlafzimmer.«

»Darf ich mal?« Ohne eine Antwort abzuwarten, ging Käfer zur Schlafzimmertür und öffnete sie. Das Laufband war vor dem Fenster, von dem man einen fabelhaften Blick auf die Werkstatt hatte. Allerdings lief er mit dem Gesicht zur Tür.

Wer stellte ein Laufband vor ein Fenster, wenn er beim Laufen nicht hinausschauen wollte?, dachte Käfer.

»Haben Sie den Rauch nicht bemerkt?«, fragte er, als er wieder in der Küche war.

»Nein. Das Fenster war verschlossen.«

Klar, dann riecht man natürlich keinen Qualm, dachte Käfer spöttisch, nickte aber nur.

»Die Totenlichter, sind die aus Ihrem Besitz?«

Klaus Dellbrück schüttelte den Kopf. »Nein. Keine Ahnung, woher die kommen.« Dann hob er den Blick und sah ihn an. »Hören Sie, Herr Kommissar«, sagte er eindringlich. »Meine Frau hatte Angst! Angst, umgebracht zu werden!«

»Wurde sie von jemandem bedroht?«, fragte Käfer.

»Ja, allerdings!«, kam es wie aus der Pistole geschossen. »Irgendjemand wollte sie umbringen – und jetzt hat er es getan!«

Mit einem Schluchzer schlug Klaus Dellbrück die Hände vors Gesicht und sackte weinend zusammen.

Gelangweilt saß Charlotte Schneidmann am Montagmorgen an ihrem Schreibtisch. Innendienst. Gab es irgendetwas auf der Welt, das noch uninteressanter war? Einsätze planen und sie nicht durchzuführen empfand sie fast als Strafe. Natürlich war es keine, niemand wollte sie bestrafen, im Gegenteil. Man wollte nur ihr Bestes. Durch den Innendienst sollte sie sich wieder langsam an die Arbeit gewöhnen, sollte Schritt für Schritt in den Berufsalltag zurückfinden.

Aber musste das ausgerechnet durch so eine öde Schreibtischarbeit passieren?

Sie seufzte und schloss die Excel-Tabelle, in der sie die Zusatzausgaben für die verschiedenen Einsätze vermerkt hatte. Wo Käfer sich wohl gerade herumtrieb? Sie hatte immer noch regen Kontakt zu ihrem alten Partner, mit dem sie früher so viele Einsätze erfolgreich absolviert hatte. Sie waren ein ungleiches Team gewesen, das sich aber perfekt ergänzt hatte. Inzwischen waren sie mehr Freunde als Kollegen, Käfer hatte sie zigmal im Krankenhaus besucht und sie erst vor ein paar Wochen gefragt, ob sie nicht die Patentante seiner kleinen Tochter werden wollte, die vor sechs Monaten auf die Welt gekommen war. Natürlich hatte Charlotte Ja gesagt. Es freute sie, dass Peter Käfer und seine Frau Annette endlich den lang ersehnten Nachwuchs bekommen hatten.

Und jetzt saß der glückliche Jungvater bestimmt gerade bei irgendeinem spannendem Einsatz, während sie noch die krankheitsbedingten Ausfälle in den nächsten Einsatzplan einarbeiten musste, bei dem sie natürlich auch wieder nicht vor Ort sein würde.

»Entschuldigung?!«

Charlotte hatte gar nicht gehört, dass es an der Tür geklopft hatte. Eine blonde Frau steckte ihren Kopf durch den Spalt und lächelte. Charlotte erkannte sie sofort.

»Katrin Ortrup!«, rief sie erfreut und sprang auf.

Die Frau nickte, und als Charlotte sie ins Büro zog, umarmten sich die beiden spontan. Obwohl sie schon so viele Fälle in ihrer nun bald zwanzigjährigen Laufbahn bearbeitet hatte, war ihr der um Katrin Ortrups verschwundenen Sohn besonders im Gedächtnis geblieben. In den Jahren danach hatten sie sich noch ab und zu auf einen Kaffee getroffen und sich immer gut verstanden.

»Ich freue mich wirklich sehr, dich zu sehen – wir waren doch beim Du, oder?«

Katrin nickte lächelnd. »Ja. Hallo, Charlotte.«

»Setz dich. Möchtest du einen Kaffee?«, fragte sie und hielt im nächsten Moment inne. Die Frau wollte sie vermutlich nicht aus Nettigkeit besuchen. »Alles in Ordnung?«, fügte sie deshalb schnell hinzu und musterte sie.

Zur ihrer Erleichterung nickte Katrin. »Ja. Eigentlich schon. Ich freu mich auch, dich endlich mal wiederzusehen. Liegt doch bestimmt zwei Jahre zurück. Wie geht es dir?«

»Alles bestens«, log Charlotte. »Was führt dich zu mir? Willst du nun einen Kaffee?«

Katrin schüttelte den Kopf. »Nein, danke. Ich will dich auch gar nicht lange aufhalten ...«

»Du hältst mich nicht auf!« Von was auch, dachte Charlotte. Sie war froh um jede Ablenkung. »Erzähl ganz in Ruhe, was dir auf dem Herzen liegt.«

Nachdem sie sich auf den Stuhl gegenüber gesetzt hatte, fing Katrin zögernd an zu sprechen.

»Du hast ja damals gesagt, ich könnte mich jederzeit an dich wenden ...«

»Das war auch so gemeint!«

»Selbst wenn mir ein Rad geklaut würde, könnte ich vorbeikommen ...« Katrin grinste sie schief an. »Keine Sorge, deshalb bin ich nicht hier.«

Charlotte erwiderte ihr Grinsen. »Hab ich auch nicht gedacht. Also raus mit der Sprache. Was ist los?«

»Vielleicht ist es albern, aber ...« Sie zog ein welliges Stück Papier aus ihrer hellbraunen Handtasche. »Hier, das lag gestern bei mir im Briefkasten.«

»Was ist das?« Vorsichtig strich Charlotte das Papier glatt und überflog die Zeilen. »... und das nächste Mal, fällt auf dich die Wahl ...«, murmelte sie. Ungläubig sah sie Katrin an. »Den Literaturnobelpreis gibt es dafür aber nicht. Was ist das für ein Quatsch?«

»Ich weiß es nicht«, meinte Katrin und erzählte, dass die anderen Bewohner des Hauses auch schon solche Briefe bekommen hätten. »Ich würde das Ganze ja auch nicht so ernst nehmen, aber tatsächlich bin ich vor genau zwei Wochen mit meinen beiden Söhnen in das Haus gezogen. Das scheint der Verfasser zu wissen, und ehrlich gesagt beunruhigt mich das schon ein bisschen.«

Charlotte überlegte, ob sie Katrin erzählen sollte, mit was für Drohungen sie in ihrem Berufsleben schon zu tun hatte und dass dieser Brief sicher zu der harmloseren Sorte zählte. Sie kannte Frauen, die angerufen wurden und sich detailliert anhören mussten, welche Kleidung sie just in dem Moment trugen und dass diese gleich blutbespritzt sei; Frauen, die praktisch permanent beobachtet wurden, ohne den anderen je zu Gesicht zu bekommen, die mit SMS, Mails und Briefen geradezu zugespamt wurden, mit übelsten Beschimpfungen und Drohungen versehen, in der Regel immer anonym, von einem öffentlichen Server verschickt und kaum auffindbar. Sie hatte Frauen getroffen, die kurz vorm Nervenzusammenbruch standen, die ahnten, wer sie bedrohte, es ihrem Expartner oder Kollegen aber nicht nachweisen konnten.

»Du hast bisher nur diesen einen Brief bekommen?«, fragte sie, und Katrin nickte. »War er nur an dich oder auch an deinen Mann adressiert?«

»Exmann«, korrigierte Katrin sie schnell. »Ich bin nur mit meinen Söhnen umgezogen. Auf dem Briefumschlag war keine Anrede, er muss so in den Kasten geworfen worden sein.«

Sie sah der Frau an, wie besorgt sie war, und Charlotte konnte es ihr nicht verübeln. Wer einmal Opfer eines Verbrechens geworden war, der reagierte für den Rest seines Lebens in bestimmten Situationen sensibler und aufmerksamer. Auch Charlotte konnte sich davon nicht freimachen.

Unter anderen Umständen hätte sie Katrin vielleicht gesagt, sie solle erst mal abwarten, sich nicht reinsteigern, dem Ganzen keine große Bedeutung schenken. Sie hätte sie darauf hingewiesen, dass die Polizei nichts machen könnte, solange irgendein Idiot nur dümmliche Drohgedichte verschicke, dass sie keine Handhabe hätte, vom fehlenden Personal mal ganz abgesehen. Aber die Umstände waren nicht anders. Katrin hatte vor einigen Jahren den größten Albtraum überlebt, den man sich nur vorstellen konnte, und danach hatte Charlotte ihr versprochen zu helfen, wenn sie Hilfe brauchte. Und ganz offensichtlich war das jetzt der Fall.

»Du denkst, ich übertreibe, oder?« Die Unsicherheit in ihrer Stimme war nicht zu überhören.

Charlotte sah sie ernst an. »Nein«, sagte sie nach einem Moment. »Ich kann mir zwar gut vorstellen, dass die Briefe absolut gar nichts zu bedeuten haben, aber ich werde mir das Ganze trotzdem einmal genauer anschauen.« Dann lächelte sie. »Ich habe es dir schließlich versprochen, Katrin!«

Müde stand Käfer vor seinem Team. Sie hatten noch bis spät in den Abend gearbeitet, die Nachbarn befragt und die Spuren ausgewertet, die ihnen vorlagen. Jetzt hatten es sich Carsten Hammersbach und Frank Subotik vor seinem Schreibtisch bequem gemacht und schlürften aus ihren Kaffeebechern. Sie sahen genauso müde aus, wie er sich fühlte. Mehr Kollegen standen ihm im Moment nicht zur Verfügung, Personalmangel und Überlastung waren allgegenwärtig.

»Was haben die Nachbarschaftsbefragungen ergeben?«, begann er ohne Umschweife und sah Hammersbach auffordernd an.

Der stellte seinen Becher zur Seite und zog sein Notizbuch aus der Tasche. »Leider nicht viel. Die direkten Nachbarn, eine Familie Baumann, sind verreist. Sie hätten am ehesten was vom Geschehen mitkriegen können. Die alte Dame von der anderen Seite, Ulla Noß, hat zum Tatzeitpunkt einen Mittagsschlaf gehalten und nichts mitbekommen. Ansonsten konnte sie kaum etwas über die Dellbrücks sagen, hatte wohl wenig Kontakt zu ihnen. Die wohnten ja noch nicht lange da. Sie hatte Carla Dellbrück früher ein paar Mal auf Geburtstagen des Onkels erlebt, dem das Haus gehört hatte. Dort hat sie wohl ganz hervorragend gesungen, das hatte die alte Dame nicht vergessen. Der Onkel hatte ein sehr herzliches Verhältnis zu der Toten. Und einmal kam Carla Dellbrück nach dem Einzug mit einem Kuchen bei ihr vorbei. Sehr viel mehr Begegnungen gab es dann aber nicht. Sie beschreibt die Tote als sehr sympathisch, über den Mann wusste sie kaum was zu sagen.«

»Bei der Familie von gegenüber ist es ähnlich«, fuhr Frank Subotik fort. »Simone und Lothar Stratberg. Die haben zwei noch kleine Kinder, beide im Grundschulalter. Zum Tatzeitpunkt haben sie mit ihnen einen Film geschaut und daher auch nichts mitbekommen.«

Käfer dachte für einen Moment daran, wie schön es werden würde, wenn Pauline etwas größer wäre und sie mit ihr andere Dinge unternehmen könnten, als sie im Kinderwagen spazieren zu fahren. Die Vorstellung, mit seiner kleinen Tochter gemütlich auf dem Sofa zu liegen, einen Kinderfilm zu schauen und dabei Annettes Leckereien zu naschen, fand er ausgesprochen attraktiv.

»Bis zu dem Moment, wo sie den Qualm gerochen haben«, fuhr Subotik fort. »Die Frau hat ausgesagt, dass sie daraufhin ans Fenster getreten sei und Rauch aus der Werkstatt gesehen habe. Sie ist dann sofort rüber und hat bei den Dellbrücks geklingelt.«

»Da keiner aufgemacht hat«, ergänzte Hammersbach, »hat sie die Feuerwehr gerufen.«

»Sie ist nicht in die Werkstatt gegangen?«, fragte Käfer.

»Nein«, antwortete Subotik. »Sie wollte sich nicht in Gefahr bringen.«

Auch wenn Käfer wusste, dass die Frau richtig gehandelt hatte, gefiel ihm ihr Verhalten nicht. Hätte er damals auf die Feuerwehr gewartet, anstatt in das brennende Haus zu laufen, wäre Annette heute nicht mehr am Leben.

»Die Rauchentwicklung war sehr stark«, sagte Hammersbach, der offenbar seine Gedanken lesen konnte. »Die Frau konnte nicht einschätzen, wie es in der Werkstatt aussah. Die Feuerwehr hat bestätigt, dass es ein sehr dichter, dunkler, scharf riechender Qualm war. Giftig übrigens auch.«

»Wir haben also keine Zeugen«, fasste Käfer die Aussagen zusammen. »Vielleicht müssen wir einen Aufruf starten, damit sich mögliche Zeugen melden.«

»Ich bin mir nicht sicher, ob das was bringt«, meinte Hammersbach. »Die Werkstatt liegt ja nicht direkt an der Straße.«

Käfer nickte. »Trotzdem sollten wir nichts außer Acht lassen. Ich habe gestern Abend noch den Ordner mit den persönlichen Unterlagen von Carla Dellbrück durchgearbeitet. Sie hat eine Lebensversicherung in Höhe von hundertzwanzigtausend Euro abgeschlossen.«

»Und ihr Mann ist der Begünstigte?«, fragte Subotik.

»So siehts aus.«

»Gibts noch andere Angehörige?«, fragte Hammersbach.

Subotik nickte. »Eine Schwester. Julia Schwan. Ich war gestern Abend noch bei ihr. Sie war furchtbar erschüttert und hat bestätigt, was Dellbrück uns schon gesagt hatte.«

»Dass sich seine Frau bedroht fühlte?«, fragte Käfer.

»Sie sagte, dass ihre Schwester immer geglaubt habe, dass eine andere Sängerin dahinterstecke. Mobbing in Opernkreisen sozusagen«, antwortete Subotik. »Ich höre mich an der Oper heute mal um.«

»Hat sie was über ihren Schwager gesagt?«, fragte Käfer.

»Sie mochte ihn nicht«, meinte Subotik. »Insgesamt hatte sie allerdings wenig Kontakt zu den beiden, was sie auch ihrem Schwager anlastet, mit dem sie sich einfach nicht gut verstanden hat. Sie deutete an, dass er immer über seinen Verhältnissen gelebt hat, das Appartement auf Mallorca ist zum Beispiel hoch verschuldet. Verkaufen will er es aber trotzdem nicht.«

Hammersbach sah Käfer nachdenklich an. »Mal ehrlich«, meinte er und schlürfte von seinem Kaffee. »Wir haben einen hoch verschuldeten Ehemann, der kein Alibi hat …«

»… und außerdem Nutznießer einer hohen Lebensversicherung ist …«, ergänzte Subotik.

»… der sich bei der Vernehmung durchaus widersprüchlich verhält und eine Wohnung im Ausland besitzt«, fügte Käfer hinzu. »Fluchtgefahr ist also vorhanden.« Er seufzte und öffnete auf seinem PC ein neues Dokument. »U-Haft«, sagte er dann. »Ich mach den Antrag fertig.«

Er wusste, dass er fast den gesamten Tag mit dem Schreiben von Protokollen und Anträgen verbringen würde und dass es ihm schwerfallen würde, müde, wie er war.

»Nur ganz kurz«, murmelte Käfer zu seinem Kollegen,

nachdem Hammersbach das Büro verlassen hatte, um sich etwas zu essen zu holen.

Er drehte sich zum Fenster, lehnte sich in seinem Schreibtischstuhl zurück, verschränkte die Arme vor der Brust und schloss die Augen. Sofort sank er in einen tranceartigen Dämmerschlaf, bei dem die Geräusche aus dem Präsidium und von der Straße noch zu ihm durchdrangen, er aber trotzdem merkte, wie sein ganzer Körper entspannte, sein Mund langsam aufklappte und er tiefe Atemgeräusche von sich gab. Genauso schlief er auch immer im Urlaub am Strand ein, baute den Lärm seiner Umwelt in seine Träume mit ein und kam sich dabei jedes Mal vor, als befände er sich in einer Art Zwischenwelt, nicht wach, aber auch nicht tief schlafend. Er mochte diesen Zustand, die leichten, angenehmen Träume, die er manchmal beeinflussen konnte und die ihm immer eine kleine Flucht aus dem Alltag boten.

Aber diesmal war etwas anders.

Er sah Annette vor sich, wie sie nackt aus der Dusche kam. Er sah ihre Narben, die er eigentlich gar nicht mehr wahrnahm, aber jetzt sprangen sie ihm förmlich ins Auge. Und plötzlich platzten sie auf. Bräunlich verbranntes Fleisch wurde darunter sichtbar, und Annette sah ihn so panikartig an, dass er sofort zu ihr hinlaufen wollte. Aber er konnte nicht, er konnte sich nicht einen Zentimeter bewegen. In dem Moment hörte er das Knistern, laut und geräuschvoll. Er drehte sich um, sah den Rauch und die Flammen, die aus dem Kinderzimmer schlugen, und hörte Paulines fürchterliche Schreie.

Erschrocken riss er die Augen auf.

»Der gesunde Büroschlaf!«

Käfer zuckte zusammen und war schlagartig wieder hellwach.

»Auch ein Mettbrötchen?« Hammersbach stand grinsend vor ihm und hielt ihm eine knisternde Brötchentüte unter die Nase.

»Was? Nein …« Irritiert setzte sich Käfer auf und rieb sich über die Augen. »Ich muss eingenickt sein …«

»Eingenickt? Du hast mit offenem Mund laut schnarchend gepennt«, meinte Hammersbach und lachte. »Aber meinen Segen hast du. War spät gestern, und auf dich wartet ja immer noch ein Baby, das den Nachtschlaf stört.«

Käfer nickte nur und versuchte, wieder klar zu denken. Er war überhaupt nicht der Typ für Albträume, er konnte sich nicht erinnern, dass er jemals einen gehabt hätte. Nachts hatte er einen gesunden und tiefen Schlaf, niemals Ein- oder Durchschlafschwierigkeiten, er legte sich hin und schlief. Dasselbe galt für den Powernap, den er sich manchmal gönnte, gönnen musste. Egal, wie schlimm oder brutal seine Fälle auch waren, er hatte sie noch nie mit in den Schlaf genommen. Charlotte hatte mal zu ihm gesagt, dass er sein Unterbewusstsein perfekt im Griff habe, dass er zu der glücklichen Sorte Mensch gehöre, die Erlebtes wunderbar verarbeiten könne und nicht von ihren Sorgen aufgefressen würde.

Käfer schüttelte den Kopf, als wollte er diese Gedanken endgültig loswerden. Er würde sich nicht von einem kurzen Albtraum verunsichern lassen, sagte er sich und widmete sich wieder seinem Protokoll.

3

28. November 2017

Ich kann mich nicht mehr konzentrieren. Immer muss ich an sie denken. Obwohl ich im Sommer geübt hatte, traf ich nicht die Mitte. Die verdammte Schädelmitte, ich hab sie einfach nicht getroffen. Sie lebte noch, jammerte, ja winselte fast. Ich weiß nicht, ob sie direkt mit mir sprach. Wenn ich mich nicht täusche, hat sie ein paar Mal *warum* gefragt.

Nach dem zweiten Schlag war endlich Ruhe. Keine Zeit mehr, ihr das Warum zu erklären. Wahrscheinlich hätte sie es eh nicht verstanden. Wenn das Böse dich trifft, dich mit voller Wucht erwischt, dich einnimmt und nicht mehr loslässt, dann ist das für andere nur schwer zu verstehen. Es ist ja selbst für mich schwer, obwohl ich es doch bin, den es betrifft.

Aber heute weiß ich, warum es getan werden muss, vielmehr *dass* es getan werden muss.

Es wird Zeit, dass es weitergeht.

Zeit für die Nächste.

Geradezu aufgekratzt stand Charlotte am Morgen in der Wohnungstür.

»Was ist denn mit dir los?«, fragte Bernd, der sich mit Felix auf den Weg zur Kita machen wollte. »So gut gelaunt habe ich dich ja schon lange nicht mehr gesehen. Jedenfalls nicht, wenn du zum Präsidium musst.«

»Ich schwänze heute den Innendienst«, meinte Charlotte und drückte ihm grinsend einen Kuss auf den Mund.

Besorgt sah Bernd sie an. »Charlotte, du …«

Doch sie ließ ihn nicht zu Wort kommen. »Keine Sorge, ist nur ein kleiner Freundschaftsdienst. Nichts Dramatisches. Aber ich freu mich, mal wieder rauszukommen. Diese Rumsitzerei im Büro ist einfach nicht das Richtige für mich.«

»Bist du mit Peter unterwegs?«

»Mit Käfer? Nein.« Sie seufzte, als sie seinen besorgten Blick sah. »Es ist nichts Weltbewegendes, ich befrage nur ein paar Nachbarn von einer Frau, die sich belästigt fühlt. Alles ganz harmlos.«

»Hast gar nichts von erzählt.«

»Ich wollte nicht, dass du dir unnötig Sorgen machst.«

Bernd nickte nur, und sie ahnte, was gerade durch seinen Kopf ging. Früher hatte er nie Angst um sie gehabt, hatte ihre Einsätze nie in Frage gestellt. Aber das war heute anders, und obwohl er sich um Normalität bemühte, wusste sie genau, dass er davon noch weit entfernt war. Vermutlich weiter als sie selbst.

Charlotte lächelte ihm aufmunternd zu, dann drückte sie Felix an sich, wünschte ihm einen schönen Tag in der Kita, Bernd einen ebenso schönen in der Schule und verschwand gut gelaunt aus der Wohnung.

Natürlich war ihr klar, dass das kein richtiger Einsatz war. Sie hatte im Präsidium angerufen und gesagt, dass sie wegen eines Termins etwas später kommen würde, was ja auch irgendwie stimmte. Sie wollte wegen einer kleinen Nachbarschaftsbefragung nicht die Pferde scheu machen, wollte sich keine Fragen nach ihrer Verfassung zumuten und sich keine Sprüche anhören, dass sie eigentlich erst mit dem Psychologen sprechen sollte, bevor sie wieder im Außendienst ermittelte. Weshalb so einen Aufstand machen?

Es war noch ziemlich dunkel, als sie losfuhr. Der Berufsverkehr hatte sich noch nicht aufgelöst. Am Zentralfriedhof stand sie endgültig im Stau. Gedankenverloren ließ sie ihren Blick über die Friedhofsanlage wandern, die in ein rötliches Licht getaucht war. Auf nahezu allen Gräbern standen rote Totenlichter, die im aufsteigenden Morgennebel für eine fast unheimliche Atmosphäre sorgten.

Wie lange diese Grablampen doch halten, dachte Charlotte. Totensonntag war immerhin vor zwei Tagen gewesen, und es leuchtete noch an jeder Ecke. Vielleicht waren es LEDs? Die Schaufenster waren jedenfalls voll mit LED-Kerzen im Echtwachslook, die man zur nahenden Adventszeit kaufen sollte. Vielleicht hatte dieser Trend inzwischen auch die Friedhofskultur erreicht.

Sie brauchte über eine halbe Stunde, bis sie in den Tulpenweg in Münster-Hiltrup abbog, fuhr die Straße bis fast zum Ende und lenkte den Wagen schließlich in eine freie Parklücke vor dem Haus mit der Nummer 81. Der rote Backsteinbau machte einen gepflegten Eindruck, auch wenn er offensichtlich schon etwas älter war. Ein klassischer Bau aus den sechziger Jahren, schätzte Charlotte, von solchen Mehrfamilienhäusern hatte es in Münster früher jede Menge gegeben, und auch heute waren sie noch zahlreich im Stadtbild vertreten.

Charlotte stieg aus dem Wagen und ging durch einen Vorgarten auf das Haus zu. Hinter ein paar Kirschlorbeerbüschen standen Mülltonnen, gut versteckt, sodass sie niemandem direkt ins Auge sprangen. Ein Blick auf das Klingelschild verriet ihr, dass Katrin Ortrup im ersten Stock wohnte. Aber zunächst wollte Charlotte mit dem Ehepaar Schmied sprechen und stand wenig später in ihrer geräumigen Erdgeschosswohnung.

Anke Schmied hatte sie bereitwillig hineingelassen, nachdem Charlotte sich ausgewiesen und ihr erklärt hatte, warum sie mit ihr sprechen wollte. Die Frau, die sie auf Mitte fünfzig schätzte, bot ihr einen Kaffee an und bat sie, im Wohnzimmer Platz zu nehmen. Charlotte setzte sich auf einen der cremefarbenen Sessel und ließ ihren Blick über die zahlreichen Fotos schweifen, die auf dem Klavier aufgereiht waren. Auf den meisten war Anke Schmied mit einem Mann und einem jungen Mädchen mit roten Locken zu sehen, das von Foto zu Foto größer wurde. Klassische Familienfotos, dachte Charlotte, und sie überlegte kurz, ob sie mit Bernd und Felix nicht auch mal ein professionelles Bild lassen machen sollte.

»Hat sich die arme Frau Ortrup das Gerede also doch zu Herzen genommen«, sagte Anke Schmied und schob sich eine rot gefärbte Haarsträhne hinter das Ohr, bevor sie den Kaffee einschenkte. »Ich hab das nur am Rande mitbekommen, aber der Stefan muss ihr da ganz schön was erzählt haben.«

»Stefan?«

»Mahnheim. Von oben. Der hatte auf der Feier ziemlich einen sitzen und hat ihr dann von diesen vermaledeiten Briefen erzählt. Der hat das natürlich alles ganz schön aufgebauscht, von wegen Todeshaus und so.« Sie schüttelte den Kopf. »Spinner.«

»Tatsächlich hat Frau Ortrup am nächsten Tag einen solchen Brief bekommen.«

Anke Schmied seufzte. »Das ist ja ein schöner Einstand. Diese Briefe sind aber auch wirklich lästig. Insofern ist es bestimmt ganz gut, wenn Sie sich jetzt mal der Sache annehmen.«

»Haben Sie selbst auch schon welche bekommen?«, fragte Charlotte.

»Ja. Wie alle hier im Haus. Vier oder fünf Stück sind es bestimmt inzwischen.«

»Könnte ich einen davon mal sehen?«

Anke Schmied sah sie erstaunt an. »So was bewahre ich doch nicht auf. Die habe ich sofort weggeschmissen. Der Mist gehört ins Altpapier und sonst nirgendwohin.«

Charlotte nickte. Die Briefe zu sammeln würde bedeuten, ihnen mehr Aufmerksamkeit zu geben, als sie es verdient haben.

»Wissen Sie noch, was drinstand?«

Anke Schmied blickte nachdenklich auf den dunklen Couchtisch, auf dem ein kleiner Strauß Blumen in einer Vase stand. »Die waren alle in Reimform verfasst. So wie Kinder es machen, wenn sie dichten wollen. Und dann ging es immer um die angeblich so dunkle Vergangenheit des Hauses. Hier soll ja mal ein Mord passiert sein, in den achtziger Jahren. Stimmt aber alles nicht.«

»Wohnten Sie damals schon hier?«

Anke Schmied sah sie für einen Moment fast empört an. »Hallo? In den Achtzigern war ich ein Teenager und wohnte bei meinen Eltern!«

»'tschuldigung, so war das nicht gemeint …«

Anke Schmied lächelte versöhnlich. »Schon gut. Mein Mann hat mal versucht, was im Internet über diesen angeblichen Mord herauszufinden. Da gibts aber nichts zu. Also wirds auch nicht stimmen.«

Charlotte machte sich eine Notiz. Sie wollte der Frau nicht verklickern, dass Kriminalfälle, die fast vierzig Jahre zurücklagen, nur selten Spuren im Internet hinterließen. Über die großen, spektakulären Fälle konnte man sicherlich immer etwas im Netz lesen, aber die alltäglichen Taten fanden dort in der Regel keine Erwähnung.

»Abgesehen von diesen Drohbriefen – gab es noch irgendwelche Vorfälle hier im Haus, die Sie ungewöhnlich oder bedrohlich fanden?«, fragte Charlotte.

Anke Schmied schüttelte den Kopf. »Ehrlich gesagt nicht. Wir haben hier eine intakte Nachbarschaft, alle kommen gut miteinander aus. Das Einzige …« Sie zögerte.

»Das Einzige?«, hakte Charlotte nach.

Anke Schmied seufzte erneut. »Ich möchte nichts Falsches erzählen, aber mein Mann und ich haben schon häufig gedacht, dass …«

Wieder stockte sie, und Charlotte sah sie auffordernd an.

»Na ja, im Haus nebenan«, fuhr Frau Schmied schließlich fort, »da gibt es so einen Bengel, der macht eigentlich nur Mist. Ständig am Kiffen, und neulich hat er mit einer Sprühdose so ein Graffiti an den Stromkasten an der Straße gesprüht. Wie gesagt, ich will nichts Falsches erzählen und niemanden verdächtigen, aber vielleicht fragen Sie den mal, ob er was mit den Briefen zu tun hat. In dem Alter haben die Kinder doch nur Blödsinn im Kopf.«

»Wie alt ist er?«

»Neunzehn oder zwanzig, glaube ich. Mats Förster. Die wohnen in Nummer 83. Ich hätte den längst vor die Tür gesetzt.«

Kurze Zeit später stand Charlotte im zweiten Stock im Flur der Mahnheims und stellte Elli Mahnheim dieselben Fragen. Sie wollte sich eigentlich gerade auf den Weg zur Arbeit machen und war offensichtlich unter Zeitdruck.

»Die Briefe? Ja, sicher habe ich die noch. Brauchen Sie sie wirklich jetzt?«

»Das wäre toll.«

Seufzend ging die Frau zu einem antiken Sekretär, zog eine Schublade nach der anderen auf und begann zu suchen. Es dauerte zwar eine ganze Weile, aber schließlich hatte sie sie gefunden. »Ich fühle mich zwar nicht bedroht dadurch, aber ich dachte mir, man weiß ja nie. Außerdem bewahre ich sowieso immer alles auf«, sagte sie, als sie ihr die Briefe gab.

Charlotte unterdrückte ein Grinsen. Sie kannte diese Leute, die nie etwas wegwarfen. In ihrem privaten Umfeld machten solche Sammler sie wahnsinnig, wie sie und Käfer sie immer nannten, aber beruflich waren sie natürlich ein Segen.

»Danke«, sagte sie und überflog die vier Briefe, die Elli Mahnheim ihr gegeben hatte. Allesamt kurze Reime mit Drohungen, dass etwas Schlimmes passieren würde. »Auch Kinder werden nicht verschont vom tödlichen Licht«, las Charlotte kopfschüttelnd. Wirklich ein Psychopath.

Elli Mahnheim lachte kurz auf, und Charlotte glaubte, eine gewisse Besorgnis in ihrer Stimme zu hören. »Als Mutter macht man sich da schon mal seine Gedanken«, sagte sie. »Das finde ich ehrlich gesagt auch besonders geschmacklos von dem Verfasser. Aber Sie sehen ja selbst, in was für einer primitiven Art die Briefe geschrieben sind. Ich habe das immer eher für einen Dummejungenstreich gehalten, den man besser vergisst, weil man eh nichts dagegen unternehmen kann. Oder sehen Sie das etwa anders?«

Charlotte schüttelte schnell den Kopf. »Nein, nein, vermutlich ist es eine harmlose Angelegenheit, da gebe ich Ihnen recht. Tödliches Licht … hat es hier mal gebrannt?«

»Nein, nie«, sagte Elli Mahnheim. »Jedenfalls nicht dass ich wüsste.«

Charlotte machte sich eine Notiz und fragte dann nach dem Jugendlichen aus dem Nachbarhaus.

»Mats Förster?«, fragte Elli Mahnheim. »Ja, den können Sie ruhig mal befragen! Mein Mann hat ihn auch schon mal auf die Briefe angesprochen, aber da erhielt er nur eine patzige Antwort! Würde mich nicht wundern, wenn er dahintersteckt. Man fragt sich wirklich, was da schiefgelaufen ist. Dabei sind die Eltern so nett.«

Nach den Beschreibungen der Nachbarn hielt es Charlotte nicht für unwahrscheinlich, den jungen Mann um diese Uhrzeit zu Hause anzutreffen. Wenn es stimmte, was Frau Mahnheim erzählt hatte, schlief er wahrscheinlich noch, dachte sie, als sie die Wohnung von Katrin Ortrup passierte. Sie hatte versprochen, bei ihr vorbeizuschauen, wenn sie die Befragung beendet hatte. Aber vorher wollte sie bei den Försters klingeln, vielleicht hatte sich die Sache mit den Drohbriefen dann ja schon geklärt, und sie konnte Katrin Entwarnung geben.

Eine halbe Stunde später saß sie bei ihr in der Küche. Finn und Leo waren in der Schule, sodass sie sich in Ruhe unterhalten konnten. Sie erzählte ihr von den Gesprächen mit Anke Schmied und Elli Mahnheim und dem Hinweis der beiden Frauen, sich den Nachbarsjungen Mats Förster doch etwas genauer anzuschauen.

»Und?«, fragte Katrin. »Warst du da?«

Charlotte nickte. Sie hatte immer noch ein merkwürdiges Gefühl in der Magengegend, das sie sofort nach dem Gespräch mit Hanna Förster bekommen hatte. »Ich hab den Jungen nicht angetroffen«, sagte sie, »nur die Mutter war zuhause. Er war wohl die ganze Nacht nicht da.«

»Ist nicht so ungewöhnlich in dem Alter.«

Charlotte hatte es leidgetan, wie Hanna Förster sich vor ihr gewunden hatte. Alles an der Frau, an ihrer Art, sich zu kleiden, zu sprechen und auch an der Wohnung selbst, hatte für mehr als nur geordnete Verhältnisse gesprochen. Gepflegte, solide Mittelschichteltern, die sich für ihren Sohn nichts anderes wünschten als Gesundheit und eine gute Ausbildung, damit ihm alle Möglichkeiten offenstanden.

Verzweifelt hatte die Frau ihr gestanden, dass sich ihr Traum gerade in Schall und Rauch auflöste.

»Ich weiß nicht, was mit Mats los ist«, hatte sie gesagt. »Er kifft die ganze Zeit, geht nicht zur Uni und hängt irgendwo in der Stadt mit Leuten ab, die ich nicht kenne. Er klaut und prügelt sich, macht dauernd nur Mist. Ich weiß, dass er erwachsen ist, aber ich habe trotzdem solche Angst, dass er mir entgleitet.« Schon häufiger habe die Polizei bei ihnen vor der Tür gestanden, weil ihr Junge mit Marihuana und härteren Drogen erwischt worden war, zuletzt sogar mit Heroin.

»Glaubst du, er hat die Drohbriefe verfasst?«, fragte Katrin.

Charlotte zuckte mit den Achseln. »Ich weiß es nicht. Möglich wäre es natürlich.«

»Ein Nachbarsjunge also! Dann wissen wir jetzt wenigstens, dass es nur ein harmloser Streich war.«

Katrin war sichtlich erleichtert, und Charlotte verkniff sich die Worte, die ihr eigentlich auf der Zunge lagen. Dass es nicht unbedingt harmlos sein musste, wenn ein Jugendlicher auf die schiefe Bahn geriet, dass Drohungen ein beliebtes Mittel waren, um die Finanzierung von Drogen zu erleichtern, und dass Abhängige durchaus zu schwerwiegenderen Straftaten in der Lage waren. Aber bevor sie sich nicht selbst ein Bild von dem jungen Mann gemacht hatte, wollte sie Katrin nicht unnötig beunruhigen.

Vorwort

Acht Quadratmeter, Platzangst und harte Betten. Um mich herum gewaltbereite Muskelprotze. Ich kenne alle Details des Knastlebens: Urinkontrollen mitten in der Nacht, Drogen, Hofgänge, Essensausgaben, fehlende Privatsphäre und das ständige Knallen der Zellentüren. Im Gefängnis hatte ich viel Zeit zum Nachdenken. Sehr viel Zeit. Dabei habe ich nicht nur meine Tat hinterfragt, ich habe auch ständig darüber nachgedacht, wie es überhaupt so weit kommen konnte. Das Warum hat mich nicht mehr losgelassen. Ich habe viel gelesen, mich über die Entstehung von Aggression und Gewalt informiert und schließlich angefangen zu schreiben. Erst waren es nur Notizen, dann kleine Tagebucheinträge, die schließlich zu Kapiteln heranwuchsen. So ist dieses Buch entstanden.

Noch im Gefängnis habe ich mich für den Verein »Nicht in den Knast« engagiert, der junge Leute, die auf der Kippe stehen, mit Häftlingen wie mir zusammenbringt. In der JVA Münster, wo ich achtzehn Jahre meines Lebens verbracht habe, sollen sie sehen, wo sie landen, wenn sie auf die schiefe Bahn geraten. Für mich waren diese Begegnungen Schlüsselmomente. Mir wurde klar: Bei den Jugendlichen kann man noch etwas verändern. Da wollte ich mithelfen. Das sehe ich als meine Aufgabe an, ja, fast als eine Berufung. Und das ist auch der Grund, warum ich dieses Buch geschrieben habe.

Seit 2007 bin ich wieder draußen. Seitdem arbeite ich als Anti-Gewalt-Trainer an Schulen und Universitäten, besuche mit gefährdeten oder interessierten Jugendlichen meine alte Schlafstätte, wie ich die JVA nenne. Ich stehe jetzt auf der anderen Seite, als freier Präventionshelfer halte ich Vorträge und Seminare und versuche alles dafür zu tun, dass niemand denselben Weg gehen muss, wie ich ihn gegangen bin. Dabei habe ich beobachtet, wie die Jugendlichen auf die Begegnung mit mir und anderen Häftlingen reagieren, wie sie sich verhalten, wenn sie für zehn Minuten alleine in einer Zelle eingeschlossen werden. Manche fangen an zu weinen.

In diesem Buch habe ich nun alle Erfahrungen niedergeschrieben. Zum einen meine bitteren Erkenntnisse, wie ich selbst zum Täter werden konnte, zum anderen aber auch mein Wissen, wie solche Taten verhindert werden können.

Das, was ich gemacht habe, kann ich nicht wiedergutmachen. Aber ich kann zumindest versuchen, dass andere diesen Weg nicht gehen.

Münster, 12. Mai 2017 Till Brönne

4

Die kleine Pizzeria am Prinzregentenmarkt war gerade im Sommer ein beliebter Treffpunkt. Dank moderater Preise verbunden mit einer einfachen, aber sehr guten Küche und einer schönen Außengastronomie war die Terrasse bei gutem Wetter in der Regel brechend voll. Jetzt im November war sie verwaist, aber durch die bodentiefen Fenster hatte man auch von innen den Eindruck, mitten auf dem historischen Platz zu sitzen.

Käfer sah Charlotte schon von Weitem und winkte ihr zu. Seitdem sie nicht mehr in einem Team waren, hatten sie sich angewöhnt, regelmäßig zusammen essen zu gehen. Käfer liebte diese kleinen Auszeiten vom Job – und von der Kantine –, nicht nur wegen der unterschiedlichen Restaurants, durch die sie sich testeten, sondern vor allen Dingen wegen des Austauschs mit Charlotte. Denn auch wenn sie längst miteinander befreundet waren und Bernd und Annette sich ebenfalls sehr gut verstanden, blieben die Treffen im privaten Rahmen doch selten, was der Arbeit und dem Familienleben mit kleinen Kindern geschuldet war.

»Lieblingskollegin«, sagte er und begrüßte sie mit einem Bussi auf die Wange, während er sich aus seiner Winterjacke pellte. »Gut siehst du aus.«

»Du auch«, erwiderte Charlotte lächelnd und warf einen unverhohlenen Blick auf seine Körpermitte.

»Nein, ich jogge nicht mehr«, kam Käfer ihr stöhnend zuvor. »Würdest du das Thema bitte gar nicht erst anfangen?«

Sie lachte und reichte ihm die Speisekarte.

Nachdem sie eine Flasche Mineralwasser, Charlotte einen Salat mit Putenbrust und er eine Salamipizza bestellt hatten, fing er unvermittelt an, von seinem neuen Fall zu erzählen.

»Im Moment spricht alles für den Ehemann als Täter. Auf der Tatwaffe sind seine Fingerabdrücke, und bei der Vernehmung hat er sich alles andere als glaubhaft verhalten«, sagte Käfer und tunkte ein Stück Brot in den Knoblauchdipp, der auf dem Tisch stand.

»Er hat seine Frau erschlagen, sie in einen Kreis von Totenlichtern gelegt und die Leiche dann angezündet?«, fasste Charlotte seine Ausführungen zusammen, und er sah ihr an, dass sie sofort wieder in ihren alten Ermittlermodus verfiel. Charlotte war wie ein Hund, dem man eine Wurst hinhielt. Wenn ein interessanter Fall vor ihr lag, musste sie daran herumschnuppern, sie konnte einfach nicht anders. »Irgendwie ungewöhnlich, oder? Er konnte doch nicht ernsthaft glauben, dass die Tat durch den Brand unentdeckt blieb. Früher oder später wäre doch so oder so die Feuerwehr gekommen und hätte die Leiche gefunden.«

»Ich schätze, er wollte alle Spuren verwischen«, meinte Käfer und tunkte das nächste Stückchen Weißbrot in den Dipp. »Feuer eignet sich ja bekanntlich sehr gut zum Spuren verwischen. Jedenfalls wenn man es richtig macht …«, fügte er noch hinzu. Er merkte, wie belegt seine Stimme plötzlich klang, was Charlotte natürlich nicht entgehen konnte.

»Alles okay?«, fragte sie und sah ihn besorgt an.

Er räusperte sich und versuchte, so munter wie nur möglich zu klingen. »Ja, klar, alles bestens. Es ist nur …« Käfer zerpflückte das Stück Weißbrot und rollte es zu kleinen Kügelchen. Er wusste nicht genau, wie er sich ausdrücken sollte. »Irgendwie sind durch diese Geschichte lauter Erinnerungen in mir hochgekommen …«, sagte er zögernd.

Charlotte schien ihn sofort zu verstehen. »Du meinst die Sache von damals? Der Brand im Altenheim?«

Natürlich hatte auch sie diesen Fall nicht vergessen. Charlotte hatte Annette zwar nie darauf angesprochen, aber er wusste, dass dieser Fall sie für immer miteinander verbinden würde.

Er nickte. »Ich dachte, ich hätte das alles hinter mir gelassen. Aber als ich jetzt vor der Leiche dieser Frau stand … und dieser Geruch … dieser Geruch von verbranntem …«

In dem Moment stellte der Kellner ihm die Salamipizza vor die Nase, die an einigen Stellen etwas braun geworden war. Käfer verzog das Gesicht.

»Wie passend«, murmelte er, nahm aber sofort ein Stück und biss hungrig hinein. »Lecker.«

Charlotte grinste.

»Was denn?«

»Nichts. Alles gut. Ist es sehr belastend für dich?«

Käfer zuckte mit den Achseln und schluckte den Bissen hinunter. »Eigentlich bin ich nicht der Typ für Albträume, aber letzte Nacht hab ich Annette mit Pauline im Arm in einem brennenden Haus gesehen und bin schweißgebadet aufgewacht. Auf so was hab ich ehrlich gesagt keinen Bock.«

»Kann ich verstehen.«

»Du bist doch Psychologin …«

»Ich habe mal Psychologie studiert, das ist ein Unterschied.«

»Ja, ja. Aber gerade mit Traumata kennst du dich doch

aus …« Er biss sich auf die Lippe. Den Satz hätte er sich vielleicht besser verkneifen sollen. »Sorry, so war das jetzt nicht gemeint.«

Er sah, dass Charlotte schluckte, und hatte das Gefühl, als würde sie sich um ein Lächeln bemühen. »Käfer, nur weil ich …«

»Ich weiß.«

»Nein, lass mich ausreden. Nur weil ich den ganzen Mist in den Griff gekriegt habe, heißt das noch lange nicht, dass ich ein Patentrezept dafür habe.«

»Ich weiß, ich weiß. Hätte ja sein können, dass du einen guten Tipp für mich hast.«

»Reden.«

»Mach ich doch gerade!«

»Ja, aber vor allen Dingen mit Annette. Der Unterschied zwischen uns beiden ist, dass du den Horrorfilm nicht selbst erlebt hast. Du hast vielleicht dran teilgenommen, aber de facto war es damals Annettes Albtraum. Rede mit ihr. Das hilft.«

Käfer biss in ein weiteres Stück Pizza. »Ich weiß nicht«, sagte er mit vollem Mund. »Ist das nicht ein bisschen unfair, wenn ich ihr meine Probleme aufs Ohr drücke? Sie selbst scheint mit dem ganzen Kram inzwischen einigermaßen gut abgeschlossen zu haben.«

Seitdem Pauline auf der Welt war, hatten sie nicht mehr über die Vorfälle gesprochen, die inzwischen gut vier Jahre zurücklagen, und er hatte den Eindruck, dass Annettes Narben verheilt wären, äußerlich sowieso, aber auch innerlich.

»Reiße ich dann nicht alte Wunden auf?«

Charlotte sah ihn nachdenklich an. Sie trug ihre dunklen Haare inzwischen wieder kürzer, so wie sie es früher getan hatte. Nur während ihrer Zeit im Krankenhaus und die vielen Wochen danach, die sie gebraucht hatte, um wieder vollständig zu genesen, hatte sie die Haare wachsen lassen. »Vielleicht«, sagte sie. »Die Gefahr besteht natürlich. Aber wäre es nicht schlimmer für sie, wenn sie weiß, dass du etwas Belastendes mit dir herumträgst, ohne ihr davon zu erzählen?«

Er seufzte. »Vielleicht war es auch nur im ersten Moment, dass alles wieder hochkam«, meinte er. »Eine Brandleiche ist ja kein schöner Anblick. Richtig verbrannt war sie aber eigentlich gar nicht. Der Täter hat sich da eher dilettantisch angestellt. Hat irgend so einen Holzlack auf dem Körper verschüttet, der viel zu schwach war, um richtig zu brennen. Eigentlich hätte er das als Tischler ja wissen müssen …«

»Wenn es wirklich der Ehemann war.«

»Mal hören, was Christian sagt. Ich geh gleich noch bei ihm vorbei.«

Charlotte sah ihn überrascht an. »Ah, du duzt Dr. Heer inzwischen?«

»Ja. Netter Kerl. Macht einen guten Job.«

»Was sagt er zu den Totenlichtern?«

»Kann er sich natürlich auch noch keinen Reim drauf machen«, meinte er.

»Vielleicht sollte es eine makabre Anspielung auf Totensonntag sein«, sagte Charlotte. »War ja letzten Sonntag.«

»Ach?« Das war ihm nicht bewusst gewesen. »Ja. Gut möglich. Vielleicht hatte den Täter aber auch das schlechte Gewissen geplagt, und er wollte so etwas wie eine *anständige Bestattung* oder so.«

»Die Dinger hätten aber doch verbrennen können.«

»Wenn alles richtig Feuer gefangen hätte, ja. Vielleicht war ihm das egal, vielleicht war es aber auch irgendein krankes Ritual.«

»Dann war es nicht seine erste Tat«, überlegte Charlotte laut. »Solchen ritualisierten Morden gehen praktisch immer andere Taten voraus, in denen der Täter sozusagen übt, sich also schon mal mental auf die richtige Tat vorbereitet. Gab es in letzter Zeit irgendwelche Zwischenfälle, in denen solche Totenlichter auftauchten?«

»Du meinst, Friedhofsschändung oder so was?«

»Zum Beispiel«, antwortete Charlotte. »Oder getötete Tiere, die so altarmäßig aufgebahrt wurden, oder Einbrüche in Kirchen, in denen der Altar verunstaltet wurde. So was in der Richtung.«

»Muss ich mal klären.« Inzwischen hatte Käfer seine Pizza aufgegessen. »Aber jetzt erzähl du doch mal. Was macht der Innendienst?«

Charlotte senkte den Blick und stocherte in ihrem Salat rum. »Es ist einfach nur öde«, sagte sie dann.

Das konnte Käfer gut verstehen. Wenn ein Mensch nicht für den Innendienst geeignet war, dann Charlotte Schneidmann, eine der besten Ermittlerinnen, die die Kriminalpolizei Münster überhaupt hatte.

»Warum lässt du dir dann keinen Termin für die Diensttauglichkeitsprüfung geben? Denkst du, du bist noch nicht so weit?«

Sie seufzte. »Doch, ich denke, ich bin längst wieder so weit. Aber … ich hab irgendwie Schiss vor diesem letzten Schritt. Ich glaub, das ist so 'ne Überwindungssache. So wie du dich damals überwinden musstest, mit Sport anzufangen.« Sie grinste ihn schief an.

»Sehr witzig.« Er verzog kurz das Gesicht. Dann sah er sie

wieder ernst an. »Ich bin mir sicher, dass du das schaffst«, sagte er ehrlich. »Manche Wunden bleiben für immer. Aber dann muss man versuchen, damit zu leben.«

»Das hast du von mir!«, sagte Charlotte trocken, und er grinste.

»Stimmt. Und du hast damit mal wieder recht gehabt. Außerdem könnte ich durchaus Unterstützung in meinem Team gebrauchen. Also, denk darüber nach, und lass dir einen Termin für diese blöde Diensttauglichkeitsprüfung geben.« Er griff nach der Karte und rieb sich über den Bauch. »Dessert?«, meinte er dann, und Charlotte lachte.

Eine halbe Stunde später lenkte Käfer seinen Wagen auf den Friesenring zum Polizeipräsidium und parkte auf dem Platz vor dem hohen mehrstöckigen Gebäude. Obwohl es auf den ersten Blick so groß und geräumig wirkte, platzte es schon lange aus allen Nähten. Seit einer Weile wurde über einen Anbau diskutiert, das wesentlich flachere Gebäude der anliegenden Rechtsmedizin aufzustocken. Wann oder ob diese Pläne überhaupt jemals umgesetzt würden, stand allerdings in den Sternen.

Kurz darauf betrat er das Gebäude der Gerichtsmedizin, grüßte den jungen Mann, der hinter dem Empfangstresen saß, und ging durch die kleine Eingangshalle in Richtung Obduktionsräume. Christian kam ihm auf dem Gang entgegen. Käfer hatte eine Weile gebraucht, um mit dem großen hageren Mann mit der blank polierten Glatze warm zu werden, zumal er eher wortkarg war und auf den ersten Blick über wenig Humor zu verfügen schien. Mit der Zeit hatte sich Käfers Eindruck aber geändert, und inzwischen schätzte er den ausgesprochen kompetenten und zuverlässigen Mann, der nie um den heißen Brei herumredete, sondern immer sehr direkt war.

»Ich wollte gerade Mittagspause machen«, sagte er mit enttäuschter Miene, als Käfer ihm die Hand schüttelte.

»Ich bin mit meiner gerade fertig«, sagte Käfer und grinste.

»Schön für dich. Ich sterbe vor Hunger!«

»Tut mir leid. Mord geht vor.«

Stöhnend drehte sich Christian um und ging zurück in den Obduktionsraum, den er gerade verlassen hatte.

»Okay, dann lass uns schnell machen«, sagte er, als er vor der Kühlkammer stand. Er zog sich ein paar Handschuhe an und überlegte einen Moment, öffnete dann eine Tür und zog die Bahre mit der abgedeckten Leiche hervor. Dann nahm er sein Tablet, das auf dem Schreibtisch lag, und tippte auf dem Display. »So, hier haben wir sie. Die Identität hat sich nach dem DNS-Abgleich bestätigt, bei der Toten handelt es sich um Carla Dellbrück. In ihrem Mageninhalt fanden sich größere Mengen unverdauter Nahrung, Rindfleisch und Kartoffeln, um genau zu sein. Der Zustand des Mageninhalts weist darauf hin, dass die Frau zeitnah nach dem Essen ermordet wurde. Keine halbe Stunde danach.«

Käfer nickte. Das deckte sich mit den Angaben des Ehemannes.

»Das Feuer war nicht todesursächlich«, fuhr Christian fort. »Dafür sind vielmehr drei Schläge auf den Hinterkopf verantwortlich.«

»Fingerabdrücke hattest du ja schon durchgegeben.«

Der Gerichtsmediziner nickte. »Ja, eindeutig vom Ehemann der Toten. Aber bei den Kopfverletzungen ist mir noch was Interessantes aufgefallen.« Er legte das Tablet zur Seite und zog das Tuch von der Leiche.

Die dicken schwarzen Nähte fielen Käfer als Erstes ins Auge. Vom Schambein bis hoch zur Brust war der Oberkörper der Leiche für die Obduktion aufgeschnitten und hinterher nur noch grobstichig vernäht worden. Da der Körper gewaschen worden war, waren viele der schwarzen Brandspuren, die er noch am Tatort gesehen hatte, verschwunden. Die Haut wirkte teilweise fast wie abgeblättert und gab den Blick frei auf das darunterliegende Fleisch.

Käfer versuchte, sich nichts anmerken zu lassen, als er in das entstellte Gesicht der Toten blickte. Nein, an den Anblick von verbranntem Menschenfleisch würde er sich niemals gewöhnen, ging es ihm durch den Kopf.

Christian drehte den Körper auf die Seite.

»Hier sind die drei Eintrittswunden.« Er zeigte mit dem Finger auf eine Stelle im oberen Kopfbereich. »An dieser Stelle traf der Hammer das erste Mal. Allerdings noch etwas zaghaft, als hätte der Täter sich nicht getraut, richtig zuzuschlagen. Diese Verletzung war noch nicht tödlich, möglicherweise hat die Frau das Bewusstsein verloren, aber tot war sie da noch nicht. Sie fiel nach vorne und schlug auf dem Boden auf.« Christian drehte den Körper wieder auf den Rücken und wies auf die Stirn der Frau. »Dabei hat sie sich diese Platzwunde zugezogen.« Erneut drehte er die Leiche um. »Dann kamen Schlag zwei und drei, die definitiv tödlich waren.«

Käfer zuckte mit den Schultern. Worauf wollte Christian hinaus? »Ist doch nicht so ungewöhnlich, dass ein Täter mehrmals zuschlägt, oder?«

»Korrekt, korrekt. Ich war noch nicht fertig.« Wieder wies er auf die erste Wunde am Oberkopf. »Der Eintrittswinkel verläuft bei dieser Verletzung linksseitig zur Schädeldecke. Bei den anderen liegt die Bruchkante rechts.«

»Der erste Schlag wurde also mit der linken Hand verübt, die beiden anderen mit der rechten?«, fragte Käfer, und Christian nickte, während er die Leiche wieder zudeckte und zurück in die Kühlkammer schob.

»Möglicherweise haben wir es also mit zwei Tätern zu tun«, überlegte Käfer.

»Ja. Es ist möglich, dass es zwei Täter gibt, es ist aber genauso möglich, dass der Täter den ersten Schlag mit der linken und den zweiten mit der rechten ausgeführt hat.«

Käfer fuhr sich nachdenklich durch seine dunklen Locken. »Warum sollte er das tun?«

»Das kann ich dir nicht sagen. Vielleicht konnte er mit rechts nicht ausholen? Vielleicht geschah die Tat im Affekt, und er hatte den Hammer zufälligerweise in der linken Hand? Vielleicht waren es aber auch zwei Täter. Dein Job. Ich geh jetzt essen.«

»Warte noch kurz«, hielt Käfer ihn zurück. »Was ist mit den Totenlichtern?«

Christian blieb in der Tür stehen. »Keine Fingerabdrücke. Sie sind sorgfältig gereinigt worden. Ansonsten ein handelsübliches Fabrikat, das gerade zu Totensonntag tausendfach im Münsterland verkauft wird.«

Mit diesen Worten verließ Christian den Obduktionssaal, und Käfer blieb nachdenklich zurück.

»Die Tatwaffe ist voller Fingerabdrücke«, murmelte er, »während die Totenlichter sorgfältig abgeputzt wurden?«

Das sprach dafür, dass die Lichter zum Tatort mitgebracht wurden, während die Wahl des passenden Mordwerkzeugs eher spontan vor Ort passiert war. Allerdings fand Käfer es komisch, dass jemand eine Tat offensichtlich genau plante und dafür von allen Spuren befreite Grablichter mitbrachte, während er sich um die Tatwaffe nicht großartig kümmerte. Natürlich konnte der Mörder davon ausgehen, dass es in einer

Tischlerei einen Hammer gäbe, aber dass dieser gerade griffbereit läge, das konnte er nicht wissen. Die Werkzeuge hätten ja auch irgendwo verschlossen gelagert werden können. Und wenn Dellbrück der Täter war, warum hatte er dann seine Fingerabdrücke nur von den Totenlichtern gewischt und sie auf der Mordwaffe belassen?

Vielleicht war es doch nicht ihr Mann, dachte Käfer. Vielleicht wollte jemand gezielt den Verdacht auf ihn lenken.

Charlotte räumte die Teller zusammen und stellte sie in die Spülmaschine.

»Du kannst ihm Kika anmachen«, rief sie Bernd zu, der Felix gerade auf dem Sofa zudeckte. »Da müsste gleich Logo kommen.«

»Diese Kindernachrichtensendung?«

»Ja. Die mag er.«

Felix gab einen zustimmenden Laut von sich, und kurz darauf hörte Charlotte die Anfangsmusik der Sendung aus dem Fernseher dudeln.

Bernd half ihr, die Küche aufzuräumen, und sah sie dabei immer wieder prüfend an. Sie wusste genau, was ihm auf der Seele lag, und fand es erstaunlich, wie gut sie sich inzwischen kannten. Manchmal kam es ihr so vor, als wären sie nicht seit sieben, sondern seit siebenundzwanzig Jahren ein Paar.

»Was ist denn nun?«, fragte er schließlich.

»Was meinst du?«

»Weißt du ganz genau.«

Da hatte er recht. Seufzend ließ sie sich auf einen Stuhl fallen. »Bernd, ich bin für den Innendienst einfach nicht geschaffen. Dieses Rumsitzen im Büro macht mich fertig.«

Er schenkte sich ein Glas von dem Rioja ein, den er so

gerne mochte, und setzte sich zu ihr. Ernst sah er sie an. »Du willst also wirklich zurück in den Außendienst?«

»Ja. Ich denke, ich bin wieder so weit.«

Nachdenklich nahm er einen Schluck aus seinem Glas. »Kann schon sein. Ich frage mich nur gerade, ob es dabei wirklich nur um dich geht.«

»Ich werde vermutlich nicht um eine Diensttauglichkeitsprüfung herumkommen …«

»Das meine ich nicht«, unterbrach er sie. »Aber was ist mit uns? Mit Felix und mir? Du hast eine Familie, die dich braucht, Charlotte. Du hast Verantwortung.«

Sie atmete tief durch. »Das weiß ich. Aber ich habe auch Verantwortung für mein Leben. Und wenn ich auf Dauer im Innendienst arbeite, werde ich unglücklich, das weiß ich!«

»Ist das nicht ein bisschen egoistisch? Wir hätten dich fast verloren, dein Einsatz im Dienst hätte fast dafür gesorgt, dass Felix ohne Mutter aufwachsen muss!«

Charlotte wich seinem Blick aus und starrte ins Nichts. Sie hatte in ihrem Job immer alles gegeben und nicht nur einmal einen gefährlichen Einsatz erlebt. Vielleicht war es nicht oft so gefährlich gewesen wie bei ihrem letzten, den sie nur knapp überlebt hatte, aber sie war schon häufig in Situationen geraten, die sie nur mit viel Glück heil überstanden hatte. Die Arbeit bei der Mordkommission war nicht ohne Risiken, das war ihr klar. Aber genau das machte sie ja auch so spannend.

»Es ist eben nicht nur dein Leben, Charlotte«, sagte Bernd mit Nachdruck. »Bevor ich Kinder hatte, habe ich auch Fallschirmspringen und Bungeejumping gemacht, aber als Sophie auf die Welt kam, habe ich das sofort an den Nagel gehängt.«

Charlotte räusperte sich. »Das ist ja doch irgendwie was

anderes«, sagte sie. »Viele meiner Einsätze waren völlig ungefährlich …«

»Und viele nicht!«

»Ich weiß. Und ich bin mir meiner Verantwortung auch bewusst, das kannst du mir glauben. Aber soll ich jetzt an einem Schreibtisch versauern, nur weil ich eine Familie habe?«

»Nur?«

»So war das nicht gemeint. Aber viele von meinen Kollegen haben Kinder, ich bin doch nicht die Einzige bei der Kripo, die eine Familie hat!«

Für eine Weile saßen sie einfach schweigend da.

»Ich will nicht jeden Morgen Angst haben, wenn du aus dem Haus gehst«, sagte Bernd leise.

Charlotte nahm seine Hand und drückte sie. Es rührte sie, wie viele Sorgen er sich um sie machte.

»Das brauchst du auch nicht«, sagte sie und lächelte ihn an. Schließlich erwiderte er ihr Lächeln, auch wenn die Zweifel in seinem Gesicht blieben.

6

Zögernd stand Katrin vor dem Briefkasten. Ein weißer Umschlag schaute aus dem Schlitz, und sie ahnte, was es war.

Ihre Finger zitterten, als sie den Briefkasten aufschloss. Genau wie vor drei Tagen war auch dieser Brief nicht adressiert, weder Anschrift noch Absender befanden sich darauf. Sie riss ihn auf.

Die Erste ist gegangen,
die Zweite muss nun bangen.
Das Feuer wird brennen,
und du wirst erkennen,
dass das Ende naht.

Katrin fröstelte. So schlecht der Reim auch war, er verfehlte nicht seine Wirkung. Wann war der Brief bei ihr eingeworfen worden? Als sie heute Morgen Finn und Leo weggebracht hatte, war noch nichts im Briefkasten gewesen, da war sie sich sicher. Danach war sie einkaufen gegangen und hatte in der Physiopraxis vorbeigeschaut, in der sie nächsten Monat wieder arbeiten wollte, wenn ihr Urlaub vorbei wäre. Wusste der Schreiber des Briefes, dass sie nicht da gewesen war? Hatte er den Zeitpunkt extra abgepasst, damit sie ihn nicht überraschen konnte?

Langsam, aber immer drängender überkam sie das Gefühl,

beobachtet zu werden. Sie hob den Blick und schaute sich um. Auf dem Weg zum Haus war niemand zu sehen, der Bürgersteig war menschenleer, nur auf der gegenüberliegenden Straßenseite führte eine ältere Dame ihren Hund aus.

Hier ist niemand, dachte sie, obwohl ihr Bauchgefühl ihr etwas anderes sagte.

Katrin drehte sich um, und ihr Blick fiel auf das Nachbarhaus. Im selben Moment sah sie, wie eine Gestalt ruckartig hinter einem Vorhang verschwand.

Innerhalb von Sekunden wandelte sich ihre Angst in Wut.

»Was für ein kranker und perverser Mist!«, rief sie. Dümmliche Kinderreime, die auf billigste Art Angst und Schrecken verbreiten sollten, nein, dieses Spiel würde sie nicht mitmachen. Wenn Katrin eines in ihrem Leben nicht wollte, dann, jemals wieder Opfer zu sein. Sie wollte es weder sein noch sich so fühlen oder sich so benehmen. Sie würde nicht verängstigt in ihrer Wohnung sitzen und darauf warten, dass irgendein bekiffter Jugendlicher seinen nächsten literarischen Auswurf absonderte, sie würde handeln!

»Du bist kein Opfer!«, sagte sie noch mal eindringlich zu sich selbst, als sie entschlossen auf das Nachbarhaus zuging. Sie würde sich doch nicht von einem Heranwachsenden einschüchtern lassen, von einem Jungen, der mehr Teenager als Mann war, der zu viel Drogen und Testosteron im Blut hatte. Auf gar keinen Fall! Mit dem Kerl würde sie schon klarkommen, sie hatte schon ganz andere Situation in ihrem Leben gemeistert, da wollte sie sich von so einem nicht einschüchtern lassen.

Sie dachte an die Eltern, mit denen sie sich einmal im Monat traf. Keiner von ihnen hatte sein Kind verloren, wie Leo hatten sie alle die Verbrechen überstanden, ob es nun eine Vergewaltigung oder eine Geiselnahme gewesen war. Während die Kinder in unterschiedlichen Verfassungen waren, entweder noch psychologische Hilfe benötigten oder bereits wieder einigermaßen gut im Alltag zurechtkamen, schafften es diese Eltern nicht, mit dem Erlebten zurechtzukommen. Als Eltern der Opfer hatten sie sich selbst in die Opferrolle zurückgezogen und kämpften nun mit massiven Ängsten, was wiederum auch ihren Kindern schadete. Katrin hatte es den Teilnehmern in ihrer Selbsthilfegruppe oft genug gepredigt, wie ein Mantra wiederholte sie es in fast jeder Sitzung: Nur wer sich als Opfer fühlt, wird es auf Dauer auch sein. Auch wenn man das Erlebte nicht rückgängig machen kann, der Umgang damit liegt in unserer Hand. Ihr seid keine Opfer!

Energisch ging sie an der gelben Vespa vorbei zur Haustür und drückte auf den Klingelknopf. Einmal, zweimal, nichts passierte. Katrin klingelte Sturm. Sie wusste schließlich, dass jemand im Haus war, sie hatte die Person ja eindeutig hinter dem Vorhang gesehen.

Es dauerte einige Minuten, bis schließlich ein blasser junger Mann mit schlechter Haut die Tür öffnete. Er war klein und schmächtig, seine dunklen Haare standen ihm kreuz und quer vom Kopf ab.

Der könnte auch erst sechzehn sein, dachte Katrin, als sie ihn musterte.

»Was ist?«

Katrin hielt ihm den Brief ins Gesicht. »Das frage ich dich! Hast du diesen Schrott geschrieben?«

»Nerv nicht rum, Alte …«, murmelte er und wollte die Tür wieder zuwerfen.

Reflexartig stellte Katrin ihren Fuß dazwischen. Sie war

auf hundertachtzig und merkte, dass sie sich zusammenreißen musste. Mit Schimpfen und Brüllen kam sie hier nicht weiter. Katrin atmete tief durch.

»Pass auf, Mats, du bist doch Mats, oder?«

»Ja ...«

»Okay. Diese kranken Briefe – sind die von dir?«

Sie hielt ihm den Zettel vor die Nase, sodass er nicht anders konnte, als darauf zu schauen. Aber er schien die Zeilen nicht zu lesen, sondern starrte mit seinen glasigen Augen ins Nichts.

»Briefe?«, sagte er dann. »In welcher Zeitzone sind Sie denn unterwegs? Ich hab in meinem ganzen Leben noch keinen Brief geschrieben. Warum sollte ich so was machen?«

»Weil du meine E-Mail-Adresse nicht kennst und mir nur auf diese Weise so einen Quatsch schicken kannst. Was willst du damit bezwecken? Willst du mir einfach nur Angst einjagen? Oder geht es dir um etwas anderes? Geld?«

Bei dem Wort Geld hatte sie seine Aufmerksamkeit erlangt. Er musterte sie von oben bis unten, als wollte er anhand ihres Aussehens abschätzen, wie viel Geld von ihr drin war.

»Was ist es Ihnen denn wert, wenn das mit den Briefen aufhört?«

Du bist kein Opfer, ging es Katrin durch den Kopf. Sie würde sich nicht von dem Kerl erpressen lassen, unter gar keinen Umständen.

»Du solltest dich lieber fragen, was es dir wert ist, wegen so einem Quatsch mit der Polizei Ärger zu bekommen!«, entgegnete sie entrüstet.

Mats zuckte mit den Schultern. »Ich hab sowieso dauernd Ärger mit den Bullen.«

Katrin stand jetzt so nah vor dem Jungen, dass sie seinen

schlechten Atem riechen konnte. Sie war genauso groß wie er und sah ihm direkt in die Augen.

»Schön«, sagte sie mit eisiger Stimme. »Aber mit mir hattest du noch keinen Ärger, richtig?«

Unwillkürlich wich er zurück. »Wollen Sie mir drohen?«, fragte er, und Katrin glaubte, Verunsicherung in seiner Stimme zu hören.

Du hast gewonnen, triumphierte sie, du hast das Spiel beendet.

Doch als sich gerade ein Gefühl von Zufriedenheit in ihr ausbreiten wollte, änderte sich die Stimmung des jungen Mannes schlagartig. Seine Augen verengten sich, und er blickte sie aus kleinen Schlitzen an, kalt und bedrohlich. Er beugte sich nach vorne, sodass sie es jetzt war, die zurückwich.

»Pass mal auf, Alte«, zischte er. »Wenn du mir noch einmal so kommst, dann passiert was. Und zwar richtig. Dann sind irgendwelche Scheißbriefe dein geringstes Problem, das kann ich dir versprechen.«

Damit schob er sie aus der Tür und knallte sie vor ihrer Nase zu. Für einen Moment stand Katrin sprachlos da, unfähig, sich auch nur einen Zentimeter zu bewegen. Ihr Herz schlug heftig, und ihr Atem ging schnell, zu schnell. Sie kannte dieses Gefühl, sie hatte es lange nicht mehr gehabt, aber sie kannte es noch sehr gut. Genauso hatten sich die Panikattacken angekündigt, die sie damals so häufig gehabt hatte. Sie versuchte, ihre Atmung zu kontrollieren, tief in den Bauch zu atmen und ihren Körper bewusst wahrzunehmen.

Bleib ruhig, bleib ruhig, sagte sie sich immer wieder. Sie war kein Opfer, sie hatte es unter Kontrolle.

Langsam schaffte sie es, sich von der Haustür zu entfernen. Sie drückte ihren Rücken durch und bemühte sich, so aufrecht wie nur möglich durch die Einfahrt zu gehen. Wenn dieser Mats sie beobachten sollte, wollte sie kein Zeichen von Schwäche zeigen. Aber erst als sie auf dem Bürgersteig stand, fühlte sie sich besser. Entschlossen ging sie zu ihrem Wagen, stieg ein und blickte sich noch mal zum Nachbarshaus um. Wieder sah sie, dass der Vorhang am Fenster im Erdgeschoss sich bewegte. Beobachtete dieser Mistkerl sie etwa schon wieder? Doch dann entdeckte sie, wie sich die Balkontür im ersten Stock öffnete. Mats Förster trat heraus und hielt ihr den ausgestreckten Mittelfinger entgegen.

Katrin startete den Wagen und lenkte ihn wütend aus der Parklücke. Verdammt! Wenn Mats Förster oben auf dem Balkon war, wer hatte sie dann von dem Fenster im Erdgeschoss beobachtet?

Keine zwanzig Minuten brauchte sie, um von Münster-Hiltrup bis zum Friesenring zu fahren, wo das Polizeipräsidium war. Auch heute noch bekam sie ein komisches Gefühl in der Magengegend, wenn sie die rötliche Fassade des Sechzigerjahrebaus erblickte. Wahrscheinlich würde sich das niemals ändern, zu viele Erinnerungen verband sie damit. Wenig später stand sie im Büro von Charlotte Schneidmann. Sie tat so, als wäre sie sowieso gerade in der Nähe gewesen und hätte deshalb die Gelegenheit genutzt, der Kommissarin den neuesten Drohbrief vorbeizubringen.

»Du kannst auch so jederzeit kommen, auch wenn du nicht in der Nähe bist«, sagte Charlotte, als habe sie Katrins Vorwand durchschaut. Sie streifte sich ein paar Handschuhe über und zog den Brief aus dem Umschlag. Aufmerksam las sie die wenigen Zeilen. »Ich werde den auf jeden Fall der Spurensicherung geben«, sagte sie. »Die sollen ihn mal auf Fingerabdrücke untersuchen.«

»Ich habe den Nachbarjungen, Mats Förster, darauf angesprochen, ob er etwas mit den Briefen zu tun hat«, erzählte Katrin.

»Wie hat er reagiert?«

»Er wurde ausfallend und hat mich blöd angemacht.«

Charlotte sah sie nachdenklich an. »Ich habe bisher ja nur mit seiner Mutter gesprochen. Aber ich sehe noch nicht so ganz das Motiv, das der Junge haben könnte. Wenn es ihm um Geld geht, was bei einem Drogenkonsumenten natürlich naheliegt, dann hätte er dich spätestens jetzt darauf ansprechen können. Aber all diese Briefe haben keine direkte Forderung, es sind diffuse Drohungen, die anscheinend nichts anderes wollen, als Angst zu verbreiten. Und da frage ich mich schon, was das soll.«

»Wie ist das denn sonst? Du hast doch bestimmt schon mal vergleichbare Fälle gehabt«, fragte Katrin. »Welche Erfahrungen hast du mit solchen Bedrohungen gemacht?«

Die Kommissarin zögerte. »Wenn sich Personen bedroht fühlen«, sagte sie, »sind sie meistens Opfer von Stalkern geworden. Ich glaube aber nicht, dass bei dir ein Fall von Stalking vorliegt. Deine Nachbarn hatten solche Briefe ja auch schon.«

»Gibt es denn bei Stalking auch Fälle, bei denen solche diffusen Drohbriefe verschickt wurden?«, hakte sie nach.

»Früher schon, aber heutzutage ist das natürlich total selten geworden. Normalerweise werden dafür Handynachrichten und E-Mails genutzt. Das ist aus Sicht des Stalkers viel effizienter«, erklärte Charlotte. »Ich kenne Fälle, da bekommen die Betroffenen bis zu fünfzig Nachrichten am Tag auf ihr Handy.«

»So einen Terror kriegt man mit Briefen natürlich nicht hin.«

»Ganz richtig. Diese Drohbriefe sind irgendwie aus der

Zeit gefallen. Ich kann mir nicht genau erklären, was dahintersteckt, ich sehe die Motivation noch nicht.«

Da ging es Katrin nicht anders. »Die Erste ist gegangen …«, zitierte sie murmelnd aus dem Brief. »Vielleicht geht es dem Verfasser doch um das Haus? Vielleicht glaubt er, mit den Briefen meine Vormieter aus dem Haus vertrieben zu haben? Und hofft nun, dass ich auch bald ausziehe?«

Charlotte sah sie skeptisch an. »Und warum sollte er das wollen? Es gibt solche Fälle, wo Mieter aus dem Haus geekelt werden, um danach die Wohnungen aufwendig zu sanieren und weitaus teurer vermieten zu können.«

Katrin nickte. »Gentrifizierung. Ein großes Problem heute für die Städte.«

»Ja. Aber warum hast du dann so schnell die Wohnung bekommen, nachdem deine Vormieter ausgezogen sind?«

Charlotte hatte recht, das ergab keinen Sinn.

»Katrin«, fuhr sie mit warmer Stimme fort. »Versteh mich nicht falsch, ich habe dir versprochen, mich um die Sache zu kümmern, und daran halte ich mich auch. Aber du solltest dich von diesen Briefen nicht verrückt machen lassen. Im Moment spricht doch alles dafür, dass es sich nur um einen blöden Streich handelt.«

Aber etwas in Charlottes Stimme sagte ihr, dass die Kommissarin das selbst nicht glaubte.

29. November 2017

Ich beobachte sie. Aber ich kann mich dabei nicht richtig konzentrieren. Immer muss ich auf ihren Schädel gucken, als wollte ich die Mitte jetzt schon ausmachen. Und dann höre ich das Geräusch. Wie in einer Endlosschleife wird es abgespult. Das Knirschen der Schädeldecke. Als würde ein Ast zertreten. Das Geräusch verfolgt mich, Tag und Nacht. Vielleicht lässt es mich niemals wieder los.

Wird es beim zweiten Mal besser laufen? Und werde ich mich danach nicht mehr so schlecht fühlen wie jetzt? Ich bin beim besten Willen nicht frei von Schuldgefühlen. Vielleicht sollte ich etwas nehmen, damit mir alles leichter fällt.

Schuldgefühle halten mich nur auf.

Und ich darf mich nicht aufhalten lassen.

Als Katrin Ortrup ihr Büro verlassen hatte, öffnete Charlotte wieder die Seite, die sie geschlossen hatte, als die Frau zu ihr gekommen war. Käfers Fall um das verbrannte Opfer und die Albträume, die ihn deshalb plagten, hatten sie nicht losgelassen. Sie hatte mehr über den Mord wissen wollen, um ihrem Kollegen vielleicht helfen zu können. Je schneller Käfer den Fall zu den Akten legen konnte, desto schneller würde er auch alle unguten Erinnerungen zur Seite schieben, hatte sie gedacht, als sie den Namen der Frau in die Suchmaske des Intranets eingegeben hatte. Doch bevor sie überprüfen konnte, was sie da auf den ersten Blick gesehen hatte, hatte es an ihrer Tür geklopft, und Katrin Ortrup hatte vor ihr gestanden.

»Carla Dellbrück«, murmelte Charlotte, als sie erneut den Namen in die Suchmaske eingab. Es war nur ein winziger Vermerk, eine Nebensächlichkeit, die für keinen Ermittler oberste Priorität hätte und die auch Charlotte vor ein paar Tagen nicht weiter aufgefallen wäre. »Carla Dellbrück, wohnhaft Franzenstraße 12, davor Tulpenweg 81.«

Charlotte griff zum Telefon.

»Ich muss dich sprechen«, sagte sie zu Käfer.

»Guten Morgen, Charlotte«, entgegnete er. »Ich bin beim Kollegen Hammersbach, aber wir sind gleich fertig. Soll ich bei dir vorbeischauen?«

»Nein, ich komm hoch«, sagte sie und legte auf. Vorsichtig packte sie den Brief zurück in den Umschlag und eilte aus dem Raum.

Hammersbach und Käfer hatten ihre Büros im zweiten Stock, in dem Charlotte früher auch gearbeitet hatte. Auch wenn sie es verstehen konnte, dass ihr Arbeitsplatz über die lange Zeit nicht freigehalten werden konnte, die sie im Krankenhaus und in der Reha verbracht hatte, hatte es ihr doch einen Stich in den Magen verpasst, als sie feststellen musste, dass ihr Schreibtisch in ihrer monatelangen Abwesenheit geräumt worden war. Während sie die Treppen nach oben lief, nahm sie sich vor, so bald wie möglich einen Termin für die Diensttauglichkeitsprüfung auszumachen.

»Morgen«, sagte sie, als sie bei Hammersbach ins Büro stürmte. Ihr übergewichtiger Kollege erwiderte den Gruß und bot ihr schnaufend einen Kaffee an. »Danke, ich hatte schon zwei«, sagte sie und hielt den Umschlag mit dem Drohbrief hoch. »Sagt euch der Name Katrin Ortrup was?«

Hammersbach schüttelte den Kopf, während Käfer nachdenklich nickte. »Natürlich. Einer unserer ersten gemeinsamen Fälle, wie könnte ich den vergessen. Was ist mit ihr?«

»Sie ist vor Kurzem umgezogen und erhält seitdem merkwürdige Drohbriefe. Das ist einer davon. Die Nachbarn in ihrem Haus bekommen diese Briefe übrigens auch.«

»Aha.« Käfer sah sie fragend an.

»Und jetzt ratet mal, wer in der Wohnung wohnte, bevor

Katrin Ortrup dort einzog?«, fuhr sie unbeirrt fort. »Klaus und Carla Dellbrück!«

Käfers Stirn legte sich in nachdenkliche Falten. »Carla Dellbrück hat ebenfalls solche Drohbriefe erhalten«, sagte er.

»Habt ihr die Briefe da?«

»Ja, die sind gestern von der Spusi zurückgekommen«, sagte Hammersbach und ging zu einem Pappkarton, der im Regal stand. »Hier«, sagte er und reichte Charlotte einige Papiere. »Sind keine Fingerabdrücke oder DNS-Spuren gefunden worden.«

»Danke.« Es waren insgesamt sieben Briefe, die sich in Tonalität und Form alle ähnelten. »Auch so komische kindliche Reime«, murmelte sie.

»Die verharmlosen die Bedrohung und machen sie dadurch nur noch schlimmer«, meinte Käfer. »Ein beliebtes Stilmittel in Horrorfilmen. Du erinnerst dich an Freddy Krueger?«

»Die Nightmare-Filme?« Charlotte schüttelte es, wenn sie an die berühmte Filmreihe dachte. »Eins, zwei, Freddy kommt vorbei, drei, vier, schließ ab deine Tür …«

Käfer lachte, während Hammersbach ein erstauntes Gesicht macht. »Ich kenn die Filme nicht«, meinte er.

»Bildungslücke«, sagte Käfer grinsend. Dann wurde er wieder ernst. »Jedenfalls könnte ich mir so etwas als Motivation für die Reime vorstellen.«

»Sehe ich genauso.«

»Wir sind bisher davon ausgegangen, dass Klaus Dellbrück die Briefe selbst verfasst hat«, fuhr Käfer fort. »Er hatte sie quasi griffbereit bei sich. Als wir ihn befragt haben, musste er sie nicht suchen oder überlegen, wo sie sind, sondern er hatte sie parat. Das fand ich ungewöhnlich.«

»Es passte zu seinem übrigen Verhalten«, stimmte Hammersbach ihm zu. »Vielleicht wollte er mit den Briefen von sich ablenken.«

»Irgendwie …« Gedankenverloren kaute Charlotte auf ihrer Unterlippe. »… ist das alles merkwürdig. Er ist in der Lebensversicherung großzügig bedacht worden, seine Fingerabdrücke sind an der Tatwaffe …«

»Während die Totenlichter sorgfältig gereinigt worden sind«, ergänzte Käfer. »Aber er hat ein Motiv und kein Alibi …«

»Viele Mörder gehen widersprüchlich vor«, warf Hammersbach ein.

»Ich weiß. Trotzdem … Ich würde gerne mit ihm sprechen.«

Käfer sah sie prüfend an. Dann grinste er und hielt ihr sein Telefon hin. »Klar! Gerne! Wenn du jetzt und hier einen Termin für die Diensttauglichkeitsprüfung machst, nehme ich dich gleich mit zur JVA. Ich muss eh hin.«

»Ich hab die Nummer gar nicht …«

»Warte.« Käfer tippte auf dem Display und sprach kurz darauf mit der Zentrale, dann wurde er offenbar weiterverbunden. »Dr. Krause? Einen Moment, ich reiche Sie mal weiter.«

Er gab ihr das Telefon, und sie seufzte hinein: »Herr Krause? Hier spricht Charlotte Schneidmann.«

»Frau Schneidmann, wie schön«, sagte Achim Krause mit sonorer Stimme. Sie kannte den Psychologen schon seit Jahren und hatte sich früher so manches Mal fachlich mit ihm ausgetauscht.

»Hätten Sie in den nächsten Tagen Zeit? Ich würde gerne einen Termin für die Diensttauglichkeitsprüfung ausmachen«, sagte sie artig.

»Lassen Sie mich raten: Sie wollen wieder zurück auf die Straße.«

Charlotte konnte sein grinsendes Gesicht fast vor sich sehen. »Wie sich das anhört«, meinte sie und versuchte, den leicht genervten Unterton in ihrer Stimme zu unterdrücken. Sie mochte es nicht, wenn ihr so viel Aufmerksamkeit gewidmet wurde, wenn sich andere um sie sorgten und in Frage stellten, ob es ihr gut ging. Sie wollte einfach nur wieder zurück in den normalen Dienst und ihre Arbeit machen, so wie früher.

»Kommen Sie morgen Vormittag vorbei, Frau Schneidmann«, sagte Achim Krause. »Um zehn hätte ich Zeit.«

»Ach, so schnell geht das? Ich hätte gedacht, Sie schieben mich monatelang in die Warteschleife.«

»Auch wenn wir in unserem Land natürlich jede Kleinigkeit ausführlich bürokratisch geregelt haben und uns normalerweise für alles massig Zeit nehmen«, sagte Achim Krause, »so sind wir doch tatsächlich dazu angehalten, gerade bei der Diensttauglichkeitsprüfung ein bisschen aufs Gas zu drücken. Dreimal dürfen Sie raten warum.«

»Sie brauchen jeden Mann.«

»Und jede Frau. Kein Präsidium der Welt würde lange auf eine Beamtin wie Sie verzichten wollen. Und außerdem ist mir eben ein Termin für morgen abgesprungen«, fügte er hinzu.

»Alles klar, verstehe. Bis morgen«, antwortete sie und beendete das Gespräch. Dann reichte sie Käfer das Handy. »Zufrieden?«

»Ja.«

»Dann lass uns fahren.«

Der große rote Klinkerbau in der Gartenstraße war fast sternenförmig angelegt. Es war dem ganzen Gebäude anzusehen, dass es schon mehr als hundertfünfzig Jahre alt war und zu den ältesten JVAs Deutschlands gehörte. Aber irgendwie hatte es auch seinen Charme, fand Charlotte, die alten Gemäuer wirkten weniger kalt und steril als bei den modernen Betonbauten, in denen die neueren Justizvollzugsanstalten untergebracht waren. Ob die Insassen das auch so sahen, bezweifelte sie allerdings. Eine Zelle blieb eine Zelle, ob in einem historischen oder modernen Gemäuer, dürfte den Bewohnern ziemlich egal sein. Vielleicht täuschte sie sich aber auch. Es gab schließlich genug Geschichten von prominenten Steuerhinterziehern, die sich hinter Gittern mit Luxusgütern und Gourmetessen den Aufenthalt verschönert hatten.

Auf der Fahrt zur JVA hatte Käfer ihr von den Obduktionsergebnissen erzählt.

»Es besteht also theoretisch die Möglichkeit, dass zwei Täter zugeschlagen haben?«, fragte Charlotte.

»Ein Rechtshänder und ein Linkshänder«, bestätigte Käfer, bevor er auf dem Parkplatz der JVA noch jemanden überholte, um dann rasant in eine Parkbucht zu fahren. An seinen Fahrstil würde sich Charlotte nie gewöhnen. Der Fahrer des Wagens, den Käfer geschnitten hatte, zeigte ihnen verärgert einen Vogel, und Charlotte machte eine entschuldigende Geste. »Das ist jedenfalls möglich. Genauso denkbar wäre es, dass der Täter die Hand gewechselt hat. Schlag eins mit links, Schlag zwei mit rechts.«

»Warum sollte er das tun?«

»Weil er ausweichen musste. Weil er beim ersten Schlag nicht richtig ausholen konnte. Es gibt da so einige Erklärungsmöglichkeiten.«

»Hm.«

Charlotte gefielen solche Erklärungen nicht. Wenn die Tat nicht im Affekt passierte, gingen die meisten Täter auf Nummer sicher und warteten lieber, bis sich der richtige Moment zur Durchführung ergäbe. Die Erfahrung hatte sie jedenfalls in den meisten ihrer Fälle gemacht. Zeitdruck war eines der wenigen Argumente, das sie bei einem schlampig ausgeführten Mord gelten ließ. Unter Zeitdruck passierten die meisten Fehler. Aber dann müsste es einen Grund geben, warum Carla Dellbrück ausgerechnet an diesem Tag und zu dieser Uhrzeit sterben musste. Bisher war ihnen dazu nichts bekannt.

Sie betraten das Gebäude und durchliefen die verschiedenen Sicherheitsmaßnahmen. Dann gingen sie durch die langen Flure des alten Gemäuers, in dessen Mitte sich ein Kirchenraum befand, und Charlotte fragte sich, ob er wohl immer noch für Gottesdienste genutzt wurde. Sie bogen rechts in einen der großen Flure, in dem vieles noch genauso auszusehen schien wie zur Mitte des 19. Jahrhunderts, als die JVA gebaut worden war. Die kuppelförmige Decke war in verschiedenen Blautönen gestrichen und von eigenwilliger Schönheit. Vor einigen Jahren musste das Gebäude wegen akuter Einsturzgefahr kurzfristig geräumt werden, und nicht erst seitdem wurde in Münster über einen Neubau gestritten. Inzwischen war die Haftanstalt renoviert worden, sodass keine Gefahr mehr für die Insassen bestand, was einige Münsteraner offenbar durchaus bedauerten.

Während sie dem Beamten durch die Gänge folgten, strich Charlotte gedankenverloren mit den Fingern über die glatten weißen Wände. Wie viele Geschichten hätten diese Mauern zu erzählen, von Gewalt und Tränen, von Schuld und Reue, aber sicher auch von Unschuldigen, die verzweifelt hier ausharren mussten, obwohl sie nichts verbrochen hatten.

Zwei junge Männer einer vermutlich hauseigenen Putzkolonne schoben mit gleichgültigen Mienen einen Wischmopp über den Boden. Während der eine in seine Arbeit versunken war und noch nicht mal den Kopf hob, als sie an ihnen vorbeigingen, sah der andere Charlotte unverhohlen an. Sein Blick war kalt und leer, und der Gedanke, dass dieser Kerl sie skrupellos niederschlagen würde, wenn er sich dadurch einen Vorteil verschaffen könnte, überkam sie augenblicklich. Alles an ihm wirkte aggressiv. Seine Körperhaltung, die trotzige Art, wie er sich die dunklen, fettigen Haare aus der Stirn strich und wie er verächtlich den Rotz in der Nase hochzog. Dennoch hielt sie seinem Blick stand, ohne mit einer Wimper zu zucken oder das Gesicht zu verziehen, bis sie ihn passiert hatte.

Der Beamte schloss den Verhörraum auf und erklärte ihnen, dass Klaus Dellbrück in wenigen Minuten gebracht werden würde.

»Der letzte Drohbrief an Katrin Ortrup wurde heute Morgen in ihren Briefkasten geworfen«, sagte Charlotte, nachdem sie sich auf einen der grauen Stahlstühle gesetzt hatte. »Das kann Klaus Dellbrück ja schlecht gemacht haben.«

»Da hast du allerdings recht«, stimmte Käfer ihr nachdenklich zu.

Mit einem quietschenden Geräusch wurde die Stahltür geöffnet, und Klaus Dellbrück betrat den Raum. Alles an ihm wirkte verzweifelt, seine Haltung, die hängenden Schultern und der nicht weniger hängende Kopf, die dunklen Augenränder und die tiefen Falten, die sich in sein Gesicht gegraben hatten. So sah ein gebrochener Mann aus, dachte Charlotte. Der Knast war kein Zuckerschlecken, sie hatte schon viele Häftlinge gesehen, die in der Untersuchungshaft fast zugrunde gegangen wären. Die Allermeisten hatten keine Vorstellung davon, was es bedeutete, in einer kleinen Zelle eingesperrt zu sein. Das Gefühl, gefangen und damit Fremden ausgeliefert zu sein, war schwer zu ertragen.

Charlotte wusste das nur zu gut.

Hinter Klaus Dellbrück trat ein Mann von vielleicht dreißig Jahren in den Verhörraum. Er hatte die Haare mit viel zu viel Gel nach hinten gekämmt, trug einen dunklen Anzug mit auffälligen goldenen Manschettenknöpfen und schaute demonstrativ auf seine viel zu große Armbanduhr. So sah entweder der Chefredakteur der BILD-Zeitung aus oder ein Anwalt, dem es vermutlich nicht an Selbstbewusstsein mangelte, ging es Charlotte durch den Kopf, und ihr war natürlich sofort klar, dass es sich bei dem schmierigen Kerl nur um Dellbrücks Anwalt handeln konnte. Mit Schwung stellte er seine teuer aussehende Aktentasche auf den Tisch.

»Sanddorn«, sagte er kühl und reichte Charlotte und Käfer die Hand. »Ich bin der Anwalt von Herrn Dellbrück. Ich möchte noch einmal betonen, dass die Unterbringung in der Untersuchungshaft eine unverhältnismäßige Maßnahme ist und ich bereits alle Schritte eingeleitet habe, um meinen Mandanten hier herauszuholen.«

Charlotte nickte und stellte sich vor. »Natürlich, das ist ja auch Ihr Job«, fügte sie freundlich hinzu und wandte sich an Klaus Dellbrück. »Meinen Kollegen Peter Käfer kennen Sie ja schon.«

»Ich habe alles gesagt, was ich weiß«, murmelte Klaus Dellbrück.

»Sie haben bisher sehr konstruktiv an der Aufklärung des Falles mitgearbeitet«, begann Charlotte. »Ich würde diese Arbeit gerne weiterführen und Ihnen ein paar Fragen zu den Drohbriefen stellen, die Ihre Frau bekommen hat.«

»Sie glauben doch sowieso, dass ich die selbst geschrieben habe.«

»Ich glaube das nicht«, entgegnete Charlotte und vermied es, Käfer anzuschauen. Er verstand ihre Taktik blind. Sie waren einfach ein eingespieltes Team und hatten das Stück guter-Bulle-böser-Bulle schon zigmal erfolgreich gespielt.

»Ich schon«, sagte Käfer mit strenger Stimme. »Die Kollegin Schneidmann ist aber tatsächlich hier, weil sie Zweifel daran hat.«

Hoffnungsvoll schaute Klaus Dellbrück sie an. »Sie glauben mir, dass ich unschuldig bin?«

Charlotte lächelte den Mann warm an.

»Es gibt keine Hinweise, dass mein Mandant diese Briefe geschrieben hat«, betonte Rechtsanwalt Sanddorn scharf. »Nur wegen einer Vermutung können Sie niemanden in U-Haft nehmen.«

In Käfer brodelte es. »Das haben wir auch nicht. Wir haben Ihren Mandanten in Untersuchungshaft genommen, weil seine Fingerabdrücke auf der Tatwaffe sind, er kein Alibi, aber ein Motiv hat und außerdem Fluchtgefahr besteht.«

»Fluchtgefahr!«, wiederholte der Anwalt spöttisch. »Das ist doch immer das Totschlagargument!«

»Ist es nicht«, entgegnete Käfer spitz. »Aber Ihr Mandant ist hier nicht familiär verankert, hat weder Kinder noch andere Familienangehörige, dafür aber eine Wohnung auf Mallorca. So etwas nenne ich Fluchtgefahr.«

»Meinen Sie das ernst?«, fragte Sanddorn von oben herab. »Jemand begeht in Deutschland ein Verbrechen, reist nach Mallorca und ist dort sicher? Hm … Ich hätte schwören können, dass es mit Spanien ein Auslieferungsabkommen gibt …«

Der Typ raubte ihr noch den letzten Nerv, und Käfer ging es nicht anders.

»Sie können das drehen und wenden, wie Sie wollen«,

meinte der Kollege gepresst, »es liegen hier genug Gründe für eine Untersuchungshaft vor, ob es Ihnen passt oder nicht.«

»Ich habe eine Haftprüfung eingereicht«, sagte Sanddorn grimmig. »Wollen wir doch mal sehen, ob der Richter das genauso sieht.«

»Schön.« Charlotte wandte sich an Klaus Dellbrück. »Können wir uns ein bisschen unterhalten?«

»Klar«, sagte er und warf seinem Anwalt einen Blick zu, woraufhin dieser das Gesicht verzog, die Arme vor der Brust verschränkte und demonstrativ schwieg.

»Gut. Wann hat Ihre Frau das erste Mal diese Drohbriefe erhalten?«

»Das liegt einige Wochen zurück. So ungefähr vor zwei Monaten, würde ich sagen.«

»Also schon als Sie noch am Tulpenweg wohnten.«

»Ja, da fing es an. Wir waren nicht die Einzigen im Haus, die solche Briefe bekamen, aber Carla war die Erste. Und es hat sie wirklich verunsichert, sehr sogar. Sie hatte gehofft, dass die Drohungen nach dem Umzug aufhören, aber es ging leider immer weiter.« Er stöhnte. »Ich weiß wirklich nicht, warum ich ihr solche Briefe schreiben sollte. Der Vorwurf ist absurd.«

»So? Ist er das?« Käfer sah ihn mit hochgezogenen Augenbrauen an. »Solche Briefe eignen sich doch hervorragend, um jemandem Angst zu machen und ihn unter Druck zu setzen.«

»Warum sollte ich meine eigene Frau unter Druck setzen?!« Klaus Dellbrück reagierte aufgebracht. »Ich habe sie geliebt! Ich wollte sie weder unter Druck setzen noch umbringen, verdammt noch mal!«

»Ich bin mir sicher, dass der Richter das genauso sehen wird«, sagte sein Anwalt.

Charlotte legte Klaus Dellbrück beruhigend eine Hand auf den Arm. »Schon gut, Herr Dellbrück. Ich verstehe, dass Sie aufgeregt sind. Erzählen Sie mir doch ein bisschen was von Ihrer Frau. Was war sie für ein Mensch?«

Der Mann versuchte, sich zu sammeln. »Wir … Wir kannten uns schon seit über fünfzehn Jahren«, begann er zögernd. »Wir waren beide sechsundzwanzig, als wir uns kennenlernten, und haben drei Jahre später geheiratet. Zwölf Jahre waren wir verheiratet.«

Charlotte nickte ihm aufmunternd zu. »Eine lange Zeit.«

»Ja. Und eine gute Zeit. Wir waren auf einer Wellenlänge, uns in den entscheidenden Fragen des Lebens immer einig. Wir wollten beide keine Kinder, sondern uns lieber auf unsere Karrieren konzentrieren. Ich wollte immer einen eigenen Betrieb haben und hochwertige Holzmöbel herstellen, von mir selbst entworfen.«

»Und Ihre Frau?«, fragte Käfer.

Klaus Dellbrück seufzte. »Sie träumte von einer Karriere als Opernsängerin. Carla hat eine professionelle Gesangsausbildung, aber so richtig wollte es mit den Engagements nicht klappen. Sie konnte nie eine Solistenrolle ergattern, blieb immer nur im Chor.«

»Das war vermutlich ziemlich frustrierend für Ihre Frau«, meinte Charlotte.

Er nickte. »Sie hat ja ihre ganze Lebensplanung diesem einen Ziel untergeordnet, sie wollte unbedingt eine große Opernsängerin werden. Natürlich war es bitter für sie, als das nicht klappte. Letztes Jahr hat sie dann auch noch ihre Rolle im Chor verloren.«

»Warum?«

»Ein fünfundzwanzigjähriges Gesangstalent hat ihr den

Platz streitig gemacht. Der Jugendwahn macht auch vor der Oper nicht halt. Der Druck ist enorm hoch.«

Charlotte nickte verständnisvoll. »War wahrscheinlich für Sie beide keine leichte Zeit.«

»Nein, war es nicht. Aber es hat uns noch enger zusammengeschweißt«, sagte Klaus Dellbrück niedergeschlagen. »Meine Frau war immer sehr temperamentvoll, und das Ende ihrer Karriere war nicht leicht für sie zu verkraften. Aber wir haben das zusammen geschafft.«

Charlotte nickte lächelnd, während Käfer den Mann immer noch ernst ansah.

»Von da an war Ihre Frau immer zuhause«, sagte er. »Kam es da vielleicht häufiger mal zu Streitereien?«

Der Rechtsanwalt verdrehte die Augen. »Das ist eine Unterstellung.«

»Nein, das ist eine ganz normale Frage«, entgegnete Käfer, und der verärgerte Unterton in seiner Stimme war nicht zu überhören.

»Schon gut«, sagte Klaus Dellbrück zu seinem Anwalt und wandte sich wieder Käfer und Charlotte zu. »Nein, wir hatten kaum Streit. Nachdem sie den ersten Schock über ihr Karriereende überwunden hatte, wollte sie mich unterstützen und kümmerte sich um die Buchführung meiner kleinen Firma. Wir waren ein gutes Team, das hat alles wirklich gut funktioniert.« Er warf Charlotte einen verzweifelten Blick zu. »Ich habe meine Frau nicht umgebracht, das müssen Sie mir glauben. Da draußen rennt irgendein Wahnsinniger herum, der Carla auf dem Gewissen hat!«

»Und dieser Wahnsinnige lockt Ihre Frau an einem Sonntagnachmittag von einem Spaziergang weg in die Werkstatt, um sie dort zu erschlagen und ihre Leiche anzuzünden?«, sagte Käfer. »Während Sie mit dem Rücken zum Fenster auf dem Laufband sind und zufälligerweise auch noch Kopfhörer tragen, sodass Sie nichts hören können? Finden Sie das nicht selbst ein bisschen unglaubwürdig?«

»Herr Käffer, diese Fragen wurden bereits in der ersten Vernehmung geklärt«, sagte Sanddorn spitz.

»Käfer mit einem f, danke«, erwiderte ihr Kollege.

»Ich war bei der ersten Vernehmung leider nicht dabei«, mischte sich Charlotte ein. »Würde Sie mir noch mal erklären, was Sie zum Tatzeitpunkt gemacht haben?«

Klaus Dellbrück nickte verzweifelt. »Ich weiß, dass das merkwürdig klingen muss. Aber es gibt wirklich für alles eine Erklärung! Ich laufe mit dem Rücken zum Fenster, um dabei fernsehen zu können. Da vergeht die Zeit schneller, als wenn ich nur auf den Hof gucke.«

»Das kenne ich«, sagte Charlotte zustimmend. »Aber warum dann die Kopfhörer?«

»Ich schaue beim Laufen am liebsten Tierdokus und höre dabei Musik. Das mag für Sie vielleicht komisch klingen, aber so ist es nun mal. Carla fand das auch immer total albern, aber durch die Musik finde ich meinen richtigen Laufrhythmus. «

»Können Sie sich erklären, warum Ihre Frau vor ihrem Spaziergang noch mal in die Werkstatt gegangen ist?«

Er zuckte mit den Achseln. »Vielleicht hatte sie etwas gehört? Vielleicht hat der Mörder sie aber auch gezwungen, mitzugehen?«

Charlotte machte sich eine Notiz. »Ja, das ist durchaus vorstellbar«, stimmte sie ihm zu.

»Schmieriger Anwalt«, schimpfte Käfer, als sie die JVA verließen. »Als würden wir jemanden leichtfertig in Untersuchungshaft stecken.«

»Er macht nur seinen Job. Außerdem scheint er mir noch ganz schön jung zu sein.«

»Allerdings! Kaum aus dem Kindergarten raus, aber gleich mal so tun, als wäre er der King!«

Charlotte sah ihn schmunzelnd an. »Ich wusste gar nicht, dass du Probleme mit dem Altwerden hast«, stichelte sie.

Käfer warf ihr einen empörten Blick zu. »*Alt*werden? Also erst mal kann von *Alt*werden überhaupt keine Rede sein, und wenn schon, dann heißt es *Älter*werden! Und außerdem geht niemand so souverän mit seinem Alter um wie ich!«

Sie grinste. »Du wirst bestimmt mal der Johannes Heesters der Kriminalkommissare. Mit hundert 'ne Vierzigjährige heiraten, könnte ich mir hübsch bei dir vorstellen.«

»Was auch immer *das* mit mir zu tun haben soll.« Käfer schüttelte den Kopf. »Aber egal, was für ein Alter dieser Anwalt hat, ob frisch von der Uni oder kurz vor der Rente. Er sollte sehen, dass es genug Haftgründe gegen Dellbrück gibt.«

Charlotte schwieg. Käfer war keiner von den Polizisten, die jemanden ohne triftigen Grund in U-Haft brachten. So ein Schritt war immer wohl überlegt, auch wenn er manchmal schnell getroffen werden musste, besonders wenn Fluchtgefahr bestand. Durch die Wohnung auf Mallorca war sie durchaus gegeben. Sich von dort weiter abzusetzen würde einfacher sein als aus Deutschland. Hinzu kamen das fehlende Alibi und die Fingerabdrücke auf der Tatwaffe, die ebenfalls gegen Dellbrück sprachen. Aber tatsächlich gab es auch für vieles eine Erklärung, und Charlotte war sich nicht sicher, ob sie eben wirklich mit dem Mörder von Carla Dellbrück gesprochen hatte.

Als sie am Abend in ihrer Wohnung saß, Felix im Bett war und sie es sich mit Bernd auf dem Sofa gemütlich machte, nagten die Zweifel immer noch an ihr.

»Was sagt denn dein Bauchgefühl?«, fragte Bernd, nachdem sie ihm von dem Fall erzählt hatte. »Darauf konntest du dich bisher doch immer ganz gut verlassen.«

Ein merkwürdiges Gefühl kroch ihr den Rücken hoch. Es war nicht Angst, die sie verspürte, eher eine Mischung aus Unsicherheit und Unbehagen, die sie erfasste. Bernd hatte angesprochen, worüber sie schon die ganze Zeit nachdenken musste. Er hatte recht, sie hatte immer ein gutes Bauchgefühl besessen, hatte häufig bei der ersten Begegnung mit einem Verdächtigen gespürt, ob er der Täter war oder nicht. Auf ihr Bauchgefühl hatte sie sich immer verlassen können.

»Es ist weg«, sagte sie leise. Bernd sah sie erstaunt an.

»Was meinst du damit?«

»Mein Bauchgefühl. Seit … seit dieser Sache … Irgendwie ist es seitdem weg.«

Kapitel 1

Ein Erklärungsversuch – wie Sie Gewalt verhindern können

Ich habe damals, genauer gesagt am 22. November 1981, meiner Frau das Leben genommen. Ich bereue diese Tat von Herzen, und sie ist durch nichts zu entschuldigen. Aber ich möchte versuchen zu erklären, wie es überhaupt so weit kommen konnte und was Sie, liebe Leser, tun können, wenn Sie in Ihrem Umfeld einen gewaltbereiten Jugendlichen haben. Wie Sie sich selbst verhalten können, um Aggressionen bei jungen Menschen zu durchbrechen. Und wie viel Sie dabei unbewusst falsch machen können. Um das zu erklären, ist weniger der Tathergang relevant – der Streit den wir hatten, meine Emotionen, die überkochten – als vielmehr die vielen Jahre, die diesem schrecklichen Vorfall vorangingen. Auch hier möchte ich niemandem die Schuld geben. Es liegt mir fern, meiner verkorksten Kindheit die Verantwortung für das zu übertragen, was ich als Erwachsener getan habe.

Ich habe nie gelernt, mit meinen Aggressionen und meiner Wut umzugehen. Wenn ich als Kind einen Tobsuchtsanfall bekommen habe, wurde ich verprügelt, rastete ich in der Schule aus, wurde ich nach Hause geschickt und dort erneut von meinem Vater verprügelt. So lernte ich früh, dass auf Aggression nichts anderes folgt als erneute Aggression.

Bei meiner Frau war das ganz anders. Sie hat nie Gewalt erlebt, wuchs wohlbehütet auf und war ein durch und durch sanftmütiger Mensch, weshalb sie auf Aggressionen immer mit Angst reagierte.

Nachdem ich mich jahrelang mit dem Thema Gewaltprävention beschäftigt habe, bin ich zu dem Schluss gekommen, dass leider genau diese Kombination das Unheil letztendlich hervorgerufen hat: meine Aggressionen und ihre Angst.

Warum?

Eine Situation eskaliert in der Regel, weil eine Auseinandersetzung übermäßig emotionalisiert wird. Angst entsteht in Situationen, in denen man sich hilflos und unter Entscheidungsdruck erlebt. Dahinter steckt häufig die unbewusste Erwartung, dass eine Auseinandersetzung gewalttätig verlaufen und außer Kontrolle geraten könnte. Meine Frau hatte im Gegensatz zu mir keine Erfahrung mit körperlicher Gewalt. Dies führte bei ihr zu einer erhöhten Scheu vor körperlichen Auseinandersetzungen. Dadurch hat sie mir unbewusst Macht zugeschrieben, die ich nicht hatte. Was wiederum zu der Angst führte, von mir beherrscht zu werden. Diese Angst führte zu dem Gefühl der Wut über die eigene Unzulänglichkeit. Mit übermäßiger Abgrenzung und Strenge hat sie versucht, ihr dadurch in Frage gestelltes Selbstvertrauen wiederherzustellen.

Ich denke, Sie können sich leicht vorstellen, wie diese Situationen dann eskalierten, eskalieren mussten.

Bis es zu dieser bedauerlichen Tat kam …

7

Käfer mochte es nicht besonders, wenn er alleine zu einer Befragung fahren musste. Am liebsten war es ihm, wenn er das Gegenüber und seine Umgebung beobachten konnte, während ein Kollege die Fragen stellte. Aber in der Nacht hatte eine Gruppe von Jugendlichen im Drogenrausch eine riesige Schlägerei angezettelt, mit vier Schwerverletzten, von denen einer in den Morgenstunden verstorben war. Hammersbach und Subotik mussten sich darum kümmern, und Charlotte war gerade bei Achim Krause und führte hoffentlich ihr letztes Gespräch in Sachen Diensttauglichkeit.

Subotik hatte die ehemaligen Kollegen des Mordopfers an der Oper befragt und nichts Nennenswertes von ihnen erfahren. Ähnlich war es bei der Nachbarschaft von Klaus und Carla Dellbrück gewesen, von denen sie die meisten bereits am Sonntag angetroffen hatten. Die direkten Nachbarn waren am Tag der Tat nicht zu Hause gewesen und hatten sich erst heute Morgen auf die hinterlassene Nachricht gemeldet. Jetzt, auf dem Weg zu ihnen, steckte er im Verkehr fest, etwas weiter vor ihm schien ein Unfall passiert zu sein, und er kam kaum vorwärts. Käfer seufzte und ging in Gedanken noch einmal die Notizen durch, die er sich gemacht hatte.

Ein Täter, der eine Leiche so ritualisiert zurückließ, wie es bei Carla Dellbrück der Fall war, tötete in der Regel nicht zum ersten Mal. Solche Täter übten im Vorfeld, hatte Charlotte gesagt, gerne an Tieren. Daraufhin hatte er sich alle Fälle von Tierquälerei in den letzten zwei Jahren herausgesucht und zusätzlich noch nach Altarschändungen in Kirchen geschaut. Immerhin hatte sich am Tatort ja eine gewisse christliche Symbolik befunden, die er nicht ignorieren konnte. Aber bis auf mehrere geklaute Opferstöcke und einen Besoffenen, der ins Weihwasser gepinkelt hatte, war es in den Kirchen Münsters ruhig gewesen.

Bei Tierquälereien sah das schon anders aus, da hatte seine Suchanfrage mehrere Treffer ergeben. Käfer war überrascht, wie oft es vorkam, dass ein Pferd oder Schaf von jemandem erstochen wurde. In zwei Fällen war der Täter geschnappt worden, in einem hatte man noch nicht mal eine heiße Spur. Außerdem hatten sich in einer Sommernacht noch ein paar Jugendliche den vermeintlichen Spaß erlaubt und jede Menge schlafende Kühe aufgeschreckt und versucht, auf ihnen zu reiten. Aber auch das stand seiner Meinung nach in keinem Zusammenhang mit dem Fall.

Ein Vermerk hatte ihn dann aber doch aufhorchen lassen. Im August hatte man im Wald rund um den Aasee einen Hund gefunden, dem der Schädel zertrümmert worden war. Der Täter musste mehrmals zugeschlagen haben, hatte das Tier zunächst nur an der Schädelseite erwischt, bis die weiteren Schläge dann tödlich gewesen waren. Es war eine Anzeige wegen Tierquälerei gegen unbekannt gestellt worden, der oder die Täter waren aber bisher nicht gefunden worden, was Käfer nicht weiter verwunderte. Es gab einen Verdacht, dass es Patienten aus einer psychiatrischen Klinik in der Nähe gewesen sein könnten, aber beweisen konnte man das nicht.

Nachdenklich fuhr er ein paar Meter weiter, bevor er wieder im Verkehr stecken blieb. Wenn Charlotte recht hatte und der Mörder oder die Mörderin von Carla Dellbrück wirklich vorher an dem Tier »geübt« hatte, so stellte sich immer noch die Frage, warum diese Symbolik gewählt wurde. Eine religiöse Bedeutung lag nahe, die Totenlichter, die für das ewige Leben standen, dann die ausgestreckten Arme und die geschlossenen Beine, wie Christus am Kreuze. Oder könnte es noch eine andere Bedeutung geben? Käfer dachte an die Federzeichnung von Leonardo da Vinci, in der ein Mann mit ausgestreckten Armen in einem Kreis steht. Wenn er sich richtig erinnerte, dann ging es bei dieser Zeichnung aber nur um geometrische Maße, ihm fiel keine weitere Bedeutung ein, die man mit diesem Werk noch in Verbindung bringen könnte. Nein, es musste etwas Religiöses sein oder zumindest etwas Spirituelles.

Es gibt einen klaren Hauptverdächtigen, dachte er. Klaus Dellbrück saß in Untersuchungshaft, und es gab einiges, was für ihn als Täter sprach. Vielleicht mussten sie sich auch wieder mehr auf ihn konzentrieren, vielleicht brachte sie das eher weiter.

Langsam löste sich der Verkehr auf, und kurz danach konnte er von dem stark befahrenen Horstmarer Landweg auf den Breilbusch einbiegen, auf dem es kaum Staus gab. Etwas später stand Käfer vor dem roten Klinkerbau der Nachbarn von Klaus Dellbrück.

»Frau Baumann? Ute Baumann?«, fragte er, als eine dunkelhaarige Frau um die vierzig öffnete. Sie war braun gebrannt und trug einen Jogginganzug. Käfer zeigte ihr seinen Ausweis. »Peter Käfer, wir hatten telefoniert?«

»Ja natürlich, kommen Sie rein«, sagte Ute Baumann. »Entschuldigen Sie bitte, ich bin noch gar nicht richtig angezogen«, sagte sie, als Käfer ihr durch den Flur in die Küche folgte. »Wir sind erst heute Nacht zurückgekommen. Eine Woche Malle bei herrlichstem Wetter. Und dann kommt man wieder und findet eine Nachricht von der Polizei. Kaffee?«

»Gerne.« Käfer setzte sich auf einen der hellen Küchenstühle, während Ute Baumann eine Tasse unter ihren Kaffeevollautomaten stellte und einen Knopf drückte. Lautstark wurden die Bohnen gemahlen, und kurz darauf lief der Kaffee dampfend aus der Maschine.

»Ermordet«, sagte Ute Baumann kopfschüttelnd und stellte ihm die Tasse hin. »Ich kann das noch gar nicht glauben. Und das in unserer Gegend! Das gibt es doch gar nicht … War es wirklich ihr Ehemann? Die alte Frau Noß hat mir so was erzählt. Milch? Zucker?«

Er schüttelte den Kopf und nippte an seinem heißen Kaffee, der ausgesprochen gut schmeckte. »Wir sind noch ganz am Anfang unserer Ermittlungen.«

»Aber er sitzt doch in Untersuchungshaft, richtig?«

Käfer nickte. »Wie gut haben Sie Carla Dellbrück gekannt?«

Ute Baumann setzte sich auf den gegenüberliegenden Stuhl, gab drei Löffel Zucker in ihre Tasse und rührte den Kaffee um. »Nicht besonders gut. Die wohnen ja erst seit Kurzem hier.«

»Aber Sie sind die direkten Nachbarn. Da kriegt man doch bestimmt eine Menge mit.« Käfer sah, dass man vom Küchenfenster direkt in die Werkstatt von Klaus Dellbrück schauen konnte. Wären die Baumanns nicht verreist gewesen, hätten sie womöglich Zeugen des Mordes werden können.

»Sie haben recht, man kriegt eine Menge mit. Zu ihm haben wir auch einen guten Draht. Er ist sehr aufgeschlossen, kommt auch schon mal auf einen Kaffee vorbei. Aber sie …« Ute Baumann schüttelte den Kopf. »… mit ihr bin ich nicht warm geworden.«

»Können Sie mir etwas über die Beziehung der beiden sagen? Wie sind sie als Ehepaar miteinander umgegangen?«

»Da gab es viel Streit«, meinte Ute Baumann. »Es war oft sehr laut. Oder besser gesagt: Sie war oft sehr laut. Ihn hat man eigentlich nie gehört. Ich hatte den Eindruck, als wenn sie ihn ständig runtermacht. Als er mal auf einen Kaffee hier war, habe ich Klaus darauf angesprochen, aber da hat er das Ganze abgetan. Sie sei sehr temperamentvoll, hat er gesagt, und genauso schnell, wie sie sich streiten würden, würden sie sich auch wieder vertragen.«

In dem Moment hörte Käfer die Haustür. Kurz darauf kam ihr Mann in die Küche. Er war vielleicht ein paar Jahre älter als Frau Baumann und trug einen hellen Trenchcoat.

»Guten Morgen, Carsten Baumann«, stellte er sich Käfer vor.

»Mein Mann hat unsere Töchter zur Schule gebracht«, erklärte Ute Baumann. »Sie waren die letzten Tage bei meiner Schwester. Als Paar muss man ja auch mal alleine wegfahren.«

»So ist es«, stimmte der Mann ihr zu. Er zog seinen Mantel aus und setzte sich neben seine Frau.

»Du wolltest doch noch einkaufen.« Die Stimme der Frau klang vorwurfsvoll.

»Mach ich nachher. Ich muss ja erst morgen ins Büro.« Während er sprach, sah Carsten Baumann seine Frau kein einziges Mal an, und Käfer hatte den Eindruck, dass die Stimmung zwischen den beiden nicht die allerbeste war. »Außerdem wusste ich ja, dass die Polizei kommen wollte«, fügte er hinzu.

»Ist ja ein Ding mit der Carla«, sagte er dann zu ihm.

»Wie gut kannten Sie Frau Dellbrück?«, fragte Käfer den Mann. »Sie duzten sich?«

Carsten Baumann strich sich über seinen kahlen Schädel. »Ja, als Nachbarn im selben Alter, klar, da duzt man sich. Aber wir waren jetzt keine Freunde oder so, dafür kannten wir die beiden ja viel zu wenig. Aber wenn man so eng nebeneinander wohnt, dann bekommt man natürlich einiges mit.«

»Ich hab schon erzählt, dass wir die beiden häufig streiten hörten.«

»Ach, das würde ich nicht überbewerten.« Der Mann wirkte etwas verärgert. »Du interpretierst da immer gleich was rein. Jeder hat schließlich mal Streit, ob die jetzt häufiger welchen hatten als wir, wissen wir doch gar nicht.«

Ute Baumann warf ihrem Mann einen strengen Blick zu. »Du weißt das vielleicht nicht. Aber ich bin den halben Tag zuhause, ich kriege viel mehr mit als du! Und ich habe häufig gehört, wie sie Klaus angeschrien hat.«

»Du konntest Carla nicht leiden«, entgegnete ihr Mann. »Du kannst keine Frauen leiden, stutenbissig wie du bist.«

Ute Baumann schnappte nach Luft, und Käfer fragte sich, ob so ein Wochenendtrip nur als Paar wirklich empfehlenswert war. Offenbar nicht, wenn es mit der Ehe sowieso schon nicht zum Besten stand, wie es bei den Baumanns anscheinend der Fall war.

»Haben Sie in letzter Zeit mal fremde Personen auf dem Gelände gesehen?«, unterbrach er die angespannte Atmosphäre.

»Ab und zu kamen mal ein paar Kunden«, sagte Ute Baumann. »Aber eigentlich eher selten.«

»Ich glaube, der Betrieb lief nicht sonderlich.«

»Das weißt du doch gar nicht! Wenn ich stutenbissig bin, dann bist du …« Ute Baumann hielt inne und schien zu überlegen, welches Wort das passende männliche Pendant war. Aber ihr fiel nichts ein.

Ihr Mann lächelte triumphierend.

»Okay.« Käfer machte sich eine Notiz und dachte, dass es hier im Haus vermutlich genauso viel Streit gab wie zuvor bei den Dellbrücks. »Wissen Sie irgendwas über mögliche Affären?«

»Dazu kann ich nichts sagen«, meinte Ute Baumann. »Aber sie hat ja wohl mal für die Oper gearbeitet, wer weiß schon, wie das da so unter den Sängern läuft …«

»Boah.« Ihr Mann verdrehte die Augen. Dann wandte er sich an Käfer. »So gut kannten wir die beiden wirklich nicht. Wir hatten einen freundschaftlichen Kontakt, wie es unter Nachbarn sein sollte. Aber private Details haben wir nie besprochen.«

»Wenn Ihnen noch etwas einfallen sollte, dann melden Sie sich bitte«, sagte Käfer und gab ihnen seine Karte.

Ein paar Minuten später stand er nachdenklich vor dem Haus der Baumanns und blickte auf die Werkstatt, in der Carla Dellbrück ermordet worden war. Von den anderen Nachbarhäusern hatte niemand einen Blick auf die Werkstatt. Die Baumanns waren die Einzigen, die den Täter hätten sehen können, wenn sie denn zuhause gewesen wären.

Abrupt drehte Käfer sich um und klingelte erneut an der Tür.

Wenn wir zu zweit hier gewesen wären, wäre uns das sofort eingefallen, dachte er und ärgerte sich über sich selbst.

»Haben Sie was vergessen?«, fragte Ute Baumann, als sie die Tür öffnete.

»Haben Sie in der Wohnung von den Dellbrücks Urlaub gemacht?«, fragte Käfer.

Sie hüstelte. »Oh je, habe ich das nicht erwähnt? Ja, Klaus hatte uns von seinem Appartement auf Mallorca erzählt. Wenn sie es selbst nicht nutzen, wird es vermietet. Und da die Konditionen ausgesprochen gut waren, hatten wir es für ein paar Tage reserviert.«

Die Nachbarn des Opfers und potentielle Zeugen machten genau zum Tatzeitpunkt Urlaub in der Ferienwohnung des Hauptverdächtigen. Irgendetwas stimmte hier nicht, dachte Käfer, als er zurück zum Präsidium fuhr. Auch wenn Hammersbach sicher recht hatte und viele Mörder dilettantisch vorgingen und Fehler machten, an der vermeintlichen Klarheit dieses Falles störte ihn etwas.

Er war froh, als er Charlotte auf dem Flur traf.

»Na, wie ist es gelaufen?«, fragte er sie und folgte ihr ins Büro.

»Ging erstaunlich schnell«, sagte sie. »Die haben eigentlich nur darauf gewartet, dass ich mich melde und sage, dass alles wieder in Ordnung ist.«

»Kein Wunder. Polizisten gibt es ja nicht gerade im Überfluss. Und gute schon mal gar nicht. Was hat er dich denn so gefragt?«

»Nach posttraumatischen Symptomen, Albträumen, Panikattacken, so was halt. Hab ich aber zum Glück alles nicht. Oder besser gesagt: nicht mehr.«

Käfer nickte. Er erinnerte sich noch, wie schwer die Zeit für Charlotte gewesen war, nachdem sie aus dem Koma aufgewacht war. Er wusste, dass sie die ersten Monate ohne Schlafmittel kein Auge zumachen konnte und viele Therapiesitzungen benötigt hatte, um mit dem Geschehenen abzuschließen.

»Es ging dann noch in ein paar Punkten um meine Waffentauglichkeit, aber auch das ist geregelt.«

»Ah! Du darfst wieder schießen?« Käfer grinste.

»Sozusagen.« Sie ließ sich auf den Schreibtischstuhl fallen und sah ihn erleichtert an. »Ich bin froh, dass das Kapitel jetzt abgehakt ist.«

»Willkommen zurück!«

»Danke, Käfer.«

Dann erzählte er ihr von seinem Gespräch mit Ute und Carsten Baumann. »Es sind die einzigen Anwohner, die etwas von dem Mord hätten mitkriegen können, die direkten Blick auf den Tatort haben. Und ausgerechnet die sind am Tattag im Appartement von Klaus Dellbrück auf Mallorca.«

»Das ist verdächtig …«

»Ja. Das ist übertrieben verdächtig. Wenn Dellbrück es gewesen sein soll, so muss ihm klar gewesen sein, dass wir das herausfinden und er so erst recht in den Mittelpunkt der Ermittlungen rückt.«

Charlotte lehnte sich zurück und verschränkte die Arme hinter ihrem Kopf. »Es ist fast so, als hätten wir es mit zwei unterschiedlichen Fällen zu tun. Einerseits scheint alles klar auf Klaus Dellbrück hinzuweisen, der einen nicht besonders raffinierten Mord begeht. Dann haben wir die Drohbriefe, die seit Monaten verschickt werden und auch nach seiner Inhaftierung in Katrin Ortrups Briefkasten landen.«

»In Reimform geschrieben, was auf den ersten Blick albern erscheint …«

»Psychologisch aber interessant ist«, ergänzte Charlotte. »Und die gründlich gereinigten Totenlichter, die vermutlich auch nicht grundlos um die Tote drapiert wurden. Im Gegensatz zu dem dilettantisch ausgeübten Mord …«

»… gibt es also eine ziemlich clevere andere Seite in dem Spiel.«

Charlotte hob den Blick. »Das heißt, wie haben es entweder wirklich mit zwei Tätern zu tun …«

»… oder irgendjemand versucht, Klaus Dellbrück etwas in die Schuhe zu schieben.«

Als Käfer am Abend nach Hause kam, duftete die ganze Wohnung nach Marzipan. Seitdem Pauline auf der Welt war, hatte Annette eine Vertretung gefunden, die nun überwiegend in ihrem kleinen Geschäft in der Nähe des Prinzipalmarktes war. Die köstlichen Petit Fours, die sie hier verkaufte, entwarf sie jetzt viel häufiger zuhause. Von dort schickte sie die fertigen Probeküchlein ins Geschäft, wo ihre Mitarbeiterin sie eins zu eins nachmachte. Käfer kam das durchaus entgegen, da einer neuen Kuchenkreation im Schnitt fünf Fehlversuche vorausgingen. Extrem köstliche Fehlversuche übrigens.

»Hier riecht's ja wie Weihnachten!«, sagte er und gab Annette zur Begrüßung einen Kuss. Dann nahm er Pauline von ihrer Decke hoch und drückte sie an sich. »Was hat die Mami denn da wieder Schönes gebacken?«, meinte er zu seiner kleinen Tochter und kitzelte sie so lange, bis sie vor Lachen gluckste.

»Leider nichts für den Papi!« Annette klopfte ihm lachend auf den Bauch, und er verzog gespielt beleidigt das Gesicht, bevor er eines der frischen Petit Fours vom Blech stibitzte und sich in den Mund schob.

»Charlotte ist wieder zurück«, sagte er mit vollem Mund.

»Gut!« Annette lächelte erfreut. »Das ist die richtige Entscheidung. Aufstehen, Krönchen richten und weitermachen. Hat meine Mutter früher immer gesagt. Und recht hatte sie.«

Er nickte und betrachtete seine Tochter, die auf einem Beißring kaute. »Seitdem Pauline auf der Welt ist, kann ich das allerdings nicht mehr so gut wie früher«, meinte er dann.

»Geht mir genauso«, gab Annette zu. »Wir haben so lange auf sie gewartet …«

»Stimmt …« Er dachte daran, wie schwierig ihr Weg, Eltern zu werden, gewesen war. Die Zeit im Kinderwunschzentrum, die vielen fehlgeschlagenen Versuche, die Verzweiflung und Tränen, bis es dann endlich doch noch geklappt hatte. Und dann Annettes Schwangerschaft, die alles andere als einfach gewesen war. Nicht nur einmal hatte sie kurz vor einer drohenden Fehlgeburt gestanden. Eine nervenaufreibende Zeit, die sie noch enger zusammengeschweißt hatte.

»Es ist schon komisch«, riss Annette ihn aus seinen Gedanken. »Das größte Glück, das es gibt, ist auch gleichzeitig die größte Achillesferse.«

Pauline gab einen zufriedenen Laut von sich, und sie mussten beide lachen.

»Stimmt«, meinte Käfer. »Auf dieses Gefühl, Vater zu sein, will ich nie wieder verzichten. Es wäre schrecklich, wenn …«

Er konnte den Satz nicht zu Ende sprechen. Eine Angewohnheit aus frühesten Kindertagen. Damals, als kleiner Junge, war er davon überzeugt gewesen, dass etwas Schlimmes tatsächlich passieren würde, wenn man es nur ausspräche. Seit Paulines Geburt steckte in ihm eine dauerhafte Sorge um sie.

Das hatte die Natur schon clever eingerichtet, dachte er. Diese Sorge um den Nachwuchs war letztlich ja dafür verantwortlich, dass man sich intensiv um ihn kümmerte.

Dann dachte er an Katrin Ortrup und an ihre Nachbarin Hanna Förster. Die eine hätte ihr Kind fast verloren, die andere verlor es womöglich gerade. Pauline war gerade mal sechs Monate alt, und er war jetzt schon dauerhaft besorgt um sie. Dabei lauerten noch so viele Gefahren auf sie. Sie könnte Opfer eines Verbrechens werden, wie der kleine Leo Ortrup damals, oder Opfer einer Sucht, wie es Mats Förster gerade widerfuhr.

Liebevoll strich er Pauline über den Kopf, auf dem ein zarter, dunkler Flaum zu sehen war.

»Vielleicht gehst du aber auch einigermaßen sorgenfrei durchs Leben«, flüsterte er ihr ins Ohr und kitzelte sie im nächsten Moment wieder durch.

1. Dezember 2017

Ich muss besser aufpassen, darf nicht leichtsinnig werden und befürchte, dass ich das schon ein paar Mal war. Eben stand sie ewig lange am Fenster und starrte hinaus. Hatte sie mich gesehen? Ich kann es nicht ausschließen, es ist absolut möglich.

Und wenn es so ist – ist es ein Problem?

Eigentlich nicht. Vielleicht muss ich nur die Methode ändern, irgendwie hat sich der Hammer doch sowieso nicht richtig bewährt. Es braucht so viel Vorbereitung, es wieder genauso zu machen wie damals, als alles begann. Was spricht dagegen, es in der richtigen Situation einfach spontan durchzuziehen?

Spontaneität ist riskant. Dann können schneller Fehler passieren als damals im Knast.

Der arme Sonny.

Also plane ich lieber weiter. Wenn ich sie genau beobachte, dann finde ich auch die passende Gelegenheit, in der ich es planvoll zu Ende bringen kann.

So schnell wie möglich.

8

Sie hatte die Frau vom Fenster aus gesehen und sich sofort gefragt, ob etwas vorgefallen war. Selbst aus dem ersten Stock konnte Katrin die dunklen Augenringe deutlich erkennen. Mit versteinerter Miene fegte sie den Weg zum Haus und putzte sich zwischendurch immer wieder die Nase. Weinte sie? Es sah so aus. Katrin überlegte, ob sie das überhaupt etwas anging, sie kannte sie gar nicht. Und nur weil sie sich ehrenamtlich engagierte und viel mit leidgeplagten Eltern zu tun hatte, bedeutete das nicht, dass sie sich sofort auf jede Person stürzen musste, die traurig und mitgenommen aussah. Nichts war schlimmer als ehrenamtliche Mitarbeiter mit Helfersyndrom, davon kannte Katrin so einige. Andererseits … die Frau war ihre Nachbarin. Wie konnte sie die Augen davor verschließen, dass es jemandem in ihrer unmittelbaren Nachbarschaft offensichtlich schlecht ging? Kurzentschlossen schnappte sie sich ihre Schlüssel, warf sich eine Jacke über und verließ die Wohnung.

»Frau Förster?«, sagte sie, als sie kurz darauf bei ihr stand.

Schnell wischte sich diese über die Augen, sichtlich um Haltung bemüht. »Ja?«

»Katrin Ortrup, ich bin vor zwei Wochen hier eingezogen«, sagte sie und wies mit dem Kopf auf das Haus. »Ich wollte mich schon längst bei Ihnen vorstellen. Als ich das letzte Mal geklingelt hatte, hab ich nur Ihren Sohn angetroffen.«

Sie sah, wie die Frau schlucken musste. »Hat er mir gar nicht erzählt«, sagte sie leise. Dann seufzte sie und sah Katrin aus traurigen Augen an. Es kam ihr so vor, als würde sie sich zu einem Lächeln zwingen. Sie erinnerte sich noch genau an dieses Gefühl. Die Fassade halten, auch wenn einem nicht danach war. »Ich wollte mir gerade einen Tee machen. Möchten Sie auch einen?«

Katrin nickte, und während sie mit Frau Förster gemeinsam zum Haus ging, überkam sie eine Welle des Mitgefühls. Alles an ihr wirkte so zerbrechlich und verzweifelt, und Katrin konnte sich gut vorstellen, womit das etwas zu tun hatte. Wenn sie an ihre eigene Geschichte dachte und an die Verfassung, in der die meisten Teilnehmer in ihrer Gruppe waren, dann wusste sie, dass sich diese Frau emotional im Moment auf dem Niveau befand, auf dem die anderen in der Phase des Verbrechens waren. An Aufarbeitung war bei ihr noch nicht zu denken. Im Augenblick war ihre akute Not spürbar, und Katrin vermutete, dass sie von der Sorge um ihren Sohn rührte.

»Ist alles in Ordnung?«, fragte sie vorsichtig, als sie sich an den großen Esstisch gesetzt hatte.

»Das Teewasser muss erst kochen«, wich die Frau ihr aus.

»Das meinte ich nicht.«

»Ich weiß.« Hanna Förster rang um Fassung. »Ich wollte sowieso mit Ihnen sprechen«, sagte sie dann zögernd. »Die Polizei war vor ein paar Tagen bei mir und hat mich nach irgendwelchen Drohbriefen gefragt, die in Ihrem Haus gefunden wurden.«

»Hat Ihr Sohn sie geschrieben?«, fragte Katrin geradeheraus.

Frau Förster schlug die Hände vors Gesicht. »Ich weiß es

nicht«, schluchzte sie auf. »Im Moment … Mein Sohn … Ich kenne ihn gar nicht wieder …«

Die Vorstellung, Leo oder Finn könnten ihr so entgleiten, wie Mats Förster seiner Mutter offensichtlich entglitten war, machte sie betroffen.

»Wo ist Mats denn im Moment?«, fragte sie einfühlsam, als Hanna Förster sich wieder etwas beruhigt hatte. Aber das war die falsche Frage, denn sofort schluchzte die Frau wieder auf.

»Er ist bei der Polizei«, sagte sie leise. »Er war bei einer Schlägerei beteiligt, bei der jemand zu Tode kam.«

»Mein Gott.«

»Ein Bekannter von Mats hat einem anderen eine Flasche auf den Kopf geschlagen …«

»Dann war es wenigstens nicht Ihr Sohn«, versuchte Katrin etwas Tröstendes zu sagen.

»Nein. Aber sie haben ihn trotzdem dabehalten. Gefährliche Körperverletzung, Drogenhandel, da kommt so einiges zusammen.« Sie putzte sich die Nase. »Ich weiß gar nicht, wie es so weit kommen konnte …«

»Es tut mir leid. Das muss schlimm für Sie sein.«

Hanna Förster räusperte sich und versuchte, sich zu sammeln. »Nachdem er seine Vespa verkauft hatte, hatten mein Mann und ich beschlossen, dass sich ab jetzt etwas ändern muss. Die Zeit des Redens ist definitiv vorbei.«

Katrin musste an die gelbe Vespa denken, mit der sie Mats Förster neulich hatte davonfahren sehen. Vermutlich hatte der Junge Geld für Drogen gebraucht und den Roller deshalb verkauft.

»Was haben Sie vor?«

»Es gibt da so ein Programm … Jugendliche treffen auf Straftäter …«, erklärte sie und räusperte sich. »Die erzählen dann, wie sie abgerutscht und in den Knast gekommen sind … und wie das so ist, wenn man in eine Zelle gesperrt wird … Ich hoffe, es bringt was.«

»Das ist bestimmt eine gute Abschreckung.« Katrin nickte. Dann überlegte sie, ob sie Hanna Förster nicht zu nahe trat. »Das klingt jetzt vielleicht ein bisschen blöd«, sagte sie schließlich, »aber Sie sollten versuchen, bei alldem auch ein bisschen an sich zu denken.«

»Hört sich gut an. Aber ich glaube nicht, dass jetzt die Zeit ist, um in ein Wellnesswochenende zu fahren.«

»Natürlich nicht. Das meinte ich auch nicht. Aber manchmal brauchen eben auch die Eltern Hilfe, um heil aus so einer Sache rauszukommen.«

Hanna Förster lächelte milde. »Ich weiß, Sie meinen es gut. Aber Sie können sich vermutlich nicht vorstellen, was es bedeutet, wenn man Tag und Nacht Angst um sein Kind hat. Da kann man nicht an sich denken.«

Katrin sagte nichts. Sie kannte genug Leute, die auf die Leidensgeschichte eines anderen immer mit ihrer persönlichen Geschichte reagieren mussten. Wie ein Reflex wurde dann ein Herzinfarkt gegen eine Krebserkrankung ausgespielt, oder der Unfalltod des einen Bekannten musste sich mit dem Komapatienten des anderen Bekannten messen. Niemals, so hatte sie sich fest vorgenommen, wollte sie Teil dieses Leidenskarussells werden, dessen Fahrt niemandem etwas brachte. »Ich finde es bewundernswert, wie offen Sie damit umgehen«, sagte sie etwas floskelhaft.

Die Frau lachte bitter auf. »Was bleibt mir schon anderes übrig? Ich bin in dieser Straße aufgewachsen, das hier ist mein Elternhaus. Ich kenne hier wirklich jeden. Und ich kann Ihnen versichern, dass ich unsere Probleme am liebsten vor der ganzen Welt versteckt hätte. Aber das ist schier unmöglich. Hier in der Gegend weiß jeder von Mats.«

Die Frau tat ihr wahnsinnig leid, es musste furchtbar sein, das eigene Kind so abrutschen zu sehen, und sie würde ihr nur zu gerne helfen. Von ihrer eigenen Geschichte, aber auch von der Arbeit in ihrer Gruppe wusste sie, wie viele Fragen sich im Umfeld von Frau Förster aufgetan haben dürften. Fragen nach der Verantwortung, die die Eltern an der kriminellen Laufbahn ihres Kindes trugen. Hatten sie nicht auch Fehler gemacht, wenn ihr Sohn auf die schiefe Bahn geriet? Katrin ahnte, dass die halbe Straße das dachte. Wie oft hatte sie selbst früher diesen Vorwurf zu hören bekommen. Wenn du besser auf Leo aufgepasst hättest, wäre er nicht entführt worden. Selbst Thomas hatte das damals zu ihr gesagt. Im gleichen Augenblick schämte sich Katrin für diesen Gedanken. Denn bei einem drogenabhängigen Jugendlichen wurde die Frage nach der Schuld der Eltern sicher noch viel häufiger gestellt. Vermutlich wurde die Frau dauernd mit diesem stummen Vorwurf konfrontiert, und vermutlich wurde er auch oft genug laut geäußert. Katrin empfand das als wahnsinnig ungerecht. Machten sie nicht alle Fehler? Wer konnte schon von sich behaupten, sein Kind fehlerfrei zu erziehen? Und gab es nicht so vieles, auf das man als Eltern keinen Einfluss hatte? Im Moment glaubte sie, dass Leo die Entführung damals gut verarbeitet hatte. Aber war es nicht denkbar, dass er in der Pubertät von seinen Erinnerungen und Ängsten erneut eingeholt wurde? Was würde sie tun, wenn Leo dann zu Alkohol oder Drogen griff, um seine Dämonen unter Kontrolle zu kriegen? Vieles im Leben war ein schmaler Grat, und der Schritt in den Abgrund konnte leicht passieren. Sie kannte die Frau nicht, kannte weder ihre Familie noch ihre Lebensumstände. Es stand ihr nicht zu, über sie zu urteilen, und sie fand, dass das niemandem zustand.

»Sie sind hier aufgewachsen?«, sagte Katrin deshalb, in erster Linie, um überhaupt irgendetwas zu sagen.

»Ja. Hätte mir früher jemand gesagt, dass ich irgendwann mal in meinem Elternhaus lebe, hätte ich ihn für verrückt erklärt. Aber als Mats sich ankündigte, war mein Vater bereits gestorben, und meine Mutter wollte nicht mehr alleine in dem großen Haus leben. Da bot sich das hier an.«

Plötzlich kam Katrin ein Gedanke. »Wenn Sie schon immer hier gewohnt haben, dann kennen Sie doch bestimmt auch die ganzen Geschichten hier aus der Straße.«

»Einige bestimmt. Was meinen Sie?«

Katrin versuchte, so locker wir nur möglich zu bleiben. »Es hieß, bei uns im Keller sei mal jemand ermordet worden. Irgendwann in den Achtzigern. Wissen Sie was davon?«

»Natürlich«, antwortete Hanna Förster. »So oft kommt ein Mord ja nicht vor. Ich war damals noch klein, aber mitgekriegt habe ich das. Das war aber nicht in Ihrem Haus, das wüsste ich. Irgendwo in der Nachbarschaft ist es passiert. Ich glaube, der Mann hat seine Frau erschlagen …«

Katrin nickte. »So wurde es mir auch erzählt. Aber es war nicht bei uns im Haus?«

»Nein, da bin ich mir sicher, ich glaube, es war irgendwo auf der anderen Straßenseite. Kann ich Ihnen aber nicht mehr genau sagen, da wurde ja viel gebaut in den letzten Jahren. Warum interessiert Sie diese alte Sache so?«

»Also die Vorstellung, dass jemand im Keller meines Hauses ermordet worden ist, finde ich jetzt nicht besonders prickelnd. Die Nachbarn hatten davon erzählt.«

Hanna Förster nickte. »Manchmal wundert man sich,

was es für düstere Geheimnisse gibt. Und dann noch in der Nachbarschaft. Zum Glück ist das Haus schon bald nach dem Mord abgerissen worden. Das war bestimmt das Beste.«

Als Katrin wieder in ihrer Wohnung war, stand sie unschlüssig am Fenster und starrte auf ihr Handy. Sie wollte nicht wie eine hysterische und überängstliche Mutter wirken und die Kommissarin wegen jeder Kleinigkeit anrufen, aber die Tatsache, dass es tatsächlich einen Mord in ihrer Gegend gegeben hatte und der Verfasser der Drohbriefe offensichtlich davon wusste, beunruhigte sie.

Lieber einmal zu viel als einmal zu wenig, dachte Katrin und wählte die Nummer der Kommissarin.

Ohne Umschweife erklärte sie Charlotte, worum es ging. »Versteh mich nicht falsch, ich will diesen alten Geschichten nicht so viel Bedeutung schenken, aber meine Nachbarin meinte, dass es tatsächlich diesen Mord gegeben hat. Nur eben nicht bei uns, sondern in einem anderen Haus. Es ist doch komisch, dass in diesen Briefen immer darauf angespielt wird.«

»Da hast du recht. Warte mal kurz.« Katrin hörte, wie Charlotte etwas auf der Tastatur tippte. »Ich gebe deine Straße mal bei uns ins System ein. Schauen wir doch mal, was dabei rauskommt«, meinte sie. »Moment … Ah, da haben wir was …« Die Kommissarin murmelte irgendetwas vor sich hin. Offenbar las sie sich gerade den Eintrag durch, und Katrin ärgerte sich, dass Charlotte ihn nicht laut vorlas.

»Und?«

»Es stimmt«, antwortete die Kommissarin, und ihre Stimme klang irgendwie verändert. »1981 ist das passiert. Ein gewisser Till Brönne hat im Keller seines Hauses seine Frau erschlagen …« Charlotte schien zu zögern. »Und die Leiche danach angezündet«, fuhr sie schließlich fort. »Das Haus ist allerdings abgerissen worden.« Jetzt klang ihre Stimme wieder normal. »Da steht heute ein Einfamilienhaus.«

»Direkt bei uns gegenüber?«

»Ja. Aber in einer Stadt wie Münster passieren nun mal auch Verbrechen. Und die ganze Sache liegt über dreißig Jahre zurück. Ich glaube nicht, dass dich das beunruhigen muss.«

Nachdenklich beendete Katrin das Gespräch. Irgendetwas in der Stimme der Kommissarin sagte ihr, dass es sehr wohl einen Grund gab, beunruhigt zu sein. Und auch wenn sie wusste, dass Charlotte sie nicht in die Ermittlungen mit einbeziehen konnte, ärgerte sie sich, dass die Kommissarin sie offensichtlich nur beruhigen wollte.

Langsam schaltete Charlotte das Handy aus und blickte auf den Bildschirm, auf dem eine Aufnahme aus den 1980er Jahren zu sehen war. Sie zeigte das Haus, in dem der Mord damals begangen wurde. Es sah exakt so aus wie das Haus, in dem Katrin Ortrup heute wohnte.

In der dazugehörigen Aktennotiz war knapp vermerkt, dass die Frau mit einem Zimmermannshammer erschlagen und dann mit einer brennbaren Flüssigkeit überschüttet und angezündet worden war. Der Mann war schon im Vorfeld durch gewalttätige Taten auffällig geworden, in diverse Schlägereien verwickelt, und die Polizei war einige Male wegen häuslicher Gewalt zu dem Haus gerufen worden. Till Brönne wurde wegen Totschlags zu einer langen Haftstrafe verurteilt.

Charlotte hielt die Luft an, als sie las, dass um die Leiche der Frau Totenlichter drapiert worden waren. Schnell gab sie das Datum des Mordes in die Suchmaske ein. 22.11.1981.

Der letzte Sonntag vor dem ersten Advent.

Totensonntag.

»Das gibt's doch nicht!«, murmelte sie und gab den Namen des Mannes ein. Inzwischen musste er eigentlich wieder auf freiem Fuß sein. Sie las, dass er vor gut zehn Jahren aus der Haft entlassen worden war.

Charlotte lehnte sich zurück. Die Parallelen zu dem Mord an Carla Delbrück waren nicht zu übersehen. Beide Frauen waren auf dieselbe Art und Weise ermordet worden, beide Male hatte der Täter versucht, die Leichen durch Verbrennung zu beseitigen, und war daran gescheitert. Und beide Male hatte er sie mit Totenlichtern geschmückt, an einem Totensonntag.

»Wollen wir zusammen Mittag essen?« Käfer steckte seinen Kopf durch die Tür.

»Nein«, sagte Charlotte knapp, und Käfer machte ein erstauntes Gesicht. Charlotte notierte sich schnell die Adresse, unter der Brönne gemeldet war, schnappte sich ihre Jacke und zog Käfer aus dem Büro. »Komm mit. Ich erkläre es dir im Auto.«

Käfer hielt an der roten Ampel. Ein Schwarm Passanten zog an ihnen vorbei über die Straße und schien zielsicher den großen Elektromarkt anzusteuern, der erst vor Kurzem seine Tore am Bröderichweg eröffnet hatte und immer noch mit besonders günstigen Angeboten lockte.

Irritiert sah er Charlotte an, nachdem sie ihm erklärt hatte, was sie herausgefunden hatte. »Das ist in der Tat merkwürdig.«

»Allerdings. Es gab im Tulpenweg früher vier Häuser, die alle exakt gleich aussahen. Zwei auf jeder Straßenseite. Bis auf das, in dem Katrin Ortrup wohnt, sind alle Häuser abgerissen worden. Carla Dellbrück wohnte also in dem Haus, das genauso aussah wie das, in dem früher die Tat passiert war. Und sie wird an einem Totensonntag auf dieselbe Art und Weise ermordet und ihre Leiche mit Totenlichtern umstellt«, erklärte Charlotte. »In den Drohbriefen wird eindeutig ein Bezug zu der alten Tat hergestellt. Mal ehrlich, Käfer, das ist doch zumindest ein merkwürdiger Zufall, oder?«

Die Ampel sprang auf Grün, und Käfer trat aufs Gas. Nachdenklich blickte er auf die Fahrbahn. »Denkst du, dass dieser Till etwas mit dem Mord an Carla Dellbrück zu tun hat? Dass er wieder an den Tatort zurückgekehrt ist?«

Sie zuckte mit den Schultern. »Dann hätten wir es mit einem Serienmörder zu tun, der eine lange Zeit pausiert hat.«

»Oder auch nicht. Und wir haben die anderen noch nicht gefunden.«

»Um Gottes willen. Daran mag ich gar nicht denken.«

Käfer nickte. »Vielleicht hat er auch nur etwas mit diesen Drohbriefen zu tun, vielleicht sind sie eine Art nostalgische Erinnerung eines alten Mörders.«

»Und für Dellbrück waren diese Briefe ein willkommener Anlass, um seine Frau zu ermorden. Auch möglich.«

Wenig später standen sie vor einem großen Mehrfamilienhaus in Münster-Kinderhaus. Es machte keinen sonderlich gepflegten Eindruck, und es war auf den ersten Blick zu erkennen, dass hier vor allen Dingen Menschen wohnten, denen es finanziell nicht besonders gut ging.

Nach zwanzig Jahren im Knast wieder Fuß zu fassen war bestimmt nicht einfach, dachte Charlotte, als sie den muffigen Hausflur betraten.

Ein großer, älterer Herr stand in der offenen Wohnungstür

und sah sie fragend an. Obwohl er die sechzig weit überschritten haben dürfte, war er immer noch ein attraktiver Mann. Er wirkte durchtrainiert, trug keinen Wohlstandsbauch vor sich her und hatte seine vollen grauen Haare zu einem Seitenscheitel gekämmt. Er erinnerte Charlotte an einen bekannten Schauspieler, aber sie wusste nicht genau, welchen.

»Meine Gegensprechanlage ist kaputt«, sagte er freundlich. »Darf ich fragen, wer Sie sind?«

»Peter Käfer, Kripo Münster«, antwortete Käfer. »Und das ist meine Kollegin Charlotte Schneidmann. Wir würden Sie gerne kurz sprechen, Herr Brönne.«

Der Mann musterte sie kurz und ließ sie dann in sein Einzimmerappartement, bei dem man sofort in das Wohnzimmer trat. Auf der Schlafcouch lag noch die Bettwäsche, und es gab nur einen Sessel, auf dem sich die Kleidungsstücke türmten. Vor dem Fenster stand ein kleiner Schreibtisch mit einem alten Laptop.

»Entschuldigen Sie bitte die Unordnung«, sagte er und räumte schnell ein paar Kleidungsstücke weg. »Ich würde Ihnen ja einen Platz anbieten, aber ich bin nicht auf Besuch eingestellt«, fügte er dann noch hinzu. Obwohl ihm das Chaos in der Wohnung sichtlich unangenehm war, wirkte er durchaus selbstbewusst, in keiner Weise eingeschüchtert, wie Charlotte es häufig bei ehemaligen Häftlingen erlebt hatte, wenn sie wieder Kontakt mit der Polizei bekamen.

»Kein Problem«, sagte sie freundlich. »Wir haben nur ein paar Fragen an Sie. Kennen Sie eine Carla Dellbrück?«

»Nein. Nie gehört.«

»Sagt Ihnen der Name Klaus Dellbrück etwas?«, fragte Käfer.

»Auch nicht. Worum geht es denn?«

»Wir ermitteln in einem Mordfall, in dem es einige Parallelen zu Ihrer Tat von damals gibt.«

Brönne sah sie freundlich, aber auch etwas erstaunt an. »Aber das liegt doch über dreißig Jahre zurück!«

»Und trotzdem sind einige Details auffallend ähnlich«, sagte Käfer. »Wo waren Sie am letzten Sonntag zwischen zwölf und fünfzehn Uhr?«

Der Mann sah sie ungläubig an, als könnte er nicht fassen, dass ihm so eine Frage noch einmal in seinem Leben gestellt würde.

»Ich … ich war am Vormittag hier. Habe an einem Vortrag gearbeitet.«

»Kann das jemand bezeugen?«

»Nein … ich saß die ganze Zeit an meinem Laptop.«

»Können wir Ihren Laptop mitnehmen, damit unsere Kollegen auf dem Präsidium ihn sich mal anschauen können?«, fragte Charlotte.

»Ohne Gerichtsbeschluss können Sie das nicht«, antwortete Brönne. Langsam schien er sich zu fassen. »Entschuldigen Sie, das sollte jetzt nicht so patzig klingen, aber ich kann auf meinen Laptop im Moment wirklich nicht verzichten. Aber ich war an dem Tag ab 14 Uhr in Greven auf einer Veranstaltung der Uni. Dort habe ich den Vortrag gehalten, und dafür gibt es einen Haufen Zeugen.«

»Danke. Wir werden das überprüfen.«

»Warum wollen Sie das eigentlich alles wissen?«

Charlotte überlegte kurz, ob sie zu viel preisgäbe, wenn sie ihm von den Briefen erzählte. »Das Opfer hat im Vorfeld schriftliche Drohungen erhalten«, sagte sie dann und beobachtete genau seine Reaktion. »Und in diesen Briefen wurde ebenfalls ein Bezug zu Ihrer Tat hergestellt.«

Brönne schüttelte ungläubig den Kopf. »Wer macht denn so was … Wie schrecklich und makaber zugleich. Was genau ist genau passiert?«

»Eine Frau ist ermordet worden«, erklärte Käfer. »Auf dieselbe Art, wie Sie damals Ihre Frau umgebracht haben.«

»Und Sie glauben, dass ich etwas damit zu tun habe?«, fragte er. »Verstehen Sie mich nicht falsch, ich möchte nicht zynisch werden, aber sind in den letzten dreißig Jahren nicht noch mehr Frauen mit einem Hammer erschlagen worden?«

»Sie wissen genau, dass das nicht das Hauptmerkmal Ihrer Tat war«, entgegnete Charlotte. »Es ist vielmehr die Art, wie Sie den Leichnam später drapiert haben, die bemerkenswert ist. Die Totenlichter um die Leiche.«

Brönne machte ein erstauntes Gesicht. »Und genauso ist diese Tote auch gefunden worden?«

»Ja. Ebenfalls am Totensonntag. Verstehen Sie jetzt, warum wir hier sind?«, fragte Käfer.

Till Brönne ließ sich auf das Sofa fallen. Er wirkte erschüttert. »Ja, natürlich, das verstehe ich. Mein Gott. Jemand imitiert mich.«

Für einen Augenblick glaubte Charlotte, so etwas wie Stolz in der Stimme des Mannes zu hören, aber schon im nächsten Moment war sie sich sicher, dass sie sich getäuscht hatte. Brönne machte einen aufrichtig mitgenommenen Eindruck, und Charlotte dachte erneut daran, wie wenig sie sich noch immer auf ihr Bauchgefühl verlassen konnte. Diese Verunsicherung ärgerte sie.

»Möglich«, sagte sie. »Es kann immer mal zu Nachahmungstaten kommen.«

Sie dachte daran, dass berühmte Serienmörder wie Ted Bundy oder der Green River Killer Gary Ridgway aus den USA von psychopathischen Tätern nachgeahmt wurden. Gleiche Tötungsart, gleicher Tatort. Die Nachahmungstäter huldigten damit ihren Vorbildern, es war fast wie eine Art Fankult. In Deutschland waren die Fälle weniger spektakulär, aber auch hier waren Nachahmungstaten bekannt. Der Kaufhauserpresser Dagobert hatte so einige davon, die sich allerdings alle bei Weitem ungeschickter anstellten als ihr legendäres Vorbild.

»Warum die Grablichter?«, fragte Käfer. »Warum haben Sie das damals gemacht?«

Der Mann schluckte. »Meine Frau und ich wollten eigentlich zum Friedhof und die Gräber unserer Verwandten mit diesen Lichtern schmücken, so wie es Tradition am Totensonntag ist. Aber dann kam es zu diesem Streit ... Mit diesem schrecklichen Ausgang ... Und als ich sie da liegen sah und mir klar wurde, was ich angerichtet hatte, überkam mich eine solche Trauer ... Ich wollte ihr einfach einen würdigen Abschied bereiten.«

Auch das kannte Charlotte von anderen Fällen. Es gab Täter, die sich nicht mehr von ihren Opfern trennen konnten, sie teilweise über Tage oder Wochen in ihrer Wohnung behielten, als könnten sie sie so wieder zum Leben erwecken. Eines passte dazu allerdings nicht.

»Warum haben Sie den Leichnam denn vorher angezündet, wenn Sie Ihrer Frau einen würdigen Abschied bereiten wollten?«

Till Brönne stöhnte. »Sie glauben gar nicht, wie oft ich darüber schon nachgedacht habe ...« Die Verzweiflung in seiner Stimme war deutlich zu hören. »Bis heute habe ich keine Erklärung dafür. Es kam einfach über mich ...« Er wischte sich über die Augen. »Ich habe viel mit meinem Therapeuten darüber gesprochen, und er glaubt, dass ich vielleicht das, was ich angerichtet hatte, quasi aus meinem Sichtfeld brennen wollte.« Brönne hob den Blick und sah sie traurig an. »Aber wenn ich ehrlich bin, kann ich nur sagen: Ich habe keine Erklärung für mein Verhalten. Über die Jahre habe ich Stück für Stück erkannt, wie es dazu kommen konnte, und ich habe verstanden, wie ich zum Täter wurde. Aber warum ich meine Frau angezündet habe … nein. Ich weiß es nicht.«

Das schien dem Mann zu schaffen zu machen. Kein Wunder, dachte Charlotte. Wer sich so intensiv und reflektiert mit seiner Tat auseinandergesetzt hatte, der wollte auch jedes Detail erklären können.

Till Brönne sah sie an. »Ich bin froh, dass ich diese dunkle Zeit hinter mir gelassen habe«, sagte er. »Ich habe für meine Tat gebüßt und mir seit meiner Entlassung nichts mehr zu Schulden kommen lassen. Ich bin ein ganz anderer Mensch heute.«

Charlotte nickte. »Das glaube ich Ihnen. Berichten Sie in den Vorträgen an der Uni Ihre Geschichte?«

»Ja. Und zum Thema Gewaltprävention im Allgemeinen. Ich habe auch ein Buch darüber geschrieben, das diese Woche erscheint«, sagte er. »Darin schreibe ich davon, wie es zu dem Verbrechen damals kommen konnte, und ich gebe Tipps, wie man Jugendliche davon abhalten kann, auf die schiefe Bahn zu geraten.« Ein kurzes, etwas verlegenes Lächeln ging über sein Gesicht. »Meinen ersten Talkshow-Auftritt habe ich auch bald. Ich bin schon ganz nervös.«

»Das kann ich mir vorstellen«, sagte Käfer. »So was könnte ich nicht. Kennt man die Sendung?«

»Nein, es ist eine Podiumsdiskussion zum Thema Jugendgewalt. Man kann sich auch live per Internet oder Telefon zu Wort melden.« Nervös kratzte er sich am Kopf. »Hoffentlich krieg ich das hin …«

»Können Sie uns ein Exemplar Ihres Buches geben?«, fragte Charlotte.

Brönne lächelte sie bedauernd an. »Ich habe leider keins mehr hier.«

Käfer machte ein nachdenkliches Gesicht. »Konnte man schon vorab etwas von dem Buch lesen?«, fragte er.

»Als eBook ist es bereits zu haben«, sagte Brönne. »Das kriegt man früher als den Print.«

Charlotte zog ihr Handy aus der Tasche, klickte sich ins Internet und gab Till Brönnes Namen in die Suchmaske ein.

»Und in dem Buch beschreiben Sie den Mord an Ihrer Frau in allen Details, richtig?«, hakte Käfer nach.

Brönne machte ein erschrockenes Gesicht.

»In allen Details … Ich hoffe, Sie haben mich nicht falsch verstanden. Das ist kein Buch für Voyeure, im Gegenteil. Es ist ein Ratgeber, der hoffentlich vieles verhindern kann. Ich weiß, dass ich schreckliches Leid angerichtet habe, und Sie können mir glauben, dass kein Tag vergeht, an dem ich nicht an die Opfer denke. An meine Frau, die ich immer geliebt habe«, erklärte er mit belegter Stimme. »Aber auch an meinen Sohn, der wegen mir so viel leiden musste … der Verlust der Mutter … die Hänseleien in der Schule – das ist alles meine Schuld. Ich kann es ihm nicht verübeln, dass er mit mir gebrochen hat … Und dass ich meine Enkelkinder noch nie zu Gesicht bekommen habe …« Er räusperte sich und hob den Blick. Mit glasigen Augen sah er sie an. »Ich verstehe das. Ich will beim besten Willen nicht jammern. Ich habe das verdient.«

Charlotte hatte das eBook von Till Brönne gefunden. »Vermutlich können Sie von ihnen keine andere Reaktion erwarten.«

»Trotzdem war ich kurz davor, daran zu zerbrechen. Irgendwann war ich an dem Punkt, an dem ich mich entscheiden musste: Entweder ich bringe mich um, oder ich versuche, aus all dem Schlechten, was ich angerichtet habe, etwas Gutes zu machen. Damals fing ich an, mich in der Gewaltprävention zu engagieren. Inzwischen halte ich regelmäßig Vorträge an Universitäten und Schulen.«

»Wie genau beschreiben Sie in Ihren Vorträgen die Tat?«, fragte Käfer nach.

»Nicht besonders detailliert. Ich möchte die Gewalt nicht unnötig zelebrieren«, antwortete Brönne.

»Aber den Tatablauf, die Grablichter, das Anzünden der Leiche schildern Sie schon?«, hakte Käfer nach, und Brönne nickte.

»Ja, kurz … ich verstehe, worauf Sie hinauswollen. Sie denken, dass der Täter unter den Zuhörern war?«

»Ich denke, dass wir keine Möglichkeit außer Acht lassen sollten«, sagte Käfer. »Es gibt auffällige Parallelen, verbunden mit Anspielungen auf die Tat, die Sie damals begangen haben, und der Täter muss dieses Wissen ja irgendwoher haben.«

Brönne nickte. »Das kann er in meinen Vorträgen tatsächlich bekommen. Ich finde es wichtig, den Zuhörern die Situation zu erklären, in der ich damals war. Es war ja im Affekt gewesen. Ich hatte nicht vor, meine Frau umzubringen.« Für einen Moment starrte er ins Nichts, bevor er mit leiser Stimme fortfuhr. »Wir waren im Keller … Es kam zum Streit … Der Hammer lag auf der Werkbank …« Er schüttelte den Kopf, als wollte er die Gedanken an damals abschütteln. »All das beschreibe ich in meinen Vorträgen, damit die Leute merken, wie leicht man in so eine Situation geraten kann.«

»Sie sagten, Sie halten Ihre Vorträge an Schulen und Universitäten?«, fuhr Charlotte fort.

»In erster Linie an der Uni, ja.«

»Kommen Sie da auch in Kontakt mit den Studenten?«

»Zum Teil ja. Es gibt schon einige, die hinterher noch Fragen haben. Und dafür bin ich natürlich offen.«

»Ist Ihnen da mal jemand aufgefallen?«, hakte Charlotte nach. »Jemand, der vielleicht besonders interessiert ist, schon häufiger bei Ihren Vorträgen war, bei bestimmten Details nachfragte?«

Till Brönne dachte nach. »Tatsächlich stellen recht viele Studenten hinterher Fragen. Verstehen Sie mich nicht falsch, aber ich glaube, einige sind durchaus fasziniert von meiner Geschichte. In der Regel sind es ja Psychologiestudenten, mit denen ich zu tun habe, und die haben ja auch nicht so häufig die Möglichkeit, einen realen Täter kennenzulernen. Aber dass mir jetzt jemand Bestimmtes ganz besonders aufgefallen ist, nein, das kann ich eigentlich nicht sagen.«

Als Charlotte und Käfer das Haus verließen und die wenigen Schritte zum Wagen liefen, waren sie beide in Gedanken versunken.

»Resozialisierung kann eben doch funktionieren«, sagte Käfer schließlich.

»Hast du daran jemals gezweifelt?«

»Na ja, das ein oder andere Mal schon«, meinte Käfer. »Ist ja schließlich nicht so, als hätten wir es nur mit Ersttätern zu tun.«

»Da hast du allerdings recht.«

»Irgendwie hat er mich beeindruckt«, meinte Käfer und stieg in den Wagen.

»Mich auch«, sagte Charlotte und fügte noch ein für Käfer nicht hörbares »leider« hinzu. Sie wollte von diesem Mann nicht beeindruckt sein. Ja, vielleicht war er ein Musterbeispiel für einen geläuterten Verbrecher, und Charlotte war felsenfest davon überzeugt, dass auch jemand wie er eine zweite Chance verdient hatte. So war das Rechtssystem, dachte sie, deshalb werden Mörder irgendwann entlassen und eben nicht bis an ihr Lebensende weggesperrt. Sie sollten eine Perspektive haben, und das war auch richtig so. Aber Charlotte konnte nicht anders. Sie musste auch an Brönnes Frau denken, der vor über dreißig Jahren das Leben brutal genommen wurde.

Kapitel 2

Gewalt vermeiden – verschiedene Strategien

Eine respektvolle Grundhaltung gegenüber dem Partner/der Partnerin verhindert die Eskalation von Konflikten. Das klingt sehr einfach und theoretisch, ist aber die Basis für jegliche Gewaltverhinderung. Je tragfähiger und stabiler die Beziehung ist, desto besser können Krisen bewältigt werden.

Das gilt nicht nur für Paare, sondern für alle Menschen, die eine Beziehung eingehen. Ich weiß, dass viele meiner Leserinnen und Leser Probleme mit ihren aggressiven, fast erwachsenen Kindern haben. In den zahlreichen Gesprächen, die ich seit meiner Entlassung geführt habe, fiel immer wieder der Satz: »Ich versuche, ihm seine Grenzen aufzuzeigen.« Viele Eltern haben das Gefühl, versagt zu haben, weil sie ihren Kindern keine Grenzen gesetzt haben. Ich habe dazu eine etwas differenziertere Meinung. Grenzen sind wichtig, das sehe ich genauso, aber das stupide Festhalten an einmal aufgestellten Regeln kann auch Grenzüberschreitungen provozieren. Repressives Vorgehen, Bestrafung oder eine auf Verbote ausgerichtete Erziehung provozieren verdeckte Aggressionen eher. Das kenne ich nicht nur aus eigener Erfahrung, sondern auch durch meinen Umgang mit auffälligen Jugendlichen.

Aggression und Gewalt sollten nicht tabuisiert werden.

Beides sind normale menschliche Verhaltensweisen und gehören zur Persönlichkeit. Jeder, ob Elternteil oder Ehepartner, sollte sich die eigenen aggressiven Anteile bewusst machen und diese akzeptieren. Offenheit in der Auseinandersetzung über das ganze Gefühlsspektrum wirkt ebenfalls präventiv.

Bis zu meiner Verurteilung hat nie jemand mit mir über mein Aggressionspotenzial gesprochen. Meine Eltern haben versucht, es aus mir herauszuprügeln, und meine Frau hat es durch ihr ängstliches Verhalten noch mehr zum Vorschein gebracht. Erst als ich lernte, meine Aggression zu verbalisieren, in Worte zu fassen, was mich antreibt und woher meine Wut kommt, erst dadurch habe ich geschafft, sie unter Kontrolle zu bringen.

Berührungen können bei einem gewaltbereiten Jugendlichen einerseits Nähe erzeugen, andererseits aber auch Aggressionen wecken, wenn sie überhandnehmen. Sie müssen das Verhältnis von Nähe und Distanz genau austarieren, sich dabei auch durchaus komplementär verhalten, das heißt sich setzen, wenn der andere steht, oder umgekehrt.

All das kann helfen, um ein Gespräch über Aggressionen und Gewalt ruhig und positiv zu gestalten, den ersten Schritt in die richtige Richtung zu machen. …

9

Charlotte tippte auf dem Display ihres Handys, während Käfer den Wagen auf die Grevener Straße lenkte, die zurück zum Zentrum führte.

»*Strategien zur Gewaltverhinderung*«, las sie laut vor, »Untertitel: *Von einem, der es wissen muss*. Online ist das Buch schon zu finden. Den Zeitungen hat er auch schon ein paar Interviews gegeben.« Sie wischte mit dem Zeigefinger über das Display und überflog ein paar Zeitungsartikel.

»Und?«, fragte er. »Erzählt er irgendetwas, das für uns relevant sein könnte?«

»Auf die Schnelle … nein, eher nicht«, meinte Charlotte. »Er erwähnt den Tod seiner Frau zwar jedes Mal, gibt sich aber insgesamt sehr geläutert.« Sie blickte auf. »Beim Lesen im Auto wird mir immer schlecht«, fügte sie hinzu und ließ das Fenster ein Stück herunter. »Ich werde mich am Montag mal in seinen Vortrag setzen.«

Käfer nickte. »Ja, mach das. Und ich werde die Akte von ihm anfordern. Ich will ein bisschen genauer wissen, was damals passiert ist.«

»Vor allen Dingen, warum er zwanzig Jahre gesessen hat«, sagte Charlotte. »So wie er die Tat beschreibt, war es eine Tötung im Affekt, da hätte er nach sieben, acht Jahren doch wieder draußen sein müssen.«

»Offenbar hat das Gericht damals aber Mordmerkmale

festgestellt. Oder er hat sich im Gefängnis noch so einiges zu Schulden kommen lassen, wodurch sich seine Haftstrafe verlängerte. Das müsste ja alles in seiner Akte stehen. Soll ich dich am Präsidium rauslassen? Ich will noch in den Tulpenweg und mit den ehemaligen Nachbarn von Carla Dellbrück sprechen.«

»Nein, ich komme mit«, antwortete sie. »Ich hab sie ja schon wegen der Drohbriefe befragt, da kann es nicht schaden, wenn ich dabei bin.«

Er nickte und bog von der Straße ab. Es war schon dunkel, als sie das Haus mit der Nummer 81 erreichten und er den Wagen in eine Parkbucht lenkte.

»Fünf Uhr und man kann die Hand nicht mehr vor Augen sehen«, meinte Charlotte. »Ich bin froh, wenn endlich Frühling ist.«

Er lachte. »Vier Monate musst du noch durchhalten«, meinte er und stieg aus dem Wagen. »Vielleicht haben wir um diese Uhrzeit wenigstens Glück, alle anzutreffen. Freitags sind um diese Zeit doch die meisten zu Hause.«

»Bis auf uns.«

Er seufzte. Sie entschieden, zuerst bei den Mahnheims im zweiten Stock zu klingeln, um sich dann von oben nach unten durchs Haus zu fragen.

Elli Mahnheim sah nicht gerade begeistert aus, als Charlotte und Käfer vor ihrer Tür standen.

»Dann müssen Sie mit in die Küche kommen«, sagte sie hektisch. »Wir kriegen heute Abend Besuch, und ich muss das Fleisch anbraten. Stefan! Kommst du mal?«

Ihr Mann deckte gerade den Tisch im Esszimmer. »Wo sind denn die roten Servietten?«

»Da, wo sie immer sind. Im Küchenschrank. Die Kommissare haben noch ein paar Fragen.«

Charlotte und Käfer setzten sich zusammen mit Stefan Mahnheim an den Küchentisch, während seine Frau sich wieder dem brutzelnden Fleisch in der Pfanne widmete.

»Wir haben doch schon mal über diese Briefe gesprochen?«, meinte sie, während sie eine ordentliche Ladung Pfeffer in die Pfanne warf.

»Wir sind heute nicht wegen der Drohbriefe da«, entgegnete Charlotte.

»Sondern?«

»Ihre ehemalige Nachbarin, Carla Dellbrück, ist ermordet worden«, erklärte Käfer.

Elli Mahnheim fiel der Löffel aus der Hand, mit dem sie gerade noch das Fleisch gewendet hatte. Scheppernd knallte er auf den Boden.

»Mein Gott …«, flüsterte sie und hielt sich eine Hand vor die Brust.

Auch ihr Mann war sichtlich erschrocken. »Das ist ja furchtbar. Was ist passiert?«

Käfer erzählte ihnen nur so viel wie nötig und verschwieg die besonderen Details der Tat, erwähnte weder die Totenlichter noch die Brandspuren.

»Mit einem Hammer erschlagen.« Elli Mahnheim bückte sich langsam nach dem Löffel und hob ihn auf. »Wie schrecklich. Wer hat das getan?«

»Das wissen wir noch nicht«, sagte Charlotte. »Wie gut kannten Sie Carla Dellbrück?«

»Nicht besonders gut, sie lebten recht zurückgezogen«, antwortete Elli Mahnheim und ließ sich auf den Küchenstuhl fallen. »Ich kenne sie nur als ausgesprochen nette Person … Mit einer wunderbaren Stimme … «

»Das Haus ist relativ hellhörig«, stimmte Stefan Mahnheim seiner Frau zu. »Und die wohnten ja direkt unter uns, da kriegt man so einiges mit.«

»Wissen Sie, ob es viel Streit gab?«, hakte Käfer nach.

»Manchmal flogen da schon die Fetzen«, antwortete Stefan Mahnheim. »Sie schien mir immer sehr temperamentvoll. Künstlerin eben.«

»Mir tat es wahnsinnig leid, dass es mit ihrer Opernkarriere nicht richtig klappen wollte. Mit so einer Stimme hätte sie eigentlich ganz groß rauskommen müssen …«

Ihr Mann nickte. »Ich glaube, sie war ganz schön geknickt, weil es mit ihrer Karriere nie richtig funktioniert hat. Und er mit seinen Möbeln … Ob das so lief?«

»Vielleicht hatten sie deshalb manchmal Streit«, meinte Frau Mahnheim zustimmend. »Und sie soll wohl ziemlich eifersüchtig gewesen sein. Es hieß ja mal, dass er was …«

»Das ist doch dummer Treppenhausklatsch«, unterbrach Herr Mahnheim seine Frau. »Das weiß doch keiner so genau!«

»Macht nichts«, meinte Käfer freundlich. »Wir sind auch an Klatsch interessiert. Hatte Herr Dellbrück eine Affäre?«

»Nun«, meinte Elli Mahnheim und warf einen unsicheren Blick auf ihren Mann. »Es gab dieses Gerücht, weil er häufig spät in der Nacht nach Hause kam und es dann Streit mit seiner Frau gab.«

»Das ist der Nachteil an einem Mehrfamilienhaus«, meinte Stefan Mahnheim stöhnend. »Hier bleibt nichts geheim.«

Vom Herd war ein lautes Zischen zu hören, das außer Käfer aber niemand wahrzunehmen schien. Er wollte Frau Mahnheim gerade darauf aufmerksam machen, als Charlotte ihm das Wort abschnitt.

»Haben Sie seine vermeintliche Freundin denn mal gesehen?«, fragte sie und machte sich eine Notiz.

Elli Mahnheim schüttelte den Kopf. »Nein, nie.«

»Gerüchte, wie gesagt, nichts anderes als Gerüchte«, sagte Stefan Mahnheim augenrollend. »Weder ich noch meine Frau haben ihn jemals in einer zweideutigen Situation gesehen.«

»Hat Frau Dellbrück mal mit Ihnen über die Drohbriefe gesprochen, die sie bekommen hat?«, fragte Charlotte.

»Ja«, sagte Elli Mahnheim. »Die waren natürlich im ganzen Haus Thema. Wir haben ja alle relativ zeitnah hintereinander diesen Schund erhalten.«

»War sie deshalb sehr besorgt?«, fragte Käfer.

Elli Mahnheim überlegte einen Moment. »Den Eindruck hatte ich eigentlich nicht. Natürlich hat sie sich darüber aufgeregt, das haben wir ja alle irgendwie … Mein Gott, die arme Frau …« Traurig ließ sie ihren Kopf hängen, um ihn im nächsten Augenblick sofort wieder zu heben. Schnüffelnd sog sie die Luft in die Nase. »Was ist das für ein Geruch …?« Hektisch sprang sie auf. »Mein Fleisch! Verdammt!«

Der Geruch von Verbranntem hatte nun die ganze Küche erfüllt.

»Das ist ja alles verkohlt!« Elli Mahnheim stieß einen entsetzten Laut aus und begann hektisch, die dunklen Fleischstücke aus der Pfanne zu nehmen.

»Na großartig.« Ihr Mann war hinter sie getreten. »Und was sollen wir jetzt heute Abend essen? Rita und Olli kommen in einer halben Stunde.«

»Kann ich jetzt auch nicht ändern!« Elli Mahnheims Stimme bekam einen schrillen Klang. »Ich glaube, wir haben noch Hühnchen im Eisschrank. Guck doch mal!« Dann drehte sie sich zu Charlotte und ihm um. »Wollen Sie noch irgendwas von uns wissen?«

Käfer schüttelte den Kopf und zog eine Visitenkarte aus seiner Tasche. »Danke«, sagte er und legte die Karte neben den Herd, der von Fettspritzern übersät war. »Wenn Ihnen noch irgendetwas einfällt, das wichtig sein könnte, rufen Sie uns bitte an.«

»Ja, ja, in Ordnung.«

»Im Eisschrank sind Fischstäbchen«, sagte Stefan Mahnheim, und Käfer sah, wie seine Frau rot anlief.

»Fischstäbchen? Willst du mich verarschen?«

»Ich mag Fischstäbchen …«

»Wir haben heute Abend Gäste!«

»Ich hab das Fleisch nicht verbrennen lassen …«

»Also das ist ja wohl …!«

»Danke für Ihre Zeit«, sagte Charlotte schnell und zog Käfer am Ärmel hoch.

»Lauter streitende Ehepaare«, seufzte Käfer, als sie zur Wohnung der Schmieds gingen.

Eric und Anke Schmied waren offenbar gerade erst nach Hause gekommen und damit beschäftigt, ihre Wochenendeinkäufe zu verstauen, was Käfer daran erinnerte, dass er auch noch einkaufen musste. Das Ehepaar reagierte ähnlich entsetzt auf die Nachricht vom Mord an Carla Dellbrück wie zuvor ihre Nachbarn.

»Ich hab sie ja nie sonderlich gemocht«, sagte Anke Schmied betroffen. »Aber das hat sie doch nicht verdient.«

»Warum mochten Sie Carla Dellbrück nicht?«, fragte Charlotte.

»Irgendwie stand die total unter Druck. Jedenfalls kam mir das immer so vor. Innerlich, aber auch äußerlich. Jede Falte wurde direkt weggespritzt, und ungeschminkt habe ich die Frau nie gesehen.«

»Ich fand sie eigentlich immer sympathisch«, meinte ihr Mann. »Sie war anders, 'ne echte Erscheinung. So eine Frau sieht man nicht jeden Tag, wenn Sie verstehen, was ich meine.«

»Da hören Sie's. Männer sehen so was offensichtlich anders.« Anke Schmied warf ihrem Mann einen schlecht gelaunten Blick zu.

»Haben Sie was davon gehört, dass ihr Mann sie betrogen hat?«, fragte Charlotte.

»Das hat die Elli Ihnen gesagt, stimmt's?«

»Die ist echt so ein Tratschweib«, warf Eric Schmied ein. »Wir haben ihn nie mit einer anderen Frau gesehen.«

Dann sprachen sie noch mal über die Drohbriefe, die Carla Dellbrück als Erste im Haus erhalten hatte.

»Sie sagten ja das letzte Mal, dass Sie sich nicht sonderlich bedroht von den Briefen gefühlt haben«, meinte Charlotte. »Wissen Sie, wie das bei Frau Dellbrück war?«

»Das kann ich Ihnen nicht genau sagen … Die Frau war ja insgesamt …« Anke Schmied verstummte und warf ihrem Mann einen Blick zu.

»Sie können ganz offen mit uns sprechen«, sagte Käfer. »Fanden Sie Frau Dellbrück insgesamt eher schwierig? Wollten Sie das sagen?«

Anke Schmied seufzte. »Über Tote soll man nichts Schlechtes sagen …«, meinte sie leise. » … aber ja. Irgendwie war sie eine schwierige Person.«

Eric Schmied schüttelte den Kopf. »Wie gesagt, ich fand sie nicht schwierig. Aber sicher war sie sehr emotional. Sie war halt kein stilles graues Mäuschen.«

»Hatten Sie häufig Streit mit ihr?«, fragte Charlotte.

»Manchmal schon«, antwortete Anke Schmied. »Sie konnte

sich schnell aufregen, auch über Kleinigkeiten, wenn man die Mülltonnen nicht rechtzeitig an die Straße stellte oder das Treppenhaus nicht gründlich gewischt hatte. Das waren dann keine großen Streits, aber auf die Nerven ging mir das schon.

Wie gesagt, über die Toten nichts Schlechtes, aber ich hab sie einfach nicht gemocht. Das wird man doch offen sagen dürfen.«

»Selbstverständlich«, sagte Charlotte. »Wie war eigentlich Klaus Dellbrück zu seiner Frau? Haben Sie da mal was mitbekommen?«

»Der war immer ganz nett und zuvorkommend, ist ja grundsätzlich etwas ruhiger und stiller als sie«, meinte Eric Schmied.

»Ich glaube, er liebt sie. Sonst hätte er das doch alles gar nicht ausgehalten«, sagte seine Frau.

»Ja, das sehe ich genauso. Als sie das Haus geerbt hat, hat er auch mal zu mir gesagt, dass er sich auf den Umzug freut«, erinnerte er sich. »Er fand es gut, mit ihr ein bisschen rauszuziehen, dann hätten sie mehr Zeit für sich.«

Käfers Blick fiel auf die Familienfotos, die an der Wand hingen. »Ihre Tochter müssten wir auch sprechen.«

»Sie wohnt im Studentenwohnheim.« Eric Schmied nannte die Adresse, und Charlotte machte sich eine Notiz.

Etwas ratlos standen sie gut zehn Minuten später wieder im Hausflur.

»War die Ehe der Dellbrücks jetzt glücklich oder nicht?«, fragte er Charlotte.

Sie zuckte mit den Achseln. »Manchmal weiß man das doch nicht so genau, oder? Ich möchte nicht wissen, wie viele Paare es gibt, die sich ständig streiten und sich im Prinzip aber doch heiß und innig lieben.«

»Sprichst du aus Erfahrung?«, fragte Käfer und erwiderte ihr Grinsen.

»Zum Glück hab ich einen konfliktscheuen Mann an meiner Seite«, meinte sie. »Ein Vorteil, wenn man mit einem Geschiedenen eine Familie gründet.«

»Konfliktscheu klingt irgendwie auch nicht gesund.«

Charlotte knuffte ihm in die Seite. »Also bitte! Ich lebe in einer überaus glücklichen Beziehung!«

Er feixte. Dann wurde er wieder ernst. »Katrin Ortrup?«

Charlotte seufzte. »Ja. Wir müssen ihr sagen, was mit Carla Dellbrück passiert ist. Hoffentlich kommt sie damit einigermaßen klar.«

Als sie die ernsten Gesichter der Kommissare sah, wusste sie sofort, dass etwas passiert war. Katrin kannte diesen Gesichtsausdruck, er spiegelte eine Mischung aus Besorgnis und Ernst wider, den sie von früher nur zu gut kannte. Zum Glück waren Leo und Finn zu Hause und spielten seelenruhig im Kinderzimmer, sodass sie sich sicher sein konnte, dass die Kommissare nicht wegen ihnen so ernst aussahen. Was dann kam, schockierte sie aber doch.

»Sie ist ermordet worden …«, sagte Katrin tonlos, nachdem Charlotte Schneidmann ihr erzählt hatte, was mit ihrer Vormieterin passiert war. Ein Schauer lief ihr den Rücken herunter, als sie daran dachte, wie sie Carla Dellbrück das erste Mal gesehen hatte. Katrin hatte sich die Wohnung angeschaut, und obwohl die Frau wegen des bevorstehenden Umzugs sichtbar gestresst war, hatte sie ihr doch freundlich alles gezeigt und erklärt. Bei der Schlüsselübergabe hatte sie Carla Dellbrück dann das zweite und letzte Mal gesehen.

»Die Frau hatte auch die Drohbriefe erhalten, die ich jetzt dauernd kriege, richtig?«

Charlotte Schneidmann nickte. »Aber nicht nur sie. Alle hier im Haus haben solche Briefe bekommen.«

Es war nicht zu überhören, dass die Kommissarin sie beruhigen wollte. Aber dafür war es zu spät.

»Dieses Haus«, sagte sie, »es sieht doch genauso aus wie das Haus, in dem damals der Mord passiert ist.«

»Jetzt steht dort ein Einfamilienhaus«, antwortete die Kommissarin ruhig.

»Ich weiß. Trotzdem. Und du meinst, Carla Dellbrück ist genauso umgebracht worden wie die Frau damals.« Katrin merkte, wie aufgeregt sie war. »Glaubst du ernsthaft, dass das ein Zufall ist?«

»Natürlich glauben wir das nicht, Frau Ortrup«, mischte sich Peter Käfer ein. »Aber Frau Dellbrück ist nicht in diesem Haus ermordet worden, sondern am anderen Ende der Stadt.«

Auch er wollte sie beruhigen, das spürte Katrin sofort. »Sie hat aber in diesem Haus gelebt. Und hier auch die ersten Drohbriefe erhalten«, entgegnete sie. »Vielleicht hat er es einfach nur nicht eher geschafft?«

»Wir sind uns noch nicht sicher, inwiefern die Briefe tatsächlich etwas mit dem Mord zu tun haben«, sagte Charlotte.

»Ihr glaubt doch nicht an einen dummen Zufall?«

Die Kommissarin schüttelte den Kopf. »Vermutlich nicht. Aber sie müssen nicht vom Täter stammen. Es kann sich dabei genauso um einen Trittbrettfahrer handeln.«

Katrin sah ihr an, dass sie das selbst nicht glaubte. »Denken Sie, denkst du, ich bin in Gefahr?«, sprach sie aus, was sie schon die ganze Zeit bedrückte.

Käfer zögerte. »Nein. Aber für Sie gilt sicherlich dasselbe, was wir auch schon den anderen Bewohnern des Hauses gesagt haben: Seien Sie in nächster Zeit ein bisschen aufmerksam. Melden Sie sich bei uns, wenn Ihnen etwas Merkwürdiges auffällt. Einen weiteren Brief haben Sie bisher nicht erhalten?«

»Nein. Nur den, von dem ich Charlotte schon erzählt habe. Ich habe mich übrigens länger mit der Mutter von Mats Förster unterhalten«, sagte Katrin.

»Hast du mit ihr über die Drohbriefe gesprochen?«, fragte Charlotte nach.

»Ja. Auch. Sie konnte nicht sagen, ob ihr Sohn etwas damit zu tun. Im Moment ist er wohl in Polizeigewahrsam, er war an einer Schlägerei beteiligt, bei der es einen Toten gab.« Katrin seufzte. »Gewaltbereit scheint er also durchaus zu sein …«

Sie sah, wie die Kommissarin sich eine Notiz machte. »Ich werde mal mit dem Jungen sprechen.« Dann sah Charlotte sie freundlich, aber ernst an. »Mach dir bitte nicht zu viele Sorgen«, sagte sie mit Nachdruck. »Wenn wir denken würden, dass du in Gefahr bist, würden wir das Haus unter Polizeischutz stellen. Das ist aber nicht der Fall, in Ordnung?«

Sollte sie das jetzt wirklich beruhigen? Womöglich wurde nur deshalb kein Polizeischutz gewährt, weil er aufgrund des großen Personalmangels gar nicht zu stemmen wäre.

Als die Kommissare gegangen waren, schaute Katrin sofort in Leos Zimmer, in dem die beiden Brüder immer noch zusammen Lego spielten. Dann ging sie noch mal zur Wohnungstür, legte die Kette vor und schloss zweimal ab.

Einen zusätzlichen Sicherheitsriegel, dachte sie, den muss ich mir unbedingt anschaffen. Sie klickte sich auf ihrem Handy durchs Internet und hatte schnell einen massiven Stahlriegel gefunden und bestellt.

Dann hielt sie einen Moment inne und überlegte, ob sie

ihn wirklich anrufen sollte. Schließlich wählte sie Thomas' Nummer. Wie immer dauerte es ewig, bevor er ans Telefon ging, und sie überlegte, ob er wohl wieder getrunken oder womöglich Besuch von einer seiner zahllosen Freundinnen hatte. Schließlich meldete er sich mit schläfriger Stimme.

»Sorry, bin vor dem Fernseher eingenickt«, sagte er. Also getrunken, ging es Katrin durch den Kopf. »Ist was mit den Kindern?«

»Nein«, antwortete Katrin und erklärte ihm, dass die Polizei bei ihr gewesen war und was in den letzten Tagen vorgefallen war.

»Wieso hast du mir von diesen Drohbriefen nichts erzählt?« Er klang alarmiert.

»Ich wollte dem Ganzen nicht zu viel Bedeutung zumessen«, antwortete Katrin.

»Wir haben zwei Kinder«, jetzt klang er aufgebracht, »natürlich haben irgendwelche diffusen Drohungen da eine Bedeutung!«

Sie erzählte ihm, dass sowohl sie als auch die Polizei lange von einem Dummejungenstreich ausgegangen waren. »Finn und Leo wissen nichts von der Sache«, fuhr sie fort, »es geht ihnen gut.«

»Ach ja? Du bist alleine mit den Jungs. Wenn ich da wäre, könnte ich viel besser auf sie aufpassen. Es war ein Irrsinn, dass du mich überhaupt verlassen hast. Allein wegen der Kinder war es ein verantwortungsloser Irrsinn!«

»Es war die einzige logische Konsequenz.« Sie versuchte, ruhig zu bleiben. »Wie oft hast du mich betrogen?«

»Das hatte doch alles keine Bedeutung, das weißt du ganz genau!« Jetzt wurde er laut. »Deshalb hättest du nicht unsere Familie zerstören müssen!«

»Du hast unsere Familie zerstört!«

Aber er schien ihr gar nicht zuzuhören. »Sonst könnte ich jetzt für meine Jungs da sein! Könnte sie vor möglichen Gefahren beschützen!«

Sie schnaubte. Es lag ihr auf der Zunge, ihm an den Kopf zu werfen, dass er sie und Leo damals auch nicht beschützen konnte, dass er eigentlich nie eine große Hilfe gewesen war und dass die ganze Ehe mit ihm ein einziger Irrtum gewesen war, der zum Glück beendet war. Aber sie sagte nichts. Es würde ja sowieso nichts ändern.

»Ich wollte dich bitten, ob du die Jungs dieses Wochenende nehmen kannst«, sagte sie stattdessen.

Das war schließlich der Grund ihres Anrufs gewesen, und am liebsten wäre es ihr, wenn Leo und Finn so lange nicht im Haus wohnen würden, bis dieser Mordfall aufgeklärt war.

»Morgen und übermorgen?«

Sie ahnte, was er als Nächstes sagen würde.

»Aber ich bin doch gar nicht dran.«

»Ich weiß. Aber ich fände es gut, wenn die beiden wenigstens für ein paar Tage nicht hier sind. Falls die Polizei noch mal kommt und Fragen stellt. Ich will nicht, dass die beiden das mitbekommen.«

»Na ja, die Polizei könnte ja auch am Montag kommen, am Wochenende arbeitet da doch eh keiner«, dealte er. »Und du weißt ja, wie stark ich im Job eingespannt bin …«

»Es geht nur um dieses Wochenende.« Katrin bemühte sich, nicht laut zu werden. Da bat sie ihn einmal, die Kinder außer der Reihe zu nehmen, aber anstatt einfach nur Ja zu sagen, machte er es mal wieder kompliziert.

»Tut mir leid, Katrin«, sagte er dann. »Aber ich habe dieses Wochenende schon was vor.«

Sie spürte, wie die Wut in ihr aufstieg. Sie wusste ganz genau, was er meinte, wenn er sagte, er habe schon was vor. Dann konnte es sich nur um eine Frauengeschichte handeln, davon war sie überzeugt. Eigentlich war er kein schlechter Vater, und normalerweise tat er alles für seine Söhne. Hätte er einfach nur irgendwelche Termine, hätte er diese für die beiden ausfallen lassen oder sie mitgenommen. Wenn er sich allerdings für ein romantisches Wochenende verabredet hatte, dann konnte er seine Kinder dabei natürlich nicht gebrauchen.

In diesem Moment glaubte Katrin, noch eine andere Stimme in der Leitung zu hören.

»Hast du Besuch?«, fragte sie schrill.

»Was geht dich das an?«

»Nichts. Schon gut. Tut mir leid, wenn ich dich gestört habe.« Schnell drückte sie das Handy aus. Ihr die Schuld für die Trennung in die Schuhe schieben, während eine andere Frau neben ihm im Bett lag. Das war so typisch für ihn!

Es war eine dumme Idee gewesen, ihn anzurufen. Dass sie so überreagierte und die Kinder sofort aus dem Haus schaffen wollte, war schon dumm genug, aber dann noch bei Thomas anzurufen ... Idiotisch. Warum besuchte sie nicht einfach ihre Mutter? Die war nach Papas Tod immer noch häufig allein und konnte gut ein bisschen Abwechslung vertragen.

Katrin ging in die Küche und machte Abendbrot. Ihre Laune war auf dem Tiefpunkt. Nun war sie nicht nur wegen des Mordes an ihrer Vormieterin beunruhigt, sondern auch noch stocksauer auf ihren Exmann. Warum regte es sie eigentlich so auf, dass er eine neue Freundin hatte? War sie etwa eifersüchtig?

Nein, dachte sie. Die Trennung war richtig gewesen, und

für nichts in der Welt wollte sie Thomas zurück. Natürlich würde sie sich ihm immer verbunden fühlen, schließlich war er der Vater ihrer Kinder, aber sie liebte ihn nicht mehr. Punkt, aus, fertig.

Warum war sie dann so verärgert?

Während sie die Brote für die Kinder schmierte, wurde ihr klar, warum.

Thomas war der Neuanfang offenbar leichter gelungen als ihr. Er hatte eine Freundin, mit der er freitagnachmittags schon auf dem Sofa oder im Bett herumliegen konnte, was früher undenkbar gewesen wäre. Er hatte immer viel gearbeitet, und sie war mit den Kindern eigentlich dauernd alleine gewesen.

Katrin deckte den Abendbrottisch und ließ sich auf einen der Stühle fallen. Es war nicht einfach, alleinerziehend zu sein, schwieriger, als sie es vorher gedacht hatte. Wie würde sie das alles schaffen, wenn sie nächsten Monat wieder arbeiten musste?

Einerseits freute sie sich auf ihre Arbeit als Physiotherapeutin. Ihre Kollegen in der Praxis waren inzwischen gute Freunde für sie geworden und ihr in den verschiedenen Krisen der letzten Jahre immer entgegengekommen. Nachdem Leo damals gefunden worden war, war es kein Problem gewesen, dass sie erst mal ein paar Wochen nicht arbeiten konnte. Auch als es im letzten Drittel ihrer Schwangerschaft mit Finn kritisch wurde und sie vermehrt liegen musste, hatten die Kollegen sich nicht beschwert, genauso wenig, als sie in Elternzeit ging. Und als sie gerade wieder richtig im Job war, kam die Trennung und Scheidung von Thomas, und sie hatte erneut um eine Auszeit gebeten, um eine neue Wohnung zu finden und die erste Zeit für ihre Jungs da zu sein. Wenn sie nach dem Tod ihres Vaters nicht so viel geerbt hätte, hätte sie sich diese Pausen gar nicht erlauben können.

Auch jetzt würde sie am liebsten um eine Verlängerung ihrer unbezahlten Arbeitspause bitten. Wenigstens so lange, bis der Mord an Carla Dellbrück aufgeklärt war. Auch wenn die Kommissare etwas anderes behauptet hatten: Katrin spürte, dass sie in Gefahr war, dass die Bedrohung echt und nicht nur in ihrem Hirn existierte. Das Einzige, was sie beruhigte, war die Tatsache, dass es keinen Grund gab, sie zu bedrohen. Sie hatte stundenlang darüber nachgedacht, ob die Vorfälle irgendetwas mit ihr zu tun haben könnten, ob es jemanden gab, der sie gerne in Angst und Schrecken versetzen wollte. Aber der Einzige, der nicht gut auf sie zu sprechen war, war Thomas. Und nach allem, was ihr passiert war, war sie sich sicher, dass er ihr niemals etwas Böses antun würde.

Nein, sie war zufällig in diese Sache hineingeraten.

Aber machte es das besser?

Obwohl Charlotte am Samstag eigentlich ausschlafen könnte, wurde sie um Punkt halb sieben wach. Sie rieb sich den Schlaf aus den Augen und ärgerte sich, dass sie noch nicht mal mehr einen Wecker brauchte, um zu ihrer normalen Aufstehzeit wach zu werden. Die Zeiten, in denen sie bis mittags hatte schlafen können, waren offensichtlich vorbei, und sie fragte sich, ob die jemals wiederkommen würden. Vermutlich nicht.

Bernd dagegen lag tief schlafend neben ihr, und auch von Felix war noch kein Ton zu hören. Leise stand sie auf und schlich sich ins Bad, putzte sich schnell die Zähne und zog ihre Laufsachen an. Als sie wenig später in den kalten Morgen trat, zögerte sie einen winzigen Moment und dachte an die kuschelige Wärme ihres Bettes. Dann gab sie sich einen Ruck und lief los.

Die Straßen waren noch fast menschenleer, und nur wenige Autos waren unterwegs. Charlotte lief über den Ludgeriplatz und warf im Vorbeilaufen einen Blick auf das »Magd mit Stier«-Denkmal, das ihr immer noch ungewöhnlich vorkam, obwohl sie es schon unzählige Male gesehen hatte. Die Magd, die mit verträumtem Blick neben dem riesigen Stier stand, erschien ihr irgendwie albern.

Kurz darauf hatte sie den Rand des Parks erreicht und atmete tief durch. Schon nach einigen Minuten merkte sie, wie ihr Kopf frei wurde und sich ihre Gedanken sortierten. Das gleichmäßige Traben hatte eine fast meditative Wirkung auf sie, und Charlotte versuchte, ihre Atmung dem Schritttempo anzugleichen. Fast wäre sie in der Dunkelheit über ein Fahrrad gestolpert, das irgendwann in der Nacht aus dem Gleichgewicht gekommen sein musste und mitten auf dem Weg lag. Was für die Berliner die Hundehaufen waren, war für die Münsteraner das Fahrrad. Wenn man nicht aufpasste, trat man ganz schnell hinein.

Sie hatte Käfer nicht viel von ihrer Diensttauglichkeitsuntersuchung erzählt, selbst Bernd gegenüber hatte sie das Gespräch mit Achim Krause als unbedeutende Formalität abgetan. Dabei war es das nicht gewesen. Im Gegenteil. Schon die Anfangsfrage hatte alte Wunden aufgerissen.

»Ich muss auch nach Ihrer physischen Verfassung fragen«, hatte Achim Krause gesagt. »Leiden Sie noch unter den Folgen der Verletzungen? Gibt es irgendwelche Einschränkungen?«

Ja, es gab Einschränkungen, gravierende sogar. Sie würde nie wieder schwanger werden können. Auch wenn sie sich kein weiteres Kind gewünscht hatte und es in ihrem Alter auch völlig irrational wäre, sich einer weiteren Schwangerschaft auszusetzen, war die Tatsache, dass ihr diese Möglichkeit mit Gewalt genommen worden war, schmerzhaft für sie. Durch die zahlreichen Narben hatte es Verwachsungen in ihrem Unterleib gegeben, sowohl in der Gebärmutter als auch in den Darmschlingen, was nicht nur ihre Periode zu einer extrem unangenehmen Sache machte, auch eine normale Verstopfung war jetzt ein Risiko für sie. Die Gefahr, einen Darmverschluss zu bekommen, war groß. Unterhalb des Bauchnabels war ihre Haut außerdem taub, sie spürte nichts. Zu viele Nervenstränge waren bei dem Angriff zerstört worden.

»Nein, keine Einschränkungen. Jedenfalls keine den Dienst betreffend«, hatte sie Achim Krause geantwortet und war froh gewesen, dass er nicht weiter nachgefragt hatte.

Sie sollte dann ihre körperliche Belastbarkeit angeben, auf einer Skala von eins bis zehn, einschätzen, wie weit sie schon wieder war. Und es hatte sie getroffen, dass Krause ihre Zehn nach unten korrigierte.

»Selbst wer als Frischling von der Polizeischule kommt, fünfundzwanzig Jahre alt und durchtrainiert ist, schafft nur selten die Zehn«, hatte er schmunzelnd gemeint. »Da können Sie in Ihrem Alter ruhig mal etwas großzügiger sein, liebe Frau Schneidmann.«

Auch das hatte sie getroffen. In ihrem Alter. Das hörte sich so an, als wäre sie siebzig. Natürlich wusste sie, dass das Quatsch war und Achim Krause Recht hatte. Mit Ende vierzig war der Körper nicht mehr so belastbar wie vor zwanzig Jahren. Und nach allem, was ihr passiert war, schon mal gar nicht.

Trotzig erhöhte sie ihr Tempo. Sie lief nun so schnell, dass die kalte Luft in ihrer Lunge einen stechenden Schmerz auslöste. Sie hatte eigentlich nie ein Problem mit dem Älterwerden gehabt. Aber in den Monaten, die sie in der Reha verbracht hatte, hatte sie deutlich gemerkt, dass ihr Körper viel länger brauchte, um sich zu erholen, als es früher der Fall gewesen war, und das Gefühl, dass ihre besten Jahre vorbei waren, war neu für sie, fremd und irgendwie falsch.

Die Fragen zu ihrer psychischen Verfassung hatten sich dann als die schwierigsten erwiesen. Nein, sie hatte keine Albträume und auch keine Panikattacken mehr, die Fragen konnte sie schnell und wahrheitsgemäß beantworten. Aber dann …

»Sie müssen einen bedrohten Kollegen aus einer Gefahrensituation befreien«, entwarf Krause ein bekanntes Szenario. »Es gibt nur zwei Möglichkeiten, den Angreifer zu treffen: Bein und Kopf sind als Ziel möglich. Wofür entscheiden Sie sich?«

Ihr war klar, dass sie Bein sagen musste. So hatten sie es in der Ausbildung gelernt, so hatte es sich in vielen Fällen bewährt. Ein Schuss in den Oberschenkel setzte jeden Angreifer außer Gefecht, ohne ihn zu töten. Solange ein Polizist die Möglichkeit hatte, war er angehalten, aufs Bein zu schießen und das Leben des Angreifers zu verschonen. Nur wenn es gar nicht anders ging, war der finale Kopfschuss erlaubt.

Aber wäre sie noch am Leben, wenn Käfer damals aufs Bein gezielt hätte? Und wenn sie sein Leben retten müsste, würde sie auf den Kopf des Angreifers zielen. Egal ob Arme, Beine oder sonst was als Ziel noch möglich wären. Ohne zu zögern, würde sie so jemanden erschießen, und sie hätte noch nicht mal ein schlechtes Gewissen dabei.

»Bein«, log sie mit fester Stimme, und Krause nickte zufrieden.

Jetzt hatte Charlotte das Gefühl, die Diensttauglichkeitsuntersuchung nur wegen einer Lüge bestanden zu haben. Immer wieder hatte sie sich seitdem gesagt, dass sie verantwortungsvoll mit ihrer Waffe umgehen würde. Sie hatte sie schließlich nie leichtfertig eingesetzt, warum sollte sie es dann jetzt tun? Und Situationen, in denen ein finaler Rettungsschuss nötig war, waren ja zum Glück selten. Ihr selbst war es noch nie passiert, und insgesamt war Münster ja eher ein friedliches Pflaster, auf dem es nicht so häufig zu solchen Einsätzen kam. Vermutlich würde sie nie in die Situation kommen. Vielleicht war es dann auch egal, wie ihre Einstellung dazu war.

Dennoch. Diese Entschlossenheit, einen Angreifer zu töten, hatte sie früher nicht gehabt, und sie war sich nicht sicher, ob es gut war, dass sich das jetzt geändert hatte.

2. Dezember 2017

Das erste Adventswochenende. Der Beginn einer friedlichen Zeit. Eigentlich.

Manchmal frage ich mich, ob es richtig ist, sich jetzt um die Nächste zu kümmern. Offenbar hat sie Kinder, denen würde die Adventszeit gründlich versaut werden. Und Weihnachten auch.

Kann ich darauf Rücksicht nehmen? Ich weiß es nicht.

Ich spüre, dass mich immer häufiger Schuldgefühle heimsuchen. Ich weiß, dass ich schuldig bin, ich bin das Böse, niemand trägt mehr Schuld in sich als ich. Aber in letzter Zeit zweifle ich immer häufiger daran, ob der Umgang mit meiner Schuld der richtige ist. Der Tod der anderen verringert meine Schuld ja nicht. Nur mein eigener Tod wird das tun.

Aber dann sehe ich wieder das Haus vor mir und spüre, wie es mich dorthin zieht. Und wenn die Nächste stirbt, hört es vielleicht auf, mich zu rufen.

Dann gibt das Haus vielleicht endlich Ruhe.

10

Am Montagmorgen saß Käfer mit einem Becher dampfenden Kaffee in der Hand an seinem Schreibtisch und tippte müde den Namen Till Brönne in die Suchmaske. Er hatte das ganze Wochenende wenig geschlafen, Pauline bekam Zähne und war dementsprechend schlecht gelaunt. Besonders nachts, sodass er sich mit Annette abgewechselt hatte und immer einer von ihnen mit dem Baby auf dem Arm auf und ab gegangen war. Das Zahnfleisch der Kleinen war dick geschwollen, und der erste Milchzahn schimmerte schon weißlich durch. Heute in der Früh war er dann endlich durchgekommen und Pauline gegen vier Uhr eingeschlafen. Als Käfer ins Büro gegangen war, schliefen Annette und das Baby immer noch. Er dagegen kam sich vor wie ein Zombie. Und seine Laune wurde nicht besser, als er den kurzen Eintrag auf dem Bildschirm las.

»Mehr gibt es dazu nicht?«, murmelte er und griff zum Telefon. Kurz darauf hatte er Susi Kramer am Apparat, die seit über zwanzig Jahren im Archiv saß und so etwas wie die gute Seele des Präsidiums war.

»Von wann ist der Fall?«, fragte sie ihn.

»1981. Verurteilung ein Jahr später.«

»Zu allem vor 1990 findest du digital nur eine kurze Notiz.«

»Die habe ich gerade gelesen. Aber es wird doch wohl noch mehr zu dem Fall geben?«, fragte Käfer.

»Natürlich. Aber dafür müsstest du dich schon zu mir bewegen und dir die Kiste holen. Ganz analog.«

Kiste, ging es ihm schlecht gelaunt durch den Kopf, als er den letzten Schluck seines Kaffee trank und aus dem Büro ging. Eine Kiste mit alten Akten durchwühlen. Wenn er eins hasste, dann das.

»Es ist leider nicht nur eine«, begrüßte Susi ihn, die mindestens fünf Pfund zugenommen hatte, seitdem er das letzte Mal hier unten war. Aber Susi gehörte zu den Frauen, die das Glück hatten, mit jedem Kilo besser auszusehen. Obwohl sie bestimmt schon fünfzig war, war sie immer noch komplett faltenfrei, und ihre Zusatzpfunde hatten sich vorteilhaft auf ihrem kurvigen Körper verteilt.

Er ahnte, was als Nächstes kommen würde. »Jetzt sag nicht, ich muss mir das Zeug *hinten* zusammensuchen.«

»Genauso ist es, Käfer.«

»Na toll. Willkommen im 21. Jahrhundert.«

Sie grinste.

Susi schloss ihm die Tür auf und ließ ihn ins Archiv. *Hinten suchen* war der Albtraum aller Kollegen. Denn im Archiv, in dem vorne einige PCs standen, gefolgt von ordentlichen Regalen, in denen Aktenordner alphabetisch und nach Jahreszahlen geordnet waren, befand sich ganz hinten ein Raum, in dem zahllose Kisten in großen Metallregalen lagerten. Hier wurden die Akten von alten, lange abgeschlossenen oder längst verjährten Fällen aufgehoben. Der Plan, sie ins digitale Archiv einzuspeisen, bestand zwar, konnte aber wegen Personalmangels bisher nicht in die Tat umgesetzt werden. Da eigentlich niemand diese Akten akut brauchte und die Kripo mit aktuellen Fällen vollständig ausgelastet war, lag dieses Projekt seit Jahren auf Eis. Gemacht werden musste es trotzdem irgendwann, nicht nur um die Cold Cases aufzuarbeiten, sondern auch weil sich immer wieder Verbindungen zeigten zwischen aktuellen und lange zurückliegenden Verbrechen.

Käfer drückte auf den Lichtschalter, und die Neonröhre flackerte hell auf. Im Gegensatz zu den geordneten Akten vorne im Archiv herrschte hier hinten Anarchie. Verstaubte Kisten aus den 1960er-Jahren standen zwischen 1980 und 1950, und Käfer brauchte eine ganze Weile, bis er die Kisten aus dem Jahr 1981 gefunden hatte. Zum Glück schienen die wenigstens einigermaßen in alphabetischer Reihenfolge ins Regal gestellt worden zu sein, sodass er den Fall Brönne doch schneller fand, als er es zunächst befürchtet hatte.

»Mist«, sagte er dann tonlos, als er die sieben Kisten sah. »Verdammt.«

Da er die Kisten unmöglich alle auf einmal in sein Büro schleppen konnte und beim besten Willen keine Lust hatte, mehrmals zu gehen, öffnete er die erste gleich hier unten. Er wusste schließlich, was in solchen Kisten alles aufbewahrt wurde und dass vieles davon für ihn nicht relevant war.

In der ersten Kiste befanden sich die Protokolle der Nachbarschaftsbefragungen, alle fein säuberlich mit der Schreibmaschine getippt. Käfer überflog sie. Niemand hatte etwas gesehen oder gehört, aber alle schienen sich darüber einig zu sein, dass Brönne ein schwieriger Mensch war. Dafür sprachen auch die Vermerke, die auf frühere Einsätze im Haus hinwiesen, in denen die Polizei wegen des Verdachts häuslicher Gewalt von den Nachbarn gerufen worden waren.

Nächste Kiste.

»Alter …«, murmelte er, als ihm die Tatortfotos entgegenfielen. Sorgfältig schaute er sich jedes Bild genau an. Da waren zunächst die Aufnahmen, die den gesamten Tatort zeigten.

Elke Brönne lag mit geschlossenen Beinen, aber weit ausgestreckten Armen, einer Jesusstatue gleich, auf dem Boden des Kellers. Aus ihrem Schädel ragte ein Zimmermannshammer. Um den Leichnam waren Totenlichter drapiert worden, die einen Kreis um den Körper bildeten.

So wie bei Carla Dellbrück, dachte Käfer.

Aber etwas war anders.

Käfer nahm sich die Nahaufnahmen der Leiche vor. Ja, es war eindeutig, der Körper von Elke Brönne war bei Weitem nicht so verbrannt wie der von Carla Dellbrück. Im Gegenteil. Er suchte sich den Obduktionsbericht heraus und fand dabei Fotos, die in der Gerichtsmedizin gemacht worden waren und die Leiche nackt zeigten. Diese Aufnahmen waren eindeutig. Einzig und allein der Bauchraum der Frau war oberflächig verbrannt, und der Gerichtsmediziner vermutete, dass Brönne keinen geeigneten Brandbeschleuniger zur Hand gehabt hatte und den Körper deshalb nicht in Flammen hatte setzen können. Der Mann hatte das bei der Vernehmung bestätigt, wie Käfer las.

Komisch, dachte er. Der Leichnam von Carla Dellbrück hatte auch nicht richtig gebrannt, und Christian hatte festgestellt, dass der Lack als Brandbeschleuniger nicht geeignet war. Dennoch war ihre Leiche viel stärker verbrannt gewesen als die von Elke Brönne. Vielleicht hatte ihn der Mut verlassen? Der Anblick eines brennenden Menschen war schließlich kaum zu ertragen, das wusste Käfer nur zu gut. Trotzdem fand er es zumindest auffällig, dass der Mord an Carla Dellbrück die Tat von damals bis ins kleinste Detail kopierte und sich nur an dieser Stelle unterschied.

Dann fand er die Kiste mit den Vernehmungsprotokollen von Till Brönne.

»Okay«, sagte er. Die würde er mitnehmen und die Kiste mit den Fotos, das musste fürs Erste reichen.

»Na, fündig geworden?«, meinte Susi, als er sich mit den beiden Kisten durch die Tür schob.

»Ja«, ächzte er und stellte sie auf Susis Tresen ab, um das Formular zu unterschreiben, das sie ihm hinhielt.

»Da liegen die Kisten hier dreißig Jahre unbemerkt herum, und jetzt interessieren sich innerhalb kürzester Zeit gleich zwei Leute für den alten Kram.«

Käfer hielt inne. »Zwei? War Charlotte heute schon hier?«

»Schneidmann? Nein. Die habe ich schon eine Weile nicht mehr gesehen. Wie geht es ihr?«

»Gut, gut. Wer hat sich denn noch für die Kisten interessiert?«

»Warte …« Sie klickten sich in ihren Computer und suchte das richtige Dokument. »Ein Heino Schütter. Sagt dir das was?«

»Nein. Wann hat er Einsicht in die Akten erhalten?«

»Hat er gar nicht. Sein Antrag wurde abgelehnt. Aber vor gut drei Monaten hat er sich darum bemüht.«

»Hast du eine Adresse?«

Sie nickte und klickte wieder auf dem PC herum, bis ein Dokument aus dem Drucker surrte.

»Bitte schön.«

»Danke, Susi. Du bist ein Schatz.«

Kurz darauf packte er die Kisten auf seinem Schreibtisch aus.

»Zeitreise gemacht?«, fragte Hammersbach, der hinter seinem Schreibtisch in ein Fleischkäsebrötchen biss.

»Allerdings. Wie läuft es mit der Massenschlägerei?«

»Ein Haufen drogenabhängiger Jugendlicher hat sich mit einem Haufen Dealer geprügelt. An sich keine große Sache, wenn der eine Dealer nicht mit 'ner vollen Bierflasche zugeschlagen hätte.«

»Der Tote ist einer von den Drogenabhängigen?«

»Jap. Und vielleicht könnte er sogar noch leben, wenn er nicht randvoll mit Amphetaminen gewesen wäre. Laut Dr. Heer hat sein Herz vermutlich schon während der Schlägerei Probleme gemacht, er muss mehrere kleine Mini-Infarkte gehabt haben, während er sich prügelte.«

»Und der Schlag mit der Bierflasche gab ihm dann den Rest.«

Hammersbach nickte. »Genau. Hinterwandinfarkt. Da machste gar nix mehr.«

»Also kein Totschlag?«

»Darüber darf das Gericht entscheiden. Ich muss jetzt erst mal die Protokolle fertig machen.« Seufzend begann Hammersbach zu tippen. »Zieht Charlotte eigentlich wieder hoch?«

Käfer zögerte. Er würde sich liebend gerne wieder das Büro mit Charlotte teilen. Auch wenn er Hammersbach sehr schätzte, ging ihm die ewige Fleischwurstesserei doch etwas auf die Nerven. Aber er wollte ihn nicht vor den Kopf stoßen. Immerhin müsste Hammersbach dann ja seinen Schreibtisch räumen und wieder mit Subotik zusammen sitzen, der sich sein Büro gerade mit zwei Polizeianwärtern teilte. Das dürfte eng werden.

Hammersbach schien seine Gedanken zu lesen. »Subotik hat mich um Unterstützung gebeten. Zwei Frischlinge an der Backe zu haben ist wohl doch ganz schön viel.«

»Ist denn noch Platz in seinem Büro?«

»Wir würden dann das große am Ende des Gangs bekommen. Das wäre doch für alle eine Lösung, oder?«

Käfer nickte zufrieden. Dann wandte er sich wieder seinen Akten zu.

Das alte Papier roch muffig und erinnerte Käfer daran, wie es war, als er bei der Polizei angefangen hatte. Über zwanzig Jahre lag das jetzt zurück, und damals hatte die Digitalisierung gerade erst begonnen. Er erinnerte sich noch genau, dass es in den ersten Jahren noch Schreibmaschinen gab, die wegen der großen Finanznot nur langsam durch Computer ersetzt wurden. Heute waren sie gesund gespart worden, was in erster Linie dem massiven Personalabbau zu verdanken war, der sich an allen Ecken und Enden bemerkbar machte. Es würde noch Jahre dauern, bis sie endlich wieder so viele Kollegen im Einsatz hatten, wie sie wirklich brauchten.

Käfer begann, die ersten Vernehmungsprotokolle von Till Brönne zu lesen. Der Mann hatte die Tat zu keinem Zeitpunkt geleugnet, sondern war von Anfang an geständig gewesen. Seine Reue und Erschütterung war in den Protokollen festgehalten worden, er und sein Rechtsanwalt hatten die Tötung als Affekt beschrieben.

Käfer stutzte, als er den Namen von Brönnes Verteidiger sah.

»Heino Schütter«, las er leise.

»Hast du was gesagt?«, fragte Hammersbach.

»Nein, nein.« Käfer schnappte sich den Zettel, den Susi ihm gegeben hatte. Tatsächlich. Der ehemalige Verteidiger von Till Brönne hatte um Akteneinsicht gebeten, die ihm aber nicht gewährt worden war, weil er nicht mehr als Anwalt tätig war und als Privatperson keinen Anspruch darauf hatte.

Käfer gab den Namen des Mannes in die Suchmaske seines Internetbrowsers ein, und im nächsten Augenblick wurden ihm zahlreiche Artikel angezeigt. Der Anwalt hatte sich als

Buchautor einen Namen gemacht und sich dabei in erster Linie mit Fehlurteilen im deutschen Rechtssystem beschäftigt.

Er griff zum Telefon und wählte die Nummer, die Susi für ihn ausgedruckt hatte. Endlich ging jemand ran. Die Stimme klang alt.

Käfer stellte sich vor, und nach ein paar einleitenden Floskeln sagte er: »Während der Ermittlungen an einem anderen Fall bin ich auch auf Till Brönne gestoßen, den Sie damals verteidigt haben. Das ist doch richtig, oder?«

»Ich habe Till die ganzen Jahre über juristisch begleitet, richtig«, sagte Heino Schütter. »Es ist ein Skandal, was mit ihm passiert ist.«

»Warum?«

»Er ist für Totschlag im Affekt verurteilt worden. Aber auch dafür war die Strafe schon viel zu hoch, weil das Gericht seine äußerst schwierige Kindheit nicht als schuldmindernd bewertet hat.«

»Nicht jeder, der eine schwere Kindheit hatte, schlägt später jemanden tot.«

»Danke für diese neue Erkenntnis.« Der Spott in seiner Stimme war nicht zu überhören. »Die andere Tat, die ihm zur Last gelegt wurde …«

»Es gab noch eine andere Tat?«

»Ja, während seiner Haftzeit. Aber das passierte aus Notwehr. Auch das wurde vom Gericht nicht erkannt. Tills Leben wurde von unfähigen Richtern verpfuscht.«

»Weshalb wurde er verurteilt? Was ist passiert?«

»Er wurde von einem anderen Häftling angegriffen und wehrte sich. Sein Schlag traf den anderen unglücklich am Kopf, und da war es passiert.«

Käfer machte sich eine Notiz.

»Haben Sie seinen Fall auch in einem Ihrer Bücher beschrieben?«

»Ja, selbstverständlich. Direkt nach seiner Haftentlassung ist das Buch erschienen. *Warum jeder einer zweite Chance braucht* lautete der Titel. Till wurde dadurch zu einem gefragten Interviewpartner, und natürlich habe ich ihm auch seinen Anteil an den Tantiemen abgegeben. So hatte er am Anfang wenigstens ein bisschen Geld, um wieder Fuß zu fassen, obwohl er eigentlich gar nichts davon haben wollte. Es ist eine Schande, dass er bis heute keine Entschädigung bekommen hat.«

Käfer sagte dazu nichts. Der Mann tat ja fast so, als wäre mit Till Brönne ein Unschuldiger für Jahre ins Gefängnis gesperrt worden. Dass das nicht stimmte, lag auf der Hand, aber für eine Diskussion über juristische Feinheiten wusste er im Moment noch zu wenig über den alten Fall.

»Warum wollten Sie vor Kurzem noch mal Akteneinsicht bekommen?«, fragte Käfer nun. Deshalb hatte er den Mann ja überhaupt angerufen.

»Till ist über die Jahre ein guter Freund geworden«, erklärte der Mann. »Ich habe ihm geholfen, nach dem Gefängnis einigermaßen Fuß zu fassen. Bei einem unserer zahlreichen Treffen entstand dann die Idee, ein weiteres Buch zu schreiben. Diesmal sollte er der Autor sein, ich wollte ihn nur unterstützen. Till hat so eine enorme Persönlichkeitsentwicklung hinter sich, er kann den Menschen so viel geben, da war ein Buch mehr als naheliegend.«

»Aber haben Sie nicht selbst noch viele Akten von damals, um den Fall rekonstruieren zu können?«

»Ich habe keine Tatortfotos.«

Käfer war für einen Moment sprachlos. »Sie wollten Fotos von der Toten im Buch drucken?«, fragte er dann.

»Ja«, antworte Heino Schütter, als wäre es das Normalste von der Welt. »Es hätte dem Leser eindringlich gezeigt, was passieren kann, wenn man seine Aggressionen nicht in den Griff bekommt.«

»Sie wissen schon, dass der Persönlichkeitsschutz über den Tod hinaus gilt?«

»Wollen Sie mich jetzt belehren?«

Käfer unterdrückte ein Seufzen. »Nein. Der Antrag ist ja eh abgelehnt worden.«

»Wir hatten uns schon vorher wieder von dieser Idee verabschiedet«, erklärte Schütter und räusperte sich. »Die Sache mit den Fotos war mein Vorschlag gewesen. Als Till davon erfuhr, war er richtig sauer. Er wollte das auf keinen Fall. Er fand, dass so das Andenken an seine Frau beschmutzt werden würde.«

Käfer nickte schadenfroh. Er freute sich, dass ein ehemaliger Strafgefangener seinem Anwalt in Sachen Moral noch eine Lektion erteilen konnte. Wenn er an den schmierigen jungen Rechtsanwalt dachte, der Klaus Dellbrück verteidigte, dann konnte er nur hoffen, dass dieser Sanddorn auch mal einen Mandanten wie Till Brönne bekommen würde.

»Ich sehe das genauso wie Brönne«, sagte Käfer.

»Nun ja, ich sehe das anders«, entgegnete Heino Schütter spitz. »Ein Buch muss sich auch verkaufen, sonst braucht man es ja nicht zu schreiben. Aber auf dem Ohr ist Till taub.«

»Er will aus dem brutalen Tod seiner Frau keinen Profit schlagen? Das ist wirklich nicht nachvollziehbar«, meinte Käfer und grinste breit ins Telefon.

»Sie brauchen mich nicht zu verscheißern.« Heino Schütter schnappte ein. »Wollen Sie noch was von mir wissen?«

»Nein. Danke für die Auskunft.« Mit diesen Worten legte Käfer auf.

»Ekelhaft«, meinte er dann.

»Sorry, ich hab Hunger«, entschuldigte sich Hammersbach mit vollem Mund, der sich gerade ein Mettbrötchen mit Zwiebeln einverleibte.

»Mach doch mal das Fenster auf, Herrgott.«

Hammersbach murmelte noch etwas von »zu kalt«, aber Käfer hörte gar nicht mehr richtig hin. Er vertiefte sich wieder in die alten Protokolle.

Charlotte hatte sich extra an den oberen Rand des Hörsaals gesetzt, um einen guten Überblick über die Zuhörerschaft zu haben. Das Auditorium war wie ein antikes Theater angelegt, die Studenten betraten oben den Saal und kamen die Stufen herunter, an deren Ende ein kleines Podium mit Tafel, Whiteboard und Sprecherpult stand. Obwohl die Pädagogische Fakultät und damit auch der Fachbereich Psychologie ihre letzte Renovierung vor Jahrzehnten erlebt hatten, war der große Hörsaal vergleichsweise gut in Schuss. Die Klappsitze aus Holz waren weder beschmiert noch hatten sie andere erwähnenswerte Macken. Sogar die Klimaanlage im Saal schien zu funktionieren. Jedenfalls war die Luft angesichts der Masse der Menschen, die sie gerade wegatmete, erstaunlich gut. Obwohl der Vortrag schon vor fünf Minuten hätte anfangen sollen, kamen immer noch mehr Studenten in den großen Raum. Er war inzwischen pickepacke voll, sodass sich immer mehr Studenten auf den Boden setzen mussten. Charlotte überraschte dieser enorme Andrang. Immerhin war das hier keine Pflichtveranstaltung, sondern ein zusätzliches Angebot der Uni.

Die Studenten, vielmehr die große Mehrzahl der Studentinnen, unterschieden sich optisch sehr von denen aus Charlottes Zeit. Während sie selbst früher nicht eine Sekunde daran verschwendet hatte, über ihr Outfit für die Uni nachzudenken, saßen hier fast ausschließlich durchgestylte junge Frauen. Und alle sahen sich zum Verwechseln ähnlich, hatten lange, geglättete Haare, enge Hosen, weite Oberteile und hohe Hacken an. Hohe Hacken. Charlotte konnte es nicht glauben. Mit High Heels in die Uni, das hatte man zu ihrer Zeit höchstens im Juridicum gesehen. Und selbst unter den Jurastudentinnen war es Anfang der 1990er-Jahre eher die Ausnahme als die Regel gewesen.

Ihre Gedanken schweiften ab, und sie dachte an das Wochenende, das hinter ihr lag. Sie hatten Leni Schmied nicht im Wohnheim angetroffen und von ihren Zimmernachbarn erfahren, dass sie über das Wochenende nach Holland gefahren war und erst heute zurückkommen wollte. Gleich morgen früh würde sie mit Käfer die junge Frau aufsuchen. Noch am Freitag hatte der Anwalt von Klaus Dellbrück den Antrag auf Haftprüfung eingereicht und tatsächlich einen Erfolg für sich verbuchen können. Bis zum Ende der Woche hatten sie noch Zeit, um Beweise für die Schuld des Mannes zu sammeln, dann würde er unter Auflagen auf freien Fuß gesetzt. Zwar war der Haftrichter der Ansicht, dass einige Indizien für ihn als Täter sprachen, aber er hatte eben auch einige Zweifel an seiner Schuld. In dubio pro reo. So war es nun mal. Und das war auch gut so.

Charlotte hatte versucht, am Wochenende so wenig wie nur möglich zu arbeiten. Es war schließlich der erste Advent, und Felix freute sich wie verrückt auf diese Zeit. In letzter Minute hatte sie noch einen Adventskranz ergattern können, einen der wenigen, die überhaupt noch zu haben waren. Zum Glück hatte Bernd für einen Adventskalender gesorgt, eine

Girlande aus kleinen roten Handschuhen, von der jeden Tag einer mit Süßigkeiten gefüllt wurde. Sie ärgerte sich, dass sie nicht selbst daran gedacht hatte. Aber Hauptsache, Felix hatte einen, alles andere war nebensächlich.

Die Vorstellung, dass es nur noch wenige Wochen bis Weihnachten waren, stresste sie dagegen mehr. Sie hatte noch nicht ein einziges Geschenk, und was noch viel schlimmer war, sie hatte nicht die geringste Vorstellung, was sie Bernd oder Felix besorgen könnte. Nur für Sophie, Bernds Tochter aus erster Ehe, hatte sie eine Idee. Einen Teenager wie sie konnte man mit Kosmetik und Klamotten immer glücklich machen.

Till Brönne betrat durch eine kleine Tür an der Seite den Saal. Für einen kurzen Augenblick war es still, dann erfüllte ein lautes Klopfen den Raum, mit dem die Studenten den Mann begrüßten. Lächelnd tat er den freundlichen Applaus mit einer beschwichtigenden Geste ab.

»Ich hab ja noch gar nichts gesagt«, meinte er bescheiden, bevor er sich an das Pult stellte und das Mikrofon überprüfte. Es war nicht zu übersehen, dass dies nicht sein erster Vortrag war. Er wirkte im Umgang mit der Technik vertraut und schien nicht sonderlich aufgeregt zu sein. Dann hielt er ein Buch in einem blauen Einband hoch und lächelte in die Menge.

»Das ist mein neues Buch«, sagte er. »Es erscheint diese Woche, und ich habe Ihnen ein paar Exemplare mitgebracht.« Er wies mit dem Kopf auf einen Tisch, der an der Seite stand und auf dem sich einige Stapel des Buches befanden. Charlotte war er bisher nicht aufgefallen. »Wer möchte, kann es nachher hier erwerben und von mir signieren lassen. Ich habe mir den Buchverkauf extra von der Verwaltung genehmigen lassen.« Dann atmete er tief durch »Also, mein Name ist Till Brönne, und ich bin ein verurteilter Mörder.«

Ein Raunen ging durch den Saal, mit dem Brönne offensichtlich gerechnet hatte und für das die kleine Pause gedacht war. Dann begann er zu erzählen, von den Jahren, die er im Gefängnis verbracht hatte, von den endlosen Stunden, in denen er über das nachgrübeln konnte, was er angerichtet hatte, bis zu dem Moment, in dem er verstand, dass er aus dem Schlechten etwas Gutes erwachsen lassen könnte. Er erzählte von der Jugendhilfe, für die er tätig war, und Charlotte sah, wie einige Studenten fleißig mitschrieben, während andere offenbar von diesem Teil des Vortrags gelangweilt waren. Ein paar spannende Knastgeschichten wären ihnen vermutlich lieber gewesen, dachte sie und rechnete es Brönne im Stillen an, dass er seinen Vortrag so wenig voyeuristisch wie möglich hielt. Vermutlich hätte er mehr Aufmerksamkeit bekommen, wenn er das eine oder andere blutige Detail erwähnt hätte.

Charlotte ließ ihren Blick über die Reihen gleiten. In den ersten beiden saßen fast ausnahmslos Studentinnen. Aufmerksam hörten sie Brönne zu und ließen ihn dabei keine Sekunde aus den Augen. Es kam ihr fast so vor, als himmelten die jungen Mädchen den gutaussehenden Mann an, der ihr Großvater hätte sein können und ein Mörder war. Charlotte kannte dieses Phänomen, die unglaubliche Anziehungskraft, die von manchen Menschen trotz ihrer Vergangenheit ausging. Oder gerade wegen dieser. Häufig waren es besonders junge Frauen, die sich von solchen Männern angezogen fühlten. Sie wusste von ihren Kollegen aus der JVA, dass die Täter, die die schlimmsten Verbrechen begangen hatten, besonders viele Liebesbriefe bekamen. Charlotte konnte sich das beim besten Willen nicht erklären. Auch wenn ein Teil der Absender vielleicht ein Helfersyndrom hatte und sich einbildete, den Insassen mit schwülstigen Liebesbriefen wieder auf den rechten Weg zu helfen, und der andere Teil vermutlich beziehungsgestört und nicht in der Lage war, mit einem normalen Mann eine Beziehung einzugehen, so waren es de facto doch brutale Männer, in die sich diese Frauen verliebten. War es die Faszination des Bösen, die sie anzog? Oder hatten sie einfach nur einen an der Waffel? Charlotte blickte auf die jungen Frauen, die mit strahlenden Augen auf Brönne schauten.

Allerdings musste sie sich eingestehen, dass der Mann tatsächlich eine sehr einnehmende Art hatte. Er war ein toller Redner, der sehr spannend und eindringlich erzählen konnte. Dabei suchte er immer wieder den Blickkontakt mit seinem Publikum, nickte einigen Studenten zu, wenn er sie wiedererkannte, und brachte gezielt Pointen in seinen Vortrag, um die Zuhörer bei Laune zu halten. Und sie musste ihm zugestehen, dass er seine Vergangenheit offenbar hinter sich gelassen hatte. Da vorne stand nicht mehr der brutale Totschläger und Mörder, sondern ein geläuterter Mann, der aus seinen Fehlern gelernt hatte. Vielleicht machte gerade das seine Faszination aus?

Charlotte gefiel das nicht. Sie wollte von Brönne nicht fasziniert sein, und nein, sie war es auch nicht. Sie glaubte an die Resozialisierung und auch daran, dass Menschen sich ändern konnten, aber trotzdem wollte sie für einen Mann wie ihn keine Sympathie empfinden. Er hatte einem anderen Menschen das Leben genommen, hatte seinen Kindern zugemutet, um ihre Mutter zu trauern und auf den Vater verzichten zu müssen, er hatte so viel Leid angerichtet, selbst wenn er dafür gebüßt hatte und nun geläutert war, wollte sie für einen Mann wie ihn keine Faszination empfinden.

»Gibt es an dieser Stelle Fragen?«, riss Brönne sie aus den Gedanken.

Sofort schnellten zahllose Hände in die Höhe. Eine junge Frau mit langen blonden Haaren durfte als Erste ihre Frage stellen.

»Was haben Sie gefühlt, als Sie Ihre Frau töteten?«, fragte sie interessiert.

Brönne lächelte sie väterlich an. »Ich habe jetzt die ganze Zeit über die Gewaltprävention bei Jugendlichen gesprochen, da passt die Frage eigentlich nicht …«

»Aber das will jeder hier im Saal wissen!«, rief das Mädchen.

Brönne nickte. »Ich weiß, dass Sie so etwas fasziniert. Ich habe mich schuldig gefühlt, sehr schuldig und sehr schlecht.«

»Haben Sie später von der Tat geträumt?«

»Sicher. Wir alle verarbeiten Erlebtes im Traum. Noch eine Frage?« Er sah sich freundlich im Saal um, aber das blonde Mädchen ließ sich so schnell nicht abschütteln.

»Was ist das Erste, was Sie sehen, wenn Sie an die Tat denken? Das Blut? Der zerschmetterte Schädel? Es muss doch irgendein Bild in Ihrem Kopf geben!«

Er seufzte. »Sie lassen sich wohl nicht abwimmeln, was?« Ein Kichern ging durch den Saal. »Tut mir leid, junge Frau, ich kann Ihre blutrünstige Neugier leider nicht befriedigen. Oder lassen Sie es mich anders ausdrücken: Ich möchte sie nicht befriedigen. Das ist so, als würden Sie an einem schweren Verkehrsunfall vorbeikommen und erst mal Ihr Handy zücken, um Fotos zu machen. Vielleicht denken Sie mal darüber nach.«

Wieder ging ein Kichern durch den Saal, und das Mädchen bekam einen hochroten Kopf. Enttäuscht und beschämt lehnte es sich zurück und machte damit den Blick auf ihre Sitznachbarin frei: eine attraktive junge Frau mit roten Locken. Charlotte erkannte sie sofort von den Familienbildern wieder, die so zahlreich in der Wohnung der Schmieds gehangen hatten.

Als Brönne den Vortrag beendete, war Leni Schmied eine der Ersten, die mit einem Buch bei ihm stand und um eine persönliche Widmung bat. Charlotte versuchte, durch die Menschenmenge an sie heranzukommen, aber sie kam nicht durch. Zu viele drängten nach vorne und wollten zu dem Mann. Charlotte konnte noch sehen, wie sie sich mit Brönne unterhielt, dann sah sie Leni Schmied mit einem jungen Mann Arm in Arm aus dem Saal gehen.

Als Charlotte die Wohnungstür aufschloss, kam ihr eine Wolke aus duftendem Knoblauch und frischen Spaghetti entgegen.

»Papa hat gekocht!«, rief Felix ihr erfreut aus der Küche zu.

Bernd stand mit rotem Gesicht vor der Arbeitsfläche und zermalmte einige Basilikumblätter mit dem schweren Steinmörser, den seine Tochter ihm zum Geburtstag geschenkt hatte.

»Ich wollte schon immer mal Pesto selbst machen«, sagte er zur Begrüßung und drückte ihr einen Kuss auf den Mund. »Hätte nicht gedacht, dass das so viel Arbeit ist. Setz dich, geht gleich los.«

Es schmeckte köstlich, und obwohl Charlotte eigentlich schon pappsatt war, nahm sie noch eine zweite Portion.

»Habt ihr bei euch an der Schule eigentlich schon mal was

zu Gewaltprävention gemacht?«, fragte sie mit vollem Mund. »Das Pesto ist oberste Spitzenklasse.«

»Die Fünftklässler müssen alle ›Gewaltfrei lernen‹ belegen«, antwortete Bernd. »Der Kurs dauert ein paar Wochen. Mehr nicht.«

»Und was lernen die in dem Kurs?«

»Dass sie nicht zuschlagen, wenn sie jemand ärgert, sondern *Stopp, ich will das nicht* sagen und beim dritten Mal der Aufsicht melden«, erklärte Bernd. »Dann geht's natürlich noch viel um Mobbing in den sozialen Netzwerken. Du glaubst nicht, was die Kids sich alles so per WhatsApp schicken. Und was die zum Teil posten!« Er schüttelte mit dem Kopf.

Charlotte wartete, bis Felix mit dem Essen fertig war und sich ins Spielzimmer zurückgezogen hatte. Dann erzählte sie Bernd von dem Vortrag, auf dem sie gerade gewesen war. »Habt ihr so was schon mal gemacht?«

»Nee. Finde ich als Präventivmaßnahme an der Schule aber auch etwas übertrieben. Zum Glück werden die allermeisten Kinder ja nicht kriminell. Und die, die es werden …« Wieder schüttelte er mit dem Kopf.

»Was meinst du? Die kann man eh nicht aufhalten?«

»Das will ich so nicht sagen. Solche Maßnahmen können bei einigen bestimmt was bewirken. Aber weißt du«, meinte er und schaute in Richtung Spielzimmer, hinter dessen Tür gerade ein Poltern erklang, »so viele Eltern sind heutzutage angstgesteuert. Die würden alles tun, um ihren Kindern jede noch so kleine schlechte Erfahrung ersparen zu können. Kann man aber nicht. Und sollte man auch nicht. Vielleicht muss man auch mal Mist erleben, um eine richtig starke Persönlichkeit zu werden. Und diese ganzen Bücher, die dann zu dem Thema geschrieben werden …«

»Dieser Brönne bringt auch eins raus.«

»Da wird doch im Prinzip mit der Angst der Eltern Kasse gemacht. Oder glaubst du, dass so ein Buch auch nur einen Mord verhindert?«

Kapitel 3

Körpersprache vs. Aggressivität

In diesem Kapitel möchte ich darauf eingehen, wie wichtig die richtige Körpersprache im Umgang mit einem gewaltbereiten und aggressiven Menschen ist. In meiner Zeit im Gefängnis habe ich das am eigenen Leib erlebt. Wie Sie sich bewegen, wird von Ihrem Umfeld wahrgenommen und unterbewusst interpretiert. Eine tänzerische Beweglichkeit im Raum hat eine ganz andere Wirkung als ein Feststehen wie »der Fels in der Brandung«. Letzteres kann Stärke und Dominanz signalisieren, den anderen aber auch provozieren. Im Umgang mit gewaltbereiten Personen müssen Sie daher immer abwägen, welche Körpersprache angebracht ist.
Im Knast war Stärke zeigen natürlich immer das Mittel der Wahl, aber durch meine Arbeit mit Jugendlichen habe ich gelernt, dass zu viel die Aggressivität auch verstärken kann. Ein offener Umgang mit den eigenen Gefühlen hat sich hier bewährt. Damit meine ich nicht, dass Sie in Tränen ausbrechen sollen. Aber Sie können Ihre eigene Erregung durch Auf- und Abgehen bzw. durch Gestikulation deutlich machen. Die Körperbewegungen des Konfliktpartners aufzugreifen hat sich ebenfalls bewährt.
Viele aggressive Situationen, die ich besonders im Knast erlebt habe, enthalten auch unfreiwillig komische Elemente. Ich habe die Erfahrung gemacht, dass es hilfreich

sein kann, diese offenzumachen. Denn Humor wirkt entkrampfend und unterbricht die Eskalationsdynamik.
Aber vergessen Sie bei einer Auseinandersetzung nie, sich einen Fluchtweg offen zu lassen! Denn falls eine Situation eskaliert, kann Flucht manchmal die einzige Lösung sein. Glauben Sie mir, ich weiß, wovon ich spreche. Im Gefängnis fehlte mir nicht nur einmal ein solcher Fluchtweg.
Natürlich ist Flucht die letzte Option, die Sie in einer Konfliktsituation haben. Vorher gibt es eine Vielzahl von Möglichkeiten, um ein Aggressionspotenzial zu verringern. Versuchen Sie, mit Ihrem Gegenüber verschiedene Punkte auszuhandeln, und machen Sie ihm dabei klar, dass das Ganze ein Prozess ist. Nicht sofort, aber später, nicht alles, aber ein Teil; nicht alleine, sondern gemeinsam: Das sollten die Stichwörter für einen solchen Aushandlungsprozess sein. Wenn Sie sich dann mit dem Jugendlichen geeinigt haben, ist es empfehlenswert, diese Abmachungen durch einen Handschlag oder ein anderes Ritual zu besiegeln.
Wichtig ist, dass Sie weder sich noch den anderen unnötig unter Druck setzen. Sie sollten immer das eigene Gesicht wahren und auch den anderen nicht in die Enge treiben. Ich bin in meinem Leben häufig in die Enge getrieben worden, ich weiß, was das mit einem Menschen machen kann. Wenn mein Vater mich früher als Kind verprügelte, war ich in so einer Situation. Ich konnte mich nicht wehren, aber die ganze Wut, die damals in mir hochkam, wurde in meinem Unterbewusstsein gespeichert, und sie explodierte förmlich, als ich mich bei dem Streit mit meiner Frau erneut in die Enge getrieben fühlte. Mit fürchterlichen Folgen. …

11

Es war ein regnerischer Morgen, und wie immer waren sie spät dran. Katrin schmierte eilig Brote für Finn und Leo, während sie gleichzeitig das tägliche Kleidungsdrama koordinierte.

»Nein, Finn, die dicke Jeans! Die gefütterte! Es ist kalt draußen!«

»Wo ist mein Batman-T-Shirt?«

»Das ist zu dünn, Leo. Nimm das blaue Sweatshirt.«

»Ich finde die Jeans aber nicht!«

»Ich das Sweatshirt auch nicht!«

Katrin seufzte. Jeden Morgen dasselbe Theater. Manchmal kam es ihr so vor, als würde sie in einem Hamsterrad sitzen. Sie atmete tief durch, um sich einen Spruch zu verkneifen, ging erst zu Finn, zog mit einem Griff die dicke Jeans aus dem Schrank, quittierte sein erstauntes »Ach, da!« mit einem schiefen Grinsen, ging dann in Leos Zimmer und zog genauso zielsicher das Sweatshirt hervor.

»Und jetzt beeilt euch. Frühstück steht auf dem Tisch.«

Morgens, wenn die Hektik durch die Wohnung zog, und abends, wenn sie zwei müde Jungs ins Bett bringen musste, wünschte sie sich am häufigsten eine intakte Familie zurück. Wenn um neun Uhr abends dann endlich Ruhe war, die Jungs schliefen und sie erschöpft aufs Sofa fiel, wäre es schön, noch jemanden an der Seite zu haben. Dass dieser Jemand nie wieder Thomas sein würde, stand für Katrin allerdings außer

Frage. Wie würden Leo und Finn wohl reagieren, wenn sie erst einen neuen Freund hätte? Leicht würde das bestimmt nicht werden, dafür hingen die Jungs viel zu sehr am Vater. War sie selbst überhaupt schon so weit, einen neuen Mann in ihr Leben zu lassen? Und selbst wenn, wo sollte sie überhaupt jemanden treffen? Die einzige Möglichkeit, die sie sah, wäre durch ihre Arbeit als Physiotherapeutin. Wenn sie demnächst wieder voll einsteigen würde, würde sie auch wieder jede Menge neue Patienten kennen lernen.

Katrin schüttelte über sich selbst den Kopf. Mit einem Patienten etwas anzufangen würde einem Tabubruch gleichkommen. Abgesehen davon konnte sie sich nicht daran erinnern, wann sie das letzte Mal einen Patienten attraktiv gefunden hatte. Weil sie ihnen berufsbedingt schon beim ersten Treffen recht nah kommen musste, war jeglicher Zauber des Unbekannten sofort verflogen. Eine Freundin hatte ihren neuen Partner im Internet kennengelernt und Katrin geraten, es auf den einschlägigen Partnerschaftsseiten auch einmal zu probieren. Aber das kam für sie nicht in Frage. Ein Treffen mit einem Mann, den sie nur aus dem Netz kannte und von dem sie noch nicht mal wusste, ob sein Profilbild echt war oder nicht, schien ihr viel zu riskant. Und jemand aus ihrer Gruppe? Nein, undenkbar. Katrin sehnte sich nach einem Mann ohne Vergangenheit, nach jemandem, der kein traumatisierendes Päckchen zu tragen hatte, der einfach unbeschwert und glücklich war. Wo auch immer sie so ein Prachtexemplar finden sollte. Sie seufzte.

Als sie mit dem kurzen Frühstück fertig waren, war jeglicher Gedanke an eine neue Liebe längst verflogen. Schnell noch die Brotdosen in Ranzen und Rucksack, Jacken an und los.

Obwohl sie wusste, dass der Postbote noch nicht da war,

blickte sie automatisch auf den Briefkasten, als sie mit ihren Söhnen aus der Haustür eilte. Sie spähte noch schnell in den Briefschlitz und war erleichtert, als sie nichts sah.

»Der Wagen steht da vorne!«, meinte sie und schlug den Kragen ihres Mantels hoch. Der Regen peitschte ihnen ins Gesicht, und sie rannten fast bis zu ihrem Auto. »Schietwetter«, murmelte sie, als sie Finn in dem Kindersitz anschnallte. Leo brauchte dabei zum Glück keine Hilfe mehr.

»Scheiße sagt man nicht«, meinte Finn.

»Habe ich auch nicht gesagt.« Katrin setzte sich auf den Fahrersitz und startete den Wagen.

»Hast du wohl. Du hast Scheißwetter gesagt.«

»Hab ich nicht. Ich hab Schietwetter gesagt«, meinte Katrin. Die Scheiben ihres alten Volvos waren innerhalb kürzester Zeit beschlagen, und sie stellte die Lüftung auf die höchste Stufe, um überhaupt etwas erkennen zu können. Dann drehte sie die Heizung auf vierundzwanzig Grad und hoffte, dass die Kälte bald aus dem Wagen verschwunden wäre.

»Schiet ist die Verniedlichung von Scheiße«, mischte sich nun auch Leo in die Unterhaltung an. »Wenn du Schiet sagen darfst, dann dürfen wir auch Scheißchen oder so sagen.«

Finn lachte auf. »Scheißchen? Was soll das denn sein?«

»Das ist die Verniedlichung von …«

»Was bedeutet Verniedlichung?«

Leo seufzte theatralisch. »Du weißt ja echt gar nichts.«

»Das stimmt überhaupt nicht!«

Und schon ging das Gezanke wieder los. Wenigstens konnte Katrin inzwischen wieder etwas erkennen und lenkte den Wagen aus der Parklücke.

»Jetzt Schluss mit den Streitereien! Wann ist eigentlich euer Ausflug, Leo?«

»Weiß nicht genau. Wir haben aber einen Zettel gekriegt.«

»Wo ist der?«

»Irgendwo in meinem Zimmer.«

Katrin musste unvermittelt auf die Bremse treten, da ein anderer Wagen, ohne zu blinken, auf ihre Spur gewechselt hatte. Wild gestikulierend schimpfte der Fahrer nun mit einem Radfahrer, dem er hatte ausweichen müssen. Der reagierte allerdings nicht weniger aggressiv, trat dem Wagen in die Beifahrertür und machte sich dann über den Gehweg aus dem Staub. Katrin atmete tief durch. Diese aggressive Fahrweise hatte ihrer Meinung nach in den letzten Jahren gewaltig zugenommen, nicht nur bei Autofahrern, auch die Radler benahmen sich immer häufiger so, als gehöre die Stadt ihnen. Dauernd kam es zu Unfällen, auch mit Passanten, die dem allgegenwärtigen Fahrrad kaum mehr entkommen konnten.

»Neben uns fährt Batman«, meinte Finn in dem Moment.

Leo verdrehte die Augen. »Ist klar.«

Katrin schenkte der Bemerkung keine Aufmerksamkeit. Bei dem Wetter waren die Straßen übervoll, kein Mensch hatte offenbar Lust, zu Fuß zu gehen, was sie nur zu gut verstehen konnte.

»Ich setze dich vor der Schule ab, Leo, okay?«, sagte sie. »Ich werde da im Leben nicht parken können. Da werden heute zu viele Autos sein.«

»Kein Problem.«

Sie warf ihrem Ältesten einen dankbaren Blick durch den Rückspiegel zu. Sie war stolz auf ihre Kinder, auf alle beide, aber auf Leo vielleicht noch ein kleines bisschen mehr. Wie er die Entführung überstanden hatte, wie vernünftig er reagiert hatte, als die Ehe von Thomas und ihr kaputtgegangen und eine Trennung unausweichlich geworden war, das fand sie schon bemerkenswert. Er war ein überaus vernünftiger und selbstständiger Junge, was sie bei seiner Vorgeschichte alles andere als selbstverständlich fand.

»Batman ist immer noch neben uns«, bemerkte Finn.

Inzwischen war es mollig warm im Wagen. Katrin warf einen Blick in den Seitenspiegel und sah, was ihr Sohn meinte. Neben ihnen fuhr ein Vespa-Fahrer, der wegen des Wetters ein schwarzes Regencape übergeworfen hatte, das im Wind flatterte und ihm in Verbindung mit seinem schwarzen Helm tatsächlich ein batmanähnliches Aussehen gab. Jedenfalls wenn man die Fantasie eines Kindes hatte.

Als sie in die Westfalen-Straße bogen, konnte sie das Gebäude des Immanuel-Kant-Gymnasiums schon von Weitem sehen.

Vor dem hellen Bau aus den siebziger Jahren sah es genauso aus, wie Katrin es befürchtet hatte. Ein Auto reihte sich neben das andere, offensichtlich brachten heute nahezu alle Eltern ihre Kinder mit dem Wagen zur Schule.

»Tschüss, Mama, tschüss, Spinner!«

»Ich bin kein Spinner!«

Doch da war Leo schon aus dem Wagen gehüpft und eilte durch den Regen auf das Gebäude zu.

»Warum sagt Leo Spinner zu mir? Das ist voll fies!«

Katrin unterdrückte ein Grinsen. »Wahrscheinlich weil du Batman gesehen hast und er dir nicht glauben wollte«, sagte sie und reihte sich wieder in den Berufsverkehr ein.

»Weil er doof ist! Wenn er jetzt hier wäre, würde er sehen, dass Batman immer noch neben uns herfährt«, sagte Finn trotzig. »Seitdem wir von zuhause losgefahren sind, ist Batman bei uns.«

Irritiert warf Katrin erneut einen Blick in den Seitenspiegel. Tatsächlich, der Mann mit dem Regencape war immer noch neben ihnen. Ihr Herz schlug schneller, als sie erkannte, womit der Mann unterwegs war: Die Vespa war zitronengelb.

Der Roller sah aus wie der von Mats Förster, ging es ihr durch den Kopf. Aber hatte seine Mutter ihr nicht erzählt, dass er ihn verkauft hatte? Und war er nicht in Polizeigewahrsam? Dann konnte es Mats nicht sein, der da hinter ihnen herfuhr.

Erneut warf sie einen Blick in den Rückspiegel. Hatte Finn recht und der Roller fuhr schon die ganze Zeit hinter ihnen her? Und wenn ja, was hatte das dann zu bedeuten? Verfolgte er sie, oder hatte er zufällig denselben Weg?

Als sie auf den Parkplatz neben der Ludgerus-Grundschule fuhr, war der Rollerfahrer verschwunden. Erleichtert atmete sie auf. Vielleicht hatte der Mann einfach nur einen ähnlichen Weg gehabt wie sie, vielleicht hatte sie sich alles andere nur eingebildet.

Zügig eilte sie mit Finn an der Hand über den Parkplatz, und keine fünfzehn Minuten später saß sie wieder in ihrem Wagen. Instinktiv sah sie sich um. Bis auf ein anderes Auto, aus dem gerade ein Vater mit seinem Kind hüpfte, war niemand zu sehen. Sie startete den Wagen und verließ den Parkplatz. Ein paar hundert Meter weiter musste sie an einer roten Ampel halten. Automatisch blickte sie in den Rückspiegel.

Nichts.

Trotzdem spürte Katrin, wie sich die Angst in ihr ausbreitete und sie trotz der Wärme frösteln ließ. Nichts war kälter als die Angst. Sie drehte die Heizung noch ein paar Grad wärmer und dachte an die Drohbriefe und wie sie Mats Förster damit konfrontiert hatte. Immer noch hatte sie das ungute Gefühl, dass er zu dem Zeitpunkt nicht alleine zuhause gewesen war. Das musste nichts bedeuten, es könnte ein Kumpel oder eine Freundin gewesen sein, die sie hinter dem Vorhang gesehen hatte. Aber irgendwie glaubte Katrin das nicht. In letzter Zeit hatte sie immer häufiger geglaubt, beobachtet zu werden. Sie konnte das nicht konkret festmachen, hatte keinen Beweis dafür. Sie spürte die Gefahr, und das war mehr als unangenehm.

Nachdenklich bog sie in den Tulpenweg und fuhr zu dem Haus mit der Nummer 81. Sie parkte den Wagen, stieg aus und blickte sich um. Niemand war zu sehen.

Als sie vor der Haustür stand und ihr Blick auf den Briefkasten fiel, wusste sie, dass ihr Gefühl sie doch nicht getäuscht hatte.

Jemand hatte sie verfolgt. Und dieser Jemand wollte sichergehen, dass sie nicht zuhause war, ging es ihr durch den Kopf, als sie den weißen Umschlag aus dem Kasten zog. Trotz des Regens und der Kälte riss sie ihn noch vor der Tür auf.

Ein Mord vor dreißig Jahren,
den kann ich nicht ertragen,
mein Werk muss ich zu Ende bringen,
du kannst mir dabei nicht entrinnen.

Noch nie war sie so schnell die Stufen hochgerannt und hatte ihre Wohnung erreicht. Sie schloss die Tür auf und warf sie sofort wieder hinter sich zu.

Mit pochendem Herzen lehnte sie sich an die Tür. Obwohl es in der Wohnung warm war und ihr von dem kurzen Sprint der Schweiß den Rücken herunterlief, fröstelte es sie wieder. Katrin atmete noch mal tief durch und wählte die Nummer von Charlotte Schneidmann.

Es war ein recht kühler Morgen, als Käfer mit Charlotte den kurzen Fußweg vom Parkhaus zum Studentenwohnheim in der Clarenbachstraße zurücklegte. Das Gebäude erinnerte an einen klassischen Plattenbau, war bestimmt zehn Stockwerke hoch, an denen der graue Putz bereits gewaltig bröckelte. Vor dem balkonfreien Bau saßen trotz der Kälte einige Studenten auf den Stufen und rauchten. Vermutlich war selbst auf den Zimmern striktes Rauchverbot, sodass ihnen nichts anderes übrig blieb, als bei Wind und Wetter draußen zu qualmen. Ein besonderer Genuss schien das nicht zu sein, jedenfalls sahen ihre Mienen nicht danach aus.

»Versteh mich nicht falsch«, meinte sie, »er ist definitiv ein fantastischer Redner. Er hatte den ganzen Saal in seinen Bann gezogen. Ich kann mich da selbst nicht ganz von freimachen.«

»Und genau das nervt dich, oder?« Er kannte Charlotte inzwischen so gut, dass er wusste, wie sehr sie so etwas störte.

»Ja, allerdings. Er ist ein Mörder, auch wenn er heute ein anderer Mensch ist, die Tat bleibt. Und ich möchte von so jemandem nicht fasziniert sein.«

In dem Moment klingelte Charlottes Handy, und sie brauchte einen Augenblick, bis sie es in ihrer Tasche gefunden hatte.

»Katrin Ortrup«, sagte sie mit Blick auf das Display und ging ran.

Auch wenn Käfer nicht verstehen konnte, worüber die Frau am anderen Ende der Leitung sprach, wurde ihm schnell klar, dass es etwas Ernstes sein musste. Charlottes Stirn legte sich in Falten, und sie sah ihn beunruhigt an.

»Ich verstehe, dass du dir deshalb Sorgen machst«, sagte sie in einem Tonfall, den er nur zu gut kannte. Den schlug sie immer an, wenn sie jemanden beruhigen wollte, obwohl sie die Situation selbst beunruhigend fand. »Doch, ich finde auch, dass das merkwürdig ist, und ich gebe dir völlig recht, dass das eine Anspielung auf den Mord von damals ist.« Käfer sah sie fragend an, aber Charlotte ließ sich nicht beirren. »Bist du jetzt zuhause? Gut. Ich schicke dir gleich einen Kollegen vorbei. Entweder wird der Kollege Hammersbach oder Subotik vorbeikommen ... Ja, lass dir auf alle Fälle den Ausweis zeigen. Und dann gibst du ihnen bitte den Brief, damit wir ihn auf Spuren untersuchen können. Ich melde mich dann später noch mal bei dir.«

Charlotte beendete das Gespräch, aber als Käfer gerade nachfragen wollte, tippte sie erneut auf ihrem Handy.

»Moment.« Sie sprach wieder ins Telefon. »Frank? Ja, ich bin's. Kann einer von euch zu Katrin Ortrup fahren? Sie hat erneut einen Brief bekommen ... Genau, bitte abholen und an die Spusi geben. Danke, Frank!«

»Was ist passiert?«, fragte er, nachdem sie das Handy wieder in die Tasche gesteckt hatte.

Charlotte erzählte ihm in kurzen Worten, dass Katrin Ortrup erneut einen Drohbrief erhalten hatte, der mit der Tat von Till Brönne zu tun hatte. »Außerdem hatte sie das Gefühl, am Morgen verfolgt worden zu sein, als sie die Kinder wegbrachte. Vermutlich wollte jemand sichergehen, dass sie nicht zuhause ist, während der Brief bei ihr abgelegt wurde.«

»Da geht aber jemand wirklich besonders vorsichtig vor«, meinte Käfer nachdenklich. »Und dieser Jemand kann unmöglich unser Hauptverdächtiger sein.«

Charlotte nickte. »Klaus Dellbrück kann damit nichts zu tun haben, er sitzt noch in U-Haft. Was ist mit Brönne selbst? Irgendwie kriege ich kein klares Bild von ihm.«

»Kann ich gut verstehen. Ging mir gestern nicht anders,

nachdem ich mir stundenlang seine Akten reingezogen habe. Es kam mir fast so vor, als würde es sich bei ihm um zwei unterschiedliche Menschen handeln«, sagte er nachdenklich. »Einerseits ein wütender junger Mann, der eine fürchterliche Kindheit hatte und insgesamt nicht gerade viel Glück im Leben. Das Produkt einer Affäre. Spätestens als sein vermeintlicher Vater das herausgefunden hatte, wurde er praktisch permanent verprügelt.«

»Furchtbar.«

»Aber dann lernte er seine Frau kennen, und sein Leben nahm eine Wendung«, fuhr Käfer fort. »Sie gründeten eine Familie, er hatte einen normalen Job, es schien so, als hätte er sein altes Leben hinter sich gelassen.«

»Gab es nicht mal Einsätze wegen häuslicher Gewalt?«

»Schon. Die Nachbarn haben wohl ein paar Mal die Kollegen gerufen, aber die Frau hat sich immer geweigert, Anzeige zu erstatten.«

Sie wussten beide, dass das ein bekanntes Phänomen war. Käfer hatte in seiner beruflichen Laufbahn unzählige Frauen getroffen, die ganz offensichtlich von ihren Ehemännern schwer misshandelt worden waren und sich trotzdem nicht von ihnen trennen konnten. Von einer Anzeige ganz zu schweigen.

»Wäre es vorstellbar, dass er, aus welchen Gründen auch immer, seine Tat von damals wiederholen will?«, fragte Charlotte. »Was stand in der Akte konkret zur Tat?«

»Er wurde tatsächlich wegen Totschlags verurteilt«, fuhr er fort. »Das Gericht glaubte an eine Tat im Affekt. Brönne wäre nach acht Jahren wieder draußen gewesen, bei guter Führung vielleicht sogar schon eher. Aber genau da hakte es. Nachdem er ein Jahr eingesessen hatte, hat er einen Zellengenossen umgebracht.«

»So kann man schon mal auf zwanzig Jahre kommen«, meinte Charlotte. »Weiß man mehr über den Fall?«

»Es gibt zwei Versionen«, erinnerte Käfer sich an das, was er in der Akte gelesen hatte. »Ein Zellennachbar will gehört haben, wie das Opfer vorher gebrüllt hat, dass er Brönnes Frau – ich zitiere – ›gefickt‹ habe. Brönne selbst gab an, er habe in Notwehr gehandelt, nachdem sein Zellengenosse auf ihn losgegangen sei.«

»Das Gericht hat ihm offensichtlich nicht geglaubt.«

»Nein. Und zwar mit Recht«, antwortete er. »Laut Obduktionsbericht hat er den Mann von hinten angegriffen und seinen Kopf mindestens zwei Dutzend Mal gegen die Zellenwand geschmettert. So viele verschiedene Spuren konnten jedenfalls an der Wand festgestellt werden. Vermutlich hat das Martyrium aber noch viel länger gedauert. Das Opfer konnte jedenfalls nur noch anhand seiner Zähne identifiziert werden.«

»Ein klassischer Fall von Übertöten«, sagte Charlotte. »Aber wenn das eintrifft, ein Täter sein wehrloses oder gar totes Opfer also immer weiter malträtiert, dann handelt er aus starken Gefühlen heraus. Notwehr ist damit praktisch ausgeschlossen.«

»Allerdings. Rate mal, an welchem Tag der andere Häftling sterben musste.«

»Als sich der Tod von Brönnes Frau jährte?«

»Nicht ganz. Eine Woche später.«

Charlotte sah ihn ratlos an. »Worauf willst du hinaus?«

»Totensonntag ist nicht immer am selben Datum.«

Erstaunt sah sie ihn an. »Er hat den Zellengenossen an einem Totensonntag umgebracht?«

»Ja, genau wie seine Frau. Vielleicht haben ihn die Erinnerungen eingeholt, der andere hat ihn provoziert, Brönne flippte aus …«, fuhr Käfer fort, »… und schon war's passiert. Danach bekam er erst mal eine Einzelzelle. Das schien geholfen zu haben, jedenfalls begann seine Wandlung vom Saulus zum Paulus.«

Inzwischen waren sie vor dem mehrstöckigen Studentenwohnheim angekommen.

»Er hat im Gefängnis sogar angefangen, Psychologie zu studieren, und hat sich intensiv mit dem Thema Gewaltprävention beschäftigt. Am Ende wurde er dann mit einer wirklich guten Prognose entlassen.«

»Carla Dellbrück wurde an einem Totensonntag ermordet, Katrin Ortrup fand da ihren ersten Drohbrief …« Charlotte ließ ihren Blick über die zahllosen Klingelschilder schweifen, die neben der Eingangstür angebracht waren. »Irgendetwas hat Brönne doch mit dieser Sache zu tun.« Als sie den Namen Leni Schmied entdeckt hatte, drückte sie auf die Klingel. Dann wandte sie sich noch mal an Käfer. »Mich würde interessieren, ob Brönne etwas mit diesem Tag, also mit Totensonntag, verbindet. Vielleicht ist da irgendwas, was uns weiterhelfen könnte. Und dann sollten wir uns ernsthaft überlegen, wie hoch wir die Gefahr einschätzen, in der Katrin Ortrup ist.«

»Du meinst, wir sollten sie unter Polizeischutz stellen?«

»Wir müssen aufpassen, ihre Familiengeschichte ist äußerst sensibel. Ich möchte nicht, dass die Kinder wegen einer übertriebenen Schutzaktion in Angst und Schrecken versetzt werden«, meinte Charlotte. »Aber natürlich will ich auch nicht, dass denen was passiert.«

»Sag Hammersbach, er soll dafür sorgen, dass mindestens dreimal am Tag 'ne Streife an dem Haus vorbeifährt. Das ist wenigstens etwas.«

Sie nickte und zog erneut ihr Handy aus der Tasche, als durch die Gegensprechanlage eine junge Frauenstimme kam, die wissen wollte, wer vor der Tür stand. Nachdem Käfer erklärt hatte, wer sie waren, erklang der Türsummer. Charlotte verharrte kurz im Eingangsbereich des Wohnheims, gab Hammersbach telefonisch den Auftrag durch, eine Streife in den Tulpenweg zu schicken, und ging dann gemeinsam mit Käfer zum Fahrstuhl.

Kurze Zeit später standen sie in einem winzigen Wohnheimzimmer, das auch das Zimmer eines Teenagers hätte sein können. Auf dem schmalen Bett lag eine Decke mit Einhornmotiven, die perfekt zu den rosa Kissen passte, die auf dem Sessel danebenlagen. Der weiße Sekretär, an dem die Studentin offenbar an ihrem Laptop gearbeitet hatte, rundete den Eindruck von einem Mädchenzimmer ab. Im Gegensatz dazu stand das Outfit der jungen Frau. Sie trug eine knallenge Lederleggings, hochhackige Schuhe und einen pinken Pulli, der immer wieder über ihre nackte Schulter rutschte.

»Was will denn die Kripo von mir?«, fragte sie erstaunt und reichte ihnen die Hand. »'tschuldigung, ich bin Leni. Ist irgendwas passiert? Mit meinen Eltern? Geht es meinen Eltern gut?«

Käfer konnte die Besorgnis im Gesicht der jungen Frau deutlich sehen.

»Ja, keine Sorge, mit Ihren Eltern ist nichts«, sagte er. »Wir ermitteln in einem Mordfall und würden Ihnen gerne ein paar Fragen stellen.«

»Mord?« Die junge Frau machte ein entsetztes Gesicht. »Wer ist denn ermordet worden?«

»Carla Dellbrück. Sie wohnte früher in dem Haus, in dem Sie aufgewachsen sind«, antwortete Charlotte.

»O Gott.« Schockiert ließ sich Leni Schmied in die rosa Kissen fallen und schlug die Hände vors Gesicht. »Carla! Das ist ja furchtbar ...«

Schon stiegen ihr Tränen in die Augen. Der Anblick des jungen, sichtlich erschütterten Mädchens rührte Käfer. Sie war noch viel mehr Kind als Frau, auch wenn sie mit ihrem Äußeren sicherlich versuchte, alles Kindliche bewusst abzustreifen. Aber ihr Gesicht hatte noch die pausbäckigen Rundungen eines Teenagers und ihre Stimme einen sehr jungen Klang. Käfer musste unwillkürlich an Pauline denken. Wie es wohl sein würde, wenn sie in dieses Alter käme? Nicht mehr Kind, aber auch noch nicht richtig erwachsen? Würde er dann noch ein gutes Verhältnis zu ihr haben, würde sie ihm von ihren Sorgen und Problemen erzählen? Oder würde dann irgendein junger Kerl der wichtigste Mann in ihrem Leben sein? Irgendwie war Käfer froh, dass ein neuer Zahn im Moment das größte Problem im Leben seiner Tochter war.

»Standen Sie sich nahe?«, fragte Charlotte.

»Ach, nahe«, antwortete Leni und wischte sich eine Träne aus dem Auge. »Nach dem Abi, als ich nicht genau wusste, was ich machen sollte, hat sie mir wertvolle Tipps gegeben. Ohne Carla hätte ich vermutlich nie Psychologie studiert. Erst durch sie bin ich auf die Idee gekommen.«

»Kann man sagen, sie war so etwas wie eine mütterliche Ratgeberin für Sie?«, hakte Charlotte nach.

»Ja, so ungefähr.« Leni Schmied unterdrückte ein Schluchzen. »Ich wusste, dass ich mich immer an sie wenden konnte, wenn ich eine Frage hatte. Sie war ein lieber Mensch.«

»Ihre Mutter hatte wohl ein etwas angespannteres Verhältnis zu ihr«, meinte Käfer. »Haben Sie mitbekommen, ob Frau Dellbrück sonst noch mit jemandem Streit hatte?«

Die junge Frau schüttelte traurig den Kopf. »Nein, eigentlich mochte sie jeder. Meine Mutter war … ich glaube, sie war ein bisschen eifersüchtig auf das gute Verhältnis, das ich zu Carla hatte. Wissen Sie, ich war kein einfacher Teenager, gerade mit sechzehn, siebzehn war ich echt die Pest. Alkohol, Partys, Jungs … Sie können sich vorstellen, wie das in so einem spießigen Haus ist, da zerreißen sich die Leute natürlich schnell mal das Maul. Nur Carla war da anders. Sie hat mich nie dafür verurteilt, dass ich ein bisschen anstrengend war.«

»Und darüber kam es zum Streit mit Ihrer Mutter?«, fragte Käfer.

»Meine Eltern waren immer sehr leistungsorientiert, ich sollte immer die besten Noten nach Hause bringen, und das war in dieser Zeit natürlich nicht so. Und während ich deshalb mit meiner Mutter nur Stress hatte, war Carla halt immer für mich da. Ich glaube, deshalb konnte meine Mutter sie nicht leiden.«

»Wenn Sie so eng mit Frau Dellbrück waren«, sagte Charlotte, »hat sie Ihnen dann vielleicht auch mal etwas Privates anvertraut?«

Leni blickte nachdenklich ins Nichts. »Natürlich haben wir auch über Privates gesprochen …« Sie lächelte traurig. »Über ihre Diät, die sie nie durchhalten konnte … Über den Ärger an der Oper … solche Sachen hat sie mir durchaus erzählt.«

»Sie wissen von den Drohbriefen, die an die Adresse Ihrer Eltern gingen?«

Leni Schmied nickte ernst.

»Haben Sie auch welche erhalten?«, fragte Charlotte.

»Nein, meine Mutter hat mir davon erzählt, aber ich selbst habe nie welche gesehen. Ich glaube, meine Eltern wollten das ein bisschen von mir fernhalten«, antwortete sie. »Carla hat mir auch mal gesagt, dass sie welche bekommen hat …«, fügte sie dann noch traurig hinzu. »Die haben ihr ganz schön Angst gemacht …«

»Hatte Frau Dellbrück eine Ahnung, wer die Briefe geschrieben haben könnte?«, fragte Käfer.

»Nein. Jedenfalls hat sie mir gegenüber nie was dazu gesagt. Aber dass sie ihr Angst gemacht haben, das habe ich gemerkt. Glauben Sie, dass Carlas Mörder die Briefe geschrieben hat?«, fragte sie, und Käfer konnte die Angst in ihren Augen sehen. »Glauben Sie, dass meine Eltern in Gefahr sind?«

»Wir halten uns nur an die Fakten«, sagte Käfer. »Und im Moment haben wir keine Hinweise auf eine Gefahr.«

So ganz richtig war das nicht, das wusste er selbst. Er gab Leni Schmied seine Karte und bat sie anzurufen, falls ihr noch irgendetwas einfallen sollte. Oder falls sie doch einen dieser Drohbriefe bekommen sollte.

Als sie gerade gehen wollten, hielt Charlotte noch mal inne.

»Nur noch eine Frage: Wo waren Sie am Sonntag, den 26. November?«

»Wann war das?«

»Vorletztes Wochenende.«

Leni sah sie groß an. »Warum wollen Sie das wissen?«

»Es ist der Tag, an dem Carla Dellbrück ermordet wurde«, antwortete Käfer. »Wir stellen diese Frage allen, die wir im Zusammenhang mit dem Fall befragen.«

»Verstehe …« Leni Schmied räusperte sich. »Ich war auf einem Workshop in Greven. Der ging das ganze Wochenende. Samstag von zehn bis fünf und Sonntag genau das Gleiche. Es gibt zig Leute, die mich gesehen haben.«

»Können Sie uns ein paar Namen nennen?«

»Klar. Ich bin mit meinem Freund hingefahren, Jo Adler. Wohnt auch hier im Haus. Auf demselben Flur wie ich, paar Zimmer weiter runter. Wie waren den ganzen Tag zusammen.«

Charlotte machte sich eine Notiz.

»Soll ich Sie eben hinbringen?«, fragte die junge Frau. »Dann können Sie meine Angaben gleich überprüfen, und das müssen Sie doch wahrscheinlich sowieso, oder?«

Sie lächelte Käfer an, und er erwiderte ihr Lächeln. »Da haben Sie recht.«

Kurz darauf stand Leni vor einer Wohnheimtür, die nur angelehnt war. »Jo ist so leichtsinnig«, meinte sie kopfschüttelnd. »Ich hab ihm schon tausendmal gesagt, dass hier im Wohnheim geklaut wird wie Sau, aber der ist so gutgläubig!« Ohne anzuklopfen, betrat sie das Zimmer. »Jo? Bist du da, Schatz?«

Charlotte und Käfer folgten ihr in einen vielleicht zwei Meter langen Flur, in dem Jacken, ein paar Schuhe und einige Bücher lagen und der ins Wohnzimmer führte. Käfer blickte um die Ecke in den kleinen Raum und sah dort einen jungen Mann auf einer Matratze am Boden liegen. Er trug Kopfhörer und hörte offensichtlich sehr laut Musik. Seine Augen waren halb geschlossen, er schien weder zu schlafen noch richtig wach zu sein. Vielleicht hatte er Drogen genommen? Leni stand vor ihm und schüttelte immer noch den Kopf. Grinsend warf sie ihnen einen Blick zu.

»Total typisch. Das Wohnheim könnte einstürzen, und er würde es nicht merken.« Sie ging in die Hocke und zog ihm kurzerhand die Kopfhörer von den Ohren.

Doch anders als Käfer es erwartet hatte, schreckte der Mann nicht erschrocken auf, sondern öffnete nur langsam die Augen.

»Leni.« Es klang eher wie eine Feststellung als wie eine Begrüßung. Leni grinste ihn an und drückte ihm einen Kuss auf den Mund.

»Hallo, Schlafnase«, meinte sie und sah ihn verliebt an. Dann zeigte sie auf Charlotte und Käfer. »Die sind von der Polizei und wollen dich was fragen.«

»Käfer, Kripo Münster, das ist meine Kollegin Charlotte Schneidmann.«

Teilnahmslos und desinteressiert schaute der junge Mann Käfer an und machte keinerlei Anstalten, aufzustehen.

»Haben Sie Drogen genommen?«, fragte Käfer.

»Deshalb sind Sie hier?« Ein leichtes Erstaunen war aus der Stimme zu hören, während Leni laut auflachte.

»Nein. Sie wollen wissen, wo wir vorletzten Sonntag waren«, meinte sie.

»Trotzdem würde ich auch gerne wissen, ob Sie Drogen genommen haben«, hakte Käfer nach.

»Keine Sorge. Ich trinke nicht, und ich rauche nicht. Und gekifft habe ich einmal in meinem Leben. Und das war nicht heute.«

»Es gibt ja noch andere Drogen«, warf Charlotte ein, die inzwischen hinter Käfer getreten war.

»Jo hat mit Drogen nichts am Hut«, sagte Leni. »Ehrlich nicht, das wüsste ich.«

»So sieht es aus. Und vorletzten Sonntag?« Fragend sah er seine Freundin an. »Da hatten wir doch diesen Workshop. Wir sind zusammen nach Greven gefahren.«

»Habe ich ihnen auch gesagt.« Erneut drückte Leni ihrem Freund einen Kuss auf den Mund.

»Warum wollen Sie das wissen?«, fragte Jo.

Leni sah ihn ernst, und strich ihm zärtlich eine Haarsträhne aus dem Gesicht. »Jemand aus der Nachbarschaft meiner Eltern ist ermordet worden«, sagte sie mit bedrückter Miene. »Deshalb befragen sie jetzt alle, die mal was mit ihr zu tun hatten.«

»Carla Dellbrück heißt die Tote«, ergänzte Käfer. »Kennen Sie die Frau?«

Jo sah Leni nachdenklich an. »Carla Dellbrück … Kenne ich die?«

Traurig schüttelte seine Freundin den Kopf. »Nein, leider nicht. Sie war eine tolle Frau.« Sie biss sich auf die Lippen und versuchte offensichtlich, ihre Tränen zurückzuhalten. »Schade, dass du sie nicht kennengelernt hast.«

Endlich setzte Jo Adler sich auf, um seine Freundin tröstend in die Arme zu nehmen.

»Ich bin mir sicher, dass sie den Mörder schnell finden«, sagte er und strich ihr etwas unbeholfen über den Rücken. Dann hob er den Kopf und sah Käfer ausdruckslos an. »Oder? So einen buchten Sie doch schnell ein, oder nicht?«

Käfer nickte langsam und überlegte, was er darauf sagen sollte. So schnell, wie Jo Adler hoffte, würden sie den Täter sicher nicht schnappen.

»Was fangen wir jetzt damit an?«, fragte Käfer Charlotte, als sie wieder auf dem Präsidium waren.

»Ich sehe nicht, inwiefern die beiden für unseren Fall relevant sind«, antwortete sie. »Die Aussagen von Leni stimmen im Großen und Ganzen mit denen von den Nachbarn überein, einzig die Mutter scheint ein anderes Bild von Carla Dellbrück gehabt zu haben, aber ich finde das nicht wirklich ungewöhnlich.«

»Ich auch nicht«, stimmte Käfer ihr zu. »Kann man sich

doch gut vorstellen, dass eine Teenagerin glaubt, sie wäre mit einer Frau befreundet, die deutlich älter ist als sie selbst, und dass die eigene Mutter das nicht gut haben kann.«

»Sie hat nicht gefragt, wie Carla Dellbrück ermordet wurde …«

Käfer nickte. »Ist mir auch aufgefallen. Andererseits stand alles Mögliche in der Zeitung, und wenn man so eine Nachricht bekommt, ist der Schock vielleicht auch zu groß, um nach Details zu fragen.«

»Richtig. Wir sollten uns Dellbrück noch mal vornehmen. Wir sind uns doch einig, dass er die Tat nicht alleine begangen haben kann, oder?«

»Jedenfalls kann er die letzten Drohbriefe nicht bei Katrin Ortrup abgelegt haben, da saß er schon im Gefängnis«, stimmte Käfer ihr zu. »Aber es sprechen so viele Indizien gegen ihn …«

»… dass er einen Komplizen eigentlich längst hätte preisgeben müssen«, führte Charlotte den Satz zu Ende, »um seinen eigenen Kopf zu retten. Vielleicht ist er unschuldig …«

»… und soll als Sündenbock herhalten?« Käfer rieb sich über die Augen. »Ich weiß nicht. Auf jeden Fall hat die Tat zwei Handschriften. Die eine ist etwas plump, die andere ganz schön raffiniert, die eine hinterlässt Fingerabdrücke, die andere reinigt alle Spuren.«

»Der wahre Täter vernichtet alles, was auf ihn weisen könnte, und legt dafür jede Menge Hinweise, die zu Dellbrück führen«, überlegte Charlotte. »Wenn Dellbrück etwas mit dem Mord zu tun hat, dann muss er von Till Brönne wissen. Die Parallelen sind einfach zu auffällig. Vielleicht müssen wir uns auch noch mehr mit dem alten Brönne-Fall beschäftigen.«

»Aber warum sollte Dellbrück die Tat imitieren? So etwas macht man doch nicht grundlos.«

»Irgendeine Verbindung ist da. Aber ich sehe noch nicht, welche genau ...«

In dem Moment klopfte es an der Tür, und Hammersbach kam herein. »Kann ich euch kurz sprechen?«

»Klar. Hast du den Brief von Katrin Ortrup geholt?«, fragte Charlotte, und er nickte.

»Ist bei der Spusi. Aber ich hab vielleicht noch was Interessantes für euch.« Er zog einen Zettel aus seiner Hosentasche. »Katrin Ortrup hat mir erzählt, dass sie verfolgt worden sei. Der Fahrer einer gelben Vespa ist ihr heute Morgen die ganze Zeit gefolgt.«

»Ich weiß. Das hat sie mir auch gesagt«, meinte Charlotte.

»Gegenüber von Katrin Ortrup wohnt eine Familie Förster«, fuhr Hammersbach fort.

»Das weiß ich auch. Worauf willst du hinaus?«

»Der Sohn fuhr früher so eine Vespa und hat sie gerade verkauft. Ich hab mit der Mutter von dem Jungen gesprochen, die konnte mir zwar nicht den Namen des Käufers sagen, aber mir das alte Nummernschild nennen.«

Nun hatte er Charlottes Aufmerksamkeit. »Du hast beim Amt angerufen und herausgefunden, wer die Vespa umgemeldet hat?«

Hammersbach nickte und blickte auf den Zettel in seiner Hand. »Ja, hab ich. Und sie konnten mir auch den Namen des neuen Besitzers nennen.«

»Jetzt mach es nicht so spannend! Wie heißt er?«

»Till Brönne«, sagte Hammersbach.

5. Dezember 2017

Es ist so weit. Ich werde nicht mehr länger warten und den Plan zeitgemäß durchführen. Das hoffe ich zumindest. Manchmal plagen mich immer noch Zweifel. Schließlich wird sie nur die Nächste sein und nicht die Letzte. Finde ich wirklich Ruhe, wenn alles zu Ende ist? Oder gibt mir nur ein anderes Ende Ruhe …

Ich habe die Angst in ihren Augen gesehen. Sie weiß, dass ich in der Nähe bin, dass ich sie genau im Blick habe, sie beobachte. Man sagt, manche Menschen könnten die Gefahr riechen. Hunde können das auf jeden Fall, das habe ich am eigenen Leib erlebt. Und wenn es wirklich Menschen gibt, die über diese Fähigkeit verfügen, dann gehört diese Frau dazu. Aber wird es ihr helfen? Kannst du dich vor der Gefahr besser schützen, nur weil du sie riechst?

Wir werden sehen.

Mein Gefühl sagt mir, dass es heute so weit ist. Wenn die Gelegenheit da ist, wird heute das nächste Kapitel geschrieben.

Oder das letzte.

12

Sie hatte mit Käfer verabredet, ihn in drei Stunden an der JVA zu treffen. Bis dahin wollte er die Geschäftsunterlagen von Klaus Dellbrücks Firma durcharbeiten. Vielleicht fänden sich dort noch Hinweise, die ihnen bei dem Fall weiterhelfen könnten. Die Zeit lief ihnen davon. Wenn sie nicht bald weitere Beweise in den Händen hielten, würde Dellbrück womöglich aus der U-Haft entlassen. Und auch wenn sich der Fall inzwischen nicht mehr so eindeutig darstellte, wie sie es zunächst gedacht hatten, so war er immer noch ihr Hauptverdächtiger. Es würde ihre Situation nicht gerade vereinfachen, wenn Klaus Dellbrück wieder auf freiem Fuß wäre. Auch wenn er unschuldig wäre, musste er irgendwie in den Fall verwickelt sein, und sei es nur, dass er den Mörder kannte. Denn dass Dellbrück zufällig zum Sündenbock gemacht wurde, glaubten sie beide nicht. Irgendeinen Bezug zu der Tat musste er haben.

Eigentlich hatte Charlotte schon gestern Abend vorgehabt, mit Brönne zu sprechen. Nachdem sie von Hammersbach die Neuigkeiten gehört hatte, hatte sie sofort seine Nummer gewählt, aber nicht mehr als die Mailbox erwischt. Heute Morgen hatte sie ihn nur ganz kurz sprechen können, da er gerade auf dem Weg zu einer Buchpräsentation war, bei der Charlotte ihn später aufsuchen wollte.

Bis dahin blieb ihr noch ein bisschen Zeit, die sie nutzen wollte, um einen besseren Einblick in den alten Fall zu bekommen. Sie war froh, dass Käfer die Kisten mit den alten Akten bereits aus Susis Archiv geholt und weitestgehend gesichtet hatte. So brauchte sie sich nicht mehr um jede Notiz kümmern, sondern konnte sich auf das konzentrieren, was ihr wichtig erschien.

Sorgfältig las sie sich die alten Zeugenaussagen durch. So wie sie es mit Käfer gemacht hatte, waren auch die Kollegen vor über dreißig Jahren durch das Haus gegangen und hatten alle Nachbarn nach Till Brönne und seiner Frau befragt. Die Aussagen glichen einander, im Großen und Ganzen zeichneten alle dasselbe Bild von Erika Brönne. Eine sympathische, ruhige Frau, die ihrem Mann nicht viel entgegenzusetzen hatte.

Plötzlich stutzte Charlotte. »Stille Wasser sind tief«, las sie murmelnd eine Beschreibung von Erika Brönne. So etwas Ähnliches hatte sie doch in einer anderen Zeugenaussage auch schon gehabt. Sie blätterte ein paar Seiten zurück und fuhr mit dem Finger über das gelbliche Papier. »Wirkte immer so zurückhaltend, bin mir aber nicht sicher, ob sie das wirklich war«, stand dort. »Ich habe sie häufiger in der Telefonzelle an der Ecke gesehen und mich immer gefragt, warum Erika Brönne in eine Zelle ging. Die hatten doch einen Anschluss in der Wohnung«, las Charlotte die Aussage eines gewissen Dieter Wagners. Den Hinweis auf die Telefonzelle fand sie danach noch zweimal.

Nachdenklich lehnte sie sich zurück. Es gab nur zwei Gründe, warum Erika Brönne Anfang der 1980er-Jahre nicht in ihrer Wohnung telefonieren wollte. Entweder war das Telefon kaputt, oder sie wollte nicht, dass ihr Mann etwas von den Gesprächen mitbekam. Charlotte war sich sicher, dass nur

Letzteres in Frage käme. Aber warum wollte sie die Telefonate vor ihrem Mann geheim halten? Damals war Till Brönne ein anderer Mensch als heute, er war aufbrausend und gewaltbereit gewesen, das hatte er selbst zugegeben. Vielleicht wollte sich Erika Brönne in Ruhe bei einer Freundin ausheulen, vielleicht hatte ihr Mann das Telefonieren auch grundsätzlich verboten.

Vielleicht telefonierte sie aber auch mit einem anderen Mann.

Charlotte suchte sich die Namen der Nachbarn heraus, die die Aussagen damals zu Protokoll gebracht hatten. Die Altersangaben in den Personalien ließen ihre Hoffnung schnell schwinden, dass sie einen der Zeugen noch lebend antreffen würde. Die Mehrzahl der Nachbarn war damals in ihren Fünfzigern und Sechzigern gewesen. Zum Glück war wenigstens dieser Dieter Wagner mit seinen dreiundvierzig Jahren damals einer der jüngsten Bewohner gewesen. Es dauerte ein bisschen, bis Charlotte seine aktuelle Adresse herausgefunden hatte, aber schließlich wählte sie seine Nummer.

Eine etwas zittrige und alt klingende Stimme meldete sich am anderen Ende der Leitung. Charlotte erklärte dem Mann, wer sie war.

»Wir haben hier aktuelle Ermittlungen, und ich bin noch mal auf den Fall von damals gestoßen«, sagte sie, »als Erika Brönne erschlagen wurde. Erinnern Sie sich daran?«

»Natürlich«, antwortete Dieter Wagner. »So etwas vergisst man doch nicht.«

»In den Zeugenaussagen haben Sie angegeben, dass Sie Frau Brönne regelmäßig in einer Telefonzelle gesehen haben.«

»Ja. Das war uns allen aufgefallen. Sie hat ja auch immer

die Groschen gesammelt, um genug Kleingeld für die Zelle zu haben. Hat mich selbst nicht selten gefragt, ob ich wechseln könnte«, erinnerte sich der Mann.

»Ist Ihnen das in erster Linie vor der Tat aufgefallen, dass Erika Brönne so viel aus der Zelle telefonierte?« Vielleicht spitzte sich die Situation damals schon zu, dachte Charlotte, und die arme Frau hatte versucht, Hilfe zu bekommen.

»Nein, nein, das ging schon lange so«, unterbrach Dieter Wagner sie. »Monate, wenn nicht sogar Jahre. Genau kann ich Ihnen das aber nicht mehr sagen. Warum wollen Sie das denn wissen?«

»Hatte sie Ihnen mal erzählt, mit wem sie dort immer telefonierte?«, umging Charlotte die Frage des Mannes.

»Nein. Außerdem konnte ich mir das doch denken.«

»Sie meinen, sie telefonierte mit einem anderen Mann?«

»Ich kann Ihnen das wirklich nicht sagen, aber natürlich kamen diese Gerüchte irgendwann auf. Ich hätte es ihr gewünscht, dann wäre sie von diesem schrecklichen Mann vielleicht weggekommen und würde heute noch leben«, meinte Dieter Wagner. »Aber leider war es ja nicht so.«

Charlotte bedankte sich bei ihm und legte nachdenklich auf.

»Ein anderer Mann«, sagte sie laut und trommelte mit den Fingern auf der Tischplatte. Ihr Blick fiel auf die Uhr. Erschrocken sprang sie auf. Wenn sie sich jetzt nicht beeilte, würde sie Brönne nicht mehr erwischen.

In der Buchhandlung herrschte rege Geschäftigkeit. Kein Wunder, Weihnachten war nicht mehr weit, und auch wenn immer weniger Menschen lasen, war das Buch nach wie vor ein beliebter Geschenkartikel.

Zahlreiche Plakate mit Brönnes Foto und dem Cover seines Buches wiesen ihr den Weg durch die große Buchhandlung. Charlotte zwängte sich an Büchertischen und Kalenderaufstellern vorbei, bis sie im hinteren Teil des Geschäftes angekommen war. Dort stand Till Brönne an einem Stehtisch und signierte sichtlich gut gelaunt seine Bücher. Sechs Personen standen in der Schlange, in die Charlotte sich jetzt einreihte.

»Mein Neffe spricht noch heute von der Begegnung mit Ihnen«, sagte die Frau, die nun an der Reihe war. »Es hat ihm so gut getan, mit Ihnen zu reden. Das liegt zwei Jahre zurück, und seitdem hat er sich nichts mehr zu Schulden kommen lassen.«

»Das freut mich. Für wen ist die Widmung?«

»Für Mick.«

Er nickte und schrieb mit großer Geste etwas in das Buch. Dann klappte er es zu und reichte es ihr lächelnd. »Viel Freude beim Lesen. Wollen Sie für sich nicht auch noch ein Exemplar kaufen?«

»Gute Idee!«, sagte die Frau und ging zurück zu dem riesigen Büchertisch, auf dem sich die Exemplare stapelten.

»Ich habe das Buch nicht gekauft«, kam Charlotte ihm zuvor, als sie mit leeren Händen vor ihm stand und er sie fragend anschaute. »Ich wollte Sie nur kurz sprechen.«

Brönne lächelte sie freundlich an. »Frau Schneidmann, richtig?« Sie nickte. »Ich bin mitten in einer Signierstunde. Das hatte ich Ihnen doch schon am Telefon gesagt. Setzen Sie sich am besten, oder schauen Sie sich die Bücher an, das dauert hier noch eine Weile.«

»Es wird schnell gehen, versprochen. Haben Sie neulich eine gelbe Vespa gekauft?«

Schon trat die Frau wieder an den Tisch, die noch ein Exemplar seines Buches für sich kaufen wollte.

»Entschuldigen Sie, wenn ich mich vordrängele, aber ich war eigentlich schon dran. Würden Sie es kurz signieren? Für Ingrid.«

»Natürlich.« Till Brönne schrieb schwungvoll eine Widmung in das Buch, plauderte noch kurz mit der Frau und wandte sich erneut Charlotte zu. Der Ärger war ihm anzusehen. »Was wollen Sie? Die Vespa. Ja, die habe ich gekauft. Warum interessiert Sie das?«

»Haben Sie die von einem Mats Förster gekauft?«

»Ich habe sie von meinem Enkel gekauft.«

Das überraschte Charlotte. »Ich dachte, Sie hätten keinen Kontakt zu Ihrer Familie?«

Er blickte auf die Schlange, die sich hinter Charlotte bildete. Entschuldigend sah er die Leute an, die ungeduldig warteten. »Es geht gleich weiter, versprochen!«

Er zog Charlotte zu sich und sprach jetzt mit gedämpfter Stimme. »Hören Sie, Sie haben wirklich einen Sinn für einen dramatischen Auftritt. Was, glauben Sie, macht das für einen Eindruck auf die Leute und auf die Buchhändlerin – zu der ich bis eben einen sehr guten Kontakt hatte –, wenn ich Ihnen ausgerechnet hier Rede und Antwort stehe?«

»Also haben Sie Kontakt zu der Familie oder nicht?«, fragte Charlotte unbeirrt.

»Ich habe keinen Kontakt zu ihnen. Aber mein Enkel hat sich bei mir gemeldet und mich darum gebeten, ihn zu unterstützen. Er hatte sich beim Kauf dieses Rollers übernommen, also habe ich ihn ihm abgekauft. Von meinem Buchvorschuss war noch ein bisschen was übrig, und ich bin froh, wenn ich für ihn etwas tun kann.«

»Das heißt, Sie fahren den Roller gar nicht?«

»Nein, er gehört noch meinem Enkel.«

»Können Sie mir seinen Namen und seine Anschrift sagen?«

»Er heißt Jonathan Brönne. Ich habe seine Adresse leider nicht im Kopf«, knurrte er. »Ich schicke Ihnen nachher von zuhause eine Nachricht. Aber könnte ich jetzt …« Mit diesen Worten winkte Till Brönne den Mann zu sich, der hinter Charlotte stand. »Kommen Sie ruhig!«

»Noch kurz was«, meinte Charlotte schnell. »Hatten Sie bei Ihrem Vortrag in Greven Kontakt zu Leni Schmied?«

»Herrgott … Leni Schmied … Hat sie so rote Locken?« Er warf einen Blick zur Buchhändlerin, die sich auf den Weg zu den beiden machte.

Charlotte nickte.

»Ich kann mich leider nicht an alle Studenten erinnern.«

»Da ist noch was …«

»Nein, es reicht. Rufen Sie mich morgen früh zuhause an, und wir machen einen Termin aus.«

»Warum hat Ihre Frau dauernd aus der Telefonzelle telefoniert?«

Seine Augen verengten sich zu Schlitzen. Die Buchhändlerin stand nun etwas abseits und hörte höflich zu.

»Woher wissen Sie das?«

»Hatte sie Geheimnisse vor Ihnen? Wissen Sie, mit wem Ihre Frau telefoniert hat?«

»Mit ihrer Mutter«, kam es knapp zurück.

»Also gut. Danke. Ich melde mich wieder.«

Charlotte wandte sich zum Gehen.

»Na endlich«, murmelte der Mann, der hinter ihr in der Schlange stand, und drängte sie zur Seite. »Das ist eine Signierstunde und kein Verhör!«

Charlotte entschuldigte sich und verließ die Buchhandlung. Konnte dieser Unbekannte von damals, wenn es ihn denn gab, überhaupt etwas mit ihrem Fall zu tun haben? War Till Brönne damals vielleicht gar nicht der alleinige Täter? Trug auch diese alte Tat zwei Handschriften, so wie der Mord an Carla Dellbrück? Aber warum hätte Till Brönne einen möglichen Mittäter gedeckt? Charlotte fand keine Erklärung dafür.

Jonathan Brönne, dachte sie dann, der Enkel von Till Brönne. Ob er derjenige war, der Katrin Ortrup verfolgte? Dann würden die Bezüge zu dem Mord, den sein Großvater begangen hatte, jedenfalls Sinn ergeben. Wenn er Mats Förster so gut kannte, dass er ihm den Roller abkaufte, waren die beiden vielleicht auch in derselben Szene unterwegs. Vielleicht nahm dieser Jonathan auch Drogen und hatte das Haus von Katrin Ortrup mit dem verwechselt, in dem sein Großvater seine Großmutter umgebracht hatte. Vielleicht hatte er sich im Drogenrausch in etwas hineingesteigert. Oder er fand es witzig, den Bewohnern des Hauses einen Schrecken einzujagen.

Aber hatte er dann auch etwas mit dem Mord an Carla Dellbrück zu tun? Oder wollte sich Klaus Dellbrück den Drogenstreich dieses Jonathans zu Nutze machen, um die Aufmerksamkeit auf den jungen Mann zu lenken? Oder hatte er mit ihm gemeinsame Sache gemacht? Sich einen willfährigen und abhängigen Komplizen zugelegt?

So schnell wie möglich wollte sie mit Jonathan sprechen. Sie hatte das Gefühl, dass er eine nicht unwichtige Rolle in diesem Spiel übernommen hatte, aber sie wusste noch nicht welche.

Sie traf Käfer auf dem Parkplatz der JVA, und er reagierte genauso erstaunt auf die Neuigkeiten wie sie selbst. »Wir müssen herausfinden, ob es eine Verbindung zwischen Klaus Dellbrück und dem Enkel von Till Brönne gibt.«

»Ja, das habe ich mir schon gedacht. Das könnte unser fehlendes Puzzleteil sein. Wenn er die Drohbriefe geschrieben hat …«

»Und Dellbrück kam ihm auf die Schliche und hat ihm dann einen Deal vorgeschlagen«, überlegte Käfer weiter.

»Er bedroht weiterhin die Bewohner des Hauses und lenkt den Verdacht von Dellbrück ab«, fügte Charlotte hinzu. »Dem Haftrichter können wir mit solchen Spekulationen natürlich nicht kommen.«

»Wir haben noch keine Beweise. Dieser Sanddorn …«

»Der Anwalt von Dellbrück?«

Käfer nickte. »Der hat mich heute bestimmt schon fünfmal angerufen. Er will uns wegen Freiheitsberaubung verklagen.« Käfer lachte spöttisch.

»Dann weiß ich ja, in welcher Stimmung der uns gleich schon erwartet.« Charlotte seufzte. »Was sagst du zu diesen vielen Telefonaten von Erika Brönne?«

Käfer zuckte mit den Schultern. »Keine Ahnung. Bleibst du dran? Ich sehe noch keinen direkten Zusammenhang.«

Hatte sie sich verrannt?, fragte sich Charlotte unwillkürlich. Hatte ihr Bauchgefühl ihr wieder einen falschen Wink gegeben? Oder war es eine legitime Frage, ob da ein anderer Mann war, der irgendetwas mit dem Tod von Erika Brönne zu tun haben könnte – und somit vielleicht auch mit ihrem aktuellen Fall? Charlotte atmete tief durch. Kruzifix! Sie wusste es nicht. Sie beschloss, sich verstärkt auf die Fakten zu konzentrieren.

»Irgendwelche neuen Erkenntnisse aus Dellbrücks Geschäftsunterlagen?«, fragte sie schnell.

»Jedenfalls ein anderes Bild, als er es uns gezeichnet hat«, antwortete Käfer. »Seine Möbelfirma lief im Prinzip nie richtig gut, momentan ist er mit achtzigtausend in den Miesen.«

Charlotte stieß einen anerkennenden Pfiff aus. »Das ist nicht wenig.«

»Ja. Interessant ist vor allen Dingen, dass seine Frau, nachdem sie von ihrem Onkel geerbt hatte …«

»Das Haus und die Werkstatt hat sie doch auch geerbt, oder?«

»Richtig«, bestätigte Käfer. »Und noch fast fünfzigtausend Euro, die auf einem Festgeldkonto lagen. Dieses Geld hatte sie vor rund einem Monat auf das Firmenkonto ihres Mannes überwiesen, aber schon ein paar Tage später wurde das Geld zurücküberwiesen.«

Charlotte sah ihn fragend an. »Warum? Die Schulden waren damit doch nicht getilgt.«

»Nein, natürlich nicht. Aber sie hatte Zugriff auf das Firmenkonto. Die Firma war in einer Schieflage. Dellbrück wird nicht freiwillig darauf verzichtet haben.«

»Sie wollte ihrem Mann also mit einer hohen Summe helfen und änderte ihre Meinung innerhalb kürzester Zeit wieder.«

»Das sollten wir ihn gleich fragen. Jedenfalls kommt zu der Auszahlung der Lebensversicherung auch noch das Erbe dazu. Finanziell lohnt sich der Tod seiner Frau allemal.«

Rechtsanwalt Sanddorn trommelte ungeduldig mit den Fingern auf dem Tisch, als Charlotte und Käfer in den Vernehmungsraum kamen. Klaus Dellbrück saß neben ihm und wirkte noch bedrückter als bei ihrem letzten Besuch.

»Sie sind zehn Minuten zu spät«, fauchte Sanddorn.

»Sorry.« Käfer war kurz angebunden und würdigte den Anwalt keines Blickes.

»Wenn ich Sie gleich zu Anfang kurz an Paragraph 112 der Strafprozessordnung erinnern darf?«, begann Sanddorn mit giftiger Stimme, ohne auf Käfers Entschuldigung einzugehen.

Käfer verdrehte die Augen, und Charlotte unterdrückte ein Stöhnen.

»Der Paragraph ist uns bekannt«, presste Käfer hervor.

»Fein. Dann wissen Sie ja, dass ein Haftgrund nur dann besteht, wenn erstens der Beschuldigte flüchtig ist oder sich verborgen hält …« Sanddorn sah sich demonstrativ um und tat so, als würde er Klaus Dellbrück suchen. »Scheint mir nicht der Fall zu sein«, meinte er dann. »Oder zweitens bei akuter Fluchtgefahr …«

»Herr Dellbrück besitzt einen Wohnsitz im Ausland«, warf Käfer ein. »Fluchtgefahr besteht also!«

»Das Appartement befindet sich auf Mallorca, es gibt ein Auslieferungsabkommen mit Spanien, die Fluchtgefahr besteht de facto also nicht.«

»Er könnte sich aus Spanien wesentlich leichter absetzen als von hier aus!« Käfers Stimme hörte sich nicht mehr besonders überzeugend an.

»Ansonsten besteht nur noch dann ein Haftgrund, wenn der Beschuldigte Beweismittel vernichten oder Zeugen beeinflussen könnte. All das scheint mir ja nun eindeutig nicht vorzuliegen, insofern sehe ich keinen Grund mehr für eine weitere Untersuchungshaft. Ich habe eben noch mal mit dem Haftrichter gesprochen. Wenn Sie heute keine handfesten Beweise vorlegen können, kommt mein Mandant morgen raus.«

Sanddorn verschränkte die Arme vor der Brust.

»Sind Sie fertig?«, fragte Charlotte, und als der Anwalt nickte, wandte sie sich an Klaus Dellbrück. »Wie geht es Ihnen?«, fragte sie in einfühlsamem Ton.

»Beschissen«, murmelte Klaus Dellbrück weniger einfühlsam, ohne aufzusehen. »Meine Frau fehlt mir.«

»Wir haben uns Ihre Firmenunterlagen angeschaut«, klinkte Käfer sich ein. Im Gegensatz zu Charlotte schien er keinen Wert darauf zu legen, seine Verärgerung zu überspielen. »Können Sie uns erklären, warum Ihre Frau Ihnen innerhalb von wenigen Tagen fünfzigtausend Euro zuerst überwiesen und dann wieder zurücküberwiesen hat?«

Klaus Dellbrück sah ihn groß an. »Wie bitte? Ich habe keine Ahnung, wovon Sie sprechen.«

Käfer erklärte ihm noch mal detailliert, was er in den Unterlagen gefunden hatte, erinnerte sich sogar noch an das genaue Datum und dass dieser Transfer nur gut einen Monat vor Carla Dellbrücks Tod stattgefunden hatte. »Also, wie kam es zu diesem Überweisungschaos?«

Der Mann schüttelte den Kopf.

»Offensichtlich kann mein Mandant dazu keine Aussage machen«, mischte sich Sanddorn ein.

»Vielleicht lassen Sie Ihren Mandanten selbst antworten«, meinte Käfer schroff.

Charlotte beobachtete Klaus Dellbrück genau. Er wirkte niedergeschlagen, und seine Betroffenheit hatte nichts Gespieltes.

»Noch ein Geheimnis …«, murmelte er.

»Was meinen Sie damit?«, fragte sie.

»Ich weiß nichts von diesen Überweisungen. Ich höre davon heute zum ersten Mal.«

»Aber wie kann das sein, Herr Dellbrück? Es geht nicht um ein paar Hundert Euro, es geht um Tausende. Wie konnte Ihnen das entgehen?«, fragte Käfer.

»Carla war für unsere Konten zuständig«, antwortete Dellbrück. »Ich habe mich überhaupt nicht darum gekümmert. Ich wusste nichts von dem Geld.«

»Sie werfen nie einen Blick auf Ihre Kontoauszüge?«, fragte Charlotte. Sie hatte schon häufiger mit Menschen zu tun gehabt, die nicht den geringsten Einblick in ihre Finanzen hatten. Kein Wunder, dass der Laden nicht lief, dachte sie.

»Wie gesagt, meine Frau kümmerte sich um alle finanziellen Dinge.«

»Sie sprachen eben von einem weiteren Geheimnis«, hakte Charlotte nach. »Was genau meinen Sie damit? Hatte Ihre Frau noch andere Geheimisse vor Ihnen?«

Klaus Dellbrück stützte seinen Kopf mit den Händen ab und schloss die Augen. Dann nickte er schwach.

»Offensichtlich.«

»Die für die Kommissare nicht von Interesse sein müssen«, ging Sanddorn dazwischen.

»Da täuschen Sie sich, lieber Herr Sanddorn«, sagte Charlotte gereizt. »Und wissen Sie auch warum? Weil ein Mordverdacht keine Lappalie ist, weil Geheimnisse häufig ein Grund sind, warum es zu solchen Taten kommt, und weil Ihrem Mandanten sehr daran gelegen sein sollte, dass wir den Mord an seiner Frau aufklären.« Sie atmete tief durch und wandte sich wieder an Klaus Dellbrück. »Also los, Herr Dellbrück.«

Beschwichtigend legte Klaus Dellbrück eine Hand auf den Arm seines Anwalts. »Schon gut«, meinte er. »Wissen Sie«, sagte er dann zu Charlotte, »meine Frau hat immer schon zwei Leben geführt. Einmal das mit mir und einmal das an der Oper. Und von letzterem habe ich immer nur sehr wenig gewusst. Sie brauchte ihre Freiräume. Sie ging zum Beispiel grundsätzlich alleine spazieren, nicht nur an dem Sonntag, an dem sie starb, nein, ganz regelmäßig. Manchmal war sie stundenlang weg, und ich habe mich nicht nur einmal gefragt, ob sie wohl wirklich nur spazieren gegangen ist.«

»Haben Sie das Ihre Frau nie gefragt?«

Er schüttelte traurig mit dem Kopf. »Nein. Ich glaube, ich hatte zu viel Angst vor der Wahrheit.«

»Welcher Wahrheit?«

Er seufzte. »Nun, der Verdacht lag natürlich nahe, dass sie vielleicht einen Liebhaber hatte. Und wenn ich jetzt höre, dass sie so viel Geld hin und her überwiesen hat, dann könnte das ja mit einem anderen Mann in Verbindung stehen.«

Charlotte unterdrückte den Impuls, sofort wieder eine Parallele zu dem Fall von Erika Brönne zu ziehen.

»Wir haben das Handy Ihrer Frau ausgewertet, darauf finden sich keine Hinweise auf einen anderen Mann«, sagte Käfer.

»Sie haben aber doch sicherlich auch das Handy meines Mandanten ausgewertet«, mischte sich Sanddorn erneut ein, und Käfer nickte. »Gab es denn dort Hinweise darauf, dass er der Mörder sein könnte?«

Käfer wich dem spöttischen Blick des Mannes aus.

»Kennen Sie einen Jonathan Brönne?«, fragte Charlotte schnell.

Dellbrück schüttelte mit dem Kopf. »Nein. Nie gehört.«

»War's das jetzt?«, fragte der Anwalt und sah demonstrativ auf die Uhr.

»Mich würde noch eine Sache interessieren«, meinte Käfer mit nachdenklicher Miene. »Ihre Nachbarn, Ute und Carsten Baumann …«

»Was ist mit denen?«

»Die haben an dem Wochenende, an dem Ihre Frau ermordet wurde, Urlaub in Ihrem Appartement gemacht.«

»Und?«

»Die haben von ihrer Wohnung den besten Blick auf Ihre Werkstatt und auf das Haus«, fuhr Käfer fort. »Wären sie da gewesen, wären sie vielleicht Zeugen geworden.«

»Worauf wollen Sie hinaus?«, fragte der Rechtsanwalt, der plötzlich wesentlich alarmierter wirkte als zuvor.

»Nun, finden Sie nicht, dass es ein merkwürdiger Zufall ist, dass die Nachbarn, die mehr oder weniger alles bei Ihnen mitkriegen könnten, ausgerechnet an dem Tag verreisen, an dem Ihre Frau ermordet wird?«

»Nein«, sagte Sanddorn. »Finde ich überhaupt nicht merkwürdig. Wenn ich der Täter wäre, hätte ich mir die Umgebung doch auch vorher angeschaut. Ich würde doch nicht jemanden ermorden, wenn die Nachbarn quasi in erster Reihe sitzen. Da würde ich doch auch warten, bis die weg sind, das ist doch wohl normal und hat überhaupt nichts mit meinem Mandanten zu tun.«

»Nun ja, warum sollten Sie das als Täter alles machen, wenn Sie keinen direkten Bezug zu Frau Dellbrück haben?«, entgegnete Käfer. »Es war ja schließlich kein Raubmord.«

»Ich habe nicht gesagt, dass der Täter keinen persönlichen Bezug zum Opfer hatte«, sagte Sanddorn spitz. »Aber finden Sie nicht, dass Sie es sich etwas einfach machen, wenn Sie sich nur auf meinen Mandanten fokussieren?«

Charlottes Handy piepte, und während Käfer sich weiter mit dem Rechtsanwalt stritt, las sie die Nachricht, die sie gerade bekommen hatte. Sie kam von Till Brönne.

»Das gibt es doch nicht«, murmelte sie tonlos.

Da Sanddorn in ätzendem Ton irgendwelche Paragraphen zitierte, nutzte sie einen Moment und zeigte Käfer ihr Handy. Die Irritation stand ihm ins Gesicht geschrieben, als er die kurzen Zeilen las:

»Hier die Adresse meines Enkels: Jonathan Brönne, Clarenbachstraße 2.«

Katrin setzte den Bohrer noch einmal an, dann saß der neue Riegel fest in der Wand. Er war bestimmt zwanzig Zentimeter lang und aus massivem Stahl. Vor die Tür geschoben, bot er einen sicheren Schutz. Und das war ein beruhigendes Gefühl für sie. Sie hoffte, dass er auch hielte, vertraute aber auf ihre handwerklichen Fähigkeiten. Früher hatte sie oft genug mit ihrem Vater Dinge repariert und angebracht.

Katrin seufzte. Sie war sich bewusst, dass sie in alte Verhaltensweisen abzurutschen drohte und dass sie aufpassen musste, damit Angst und Panik nicht wieder ihren Alltag bestimmten. Aber anders als damals, als sie es über Wochen nicht geschafft hatte, die Wohnung zu verlassen, als sie eine monatelange Psychotherapie gebraucht hatte, um sich wieder normal in die Öffentlichkeit zu trauen, anders als damals spürte sie wieder Kampfgeist in sich. Vielleicht lag es auch daran, dass die Vorstellung, noch einmal in ihrem Leben Opfer zu sein, für sie schrecklicher war als alles andere. Oft genug hatte sie in ihrer Gruppe als Beispiel dafür gestanden, wie man sein Trauma erfolgreich überwinden konnte. Ja, vielleicht sogar gestärkt aus allem hervorgehen konnte. Okay, sie hatte Angst, das musste sie sich eingestehen. Aber diesmal wollte sie sich nicht von ihr kontrollieren lassen. Im Gegenteil. Vor allen Dingen wollte sie sich selbst beweisen, dass sie ein anderer Mensch war als damals. Dass die Ratschläge und Tipps, die sie selbst den verzweifelten Besuchern ihrer Gruppe regelmäßig gab, keine leeren Worthülsen waren, sondern dass sie lebendiger Beweis dafür war, dass man die Angst kontrollieren konnte.

Katrin sah auf die Uhr. Sie musste sich beeilen, in einer

Dreiviertelstunde musste sie Leo von der Lambertikirche abholen. Die Kinder machten heute einen Ausflug und statteten der Türmerin einen Besuch ab. Katrin fand es immer noch erstaunlich, dass diese mittelalterliche Tradition bis heute überlebt hatte. Damals hatten die Türmer die Stadt überwacht und konnten vom Turm der Lambertikirche genau sehen, wenn es in den engen Gassen irgendwo brannte. Dann bliesen sie in ihr Horn, um die Einwohner zu warnen. Und so ähnlich war es heute immer noch, auch wenn es nur noch eine Touristenattraktion war. Normalerweise arbeitete die Türmerin nur abends und blies von 21 Uhr bis Mitternacht alle halbe Stunde in ihr Horn. Aber natürlich machte sie für diverse Besucher regelmäßig Ausnahmen. Heute eben für Leos Klasse. In ihrer Schulzeit hatte Katrin selbst solche Ausflüge gemacht, und sie erinnerte sich noch genau, wie es da oben auf dem Turm aussah, wie kalt der Wind durch die offenen Steinrosetten fegte und was für eine fantastische Aussicht man hatte, auch wenn die gewaltige Höhe immer Beklemmungen in ihr auslöste.

Während Katrin sich ihren Mantel umwarf und nach ihrer Handtasche suchte, ging sie den weiteren Tag durch. Nachdem sie Leo eingesammelt hatte, mussten sie zur Grundschule und Finn abholen. Essen mussten sie auch noch was, aber der Kühlschrank war leer. War in der Nähe der Kirche nicht irgendwo ein Supermarkt?, überlegte sie, während sie die Stufen im Treppenhaus hinunterlief. Sonst würden sie sich eine Pizza bestellen, wozu gab es den Lieferdienst.

Als die Haustür hinter ihr ins Schloss fiel, hatte sie den weißen Umschlag schon im Augenwinkel bemerkt, und ihr Herz begann zu pochen. So viel zum Thema Angst unter Kontrolle haben.

Sie riss den Briefumschlag aus dem Kasten und eilte zu ihrem Wagen. Als sie hinterm Steuer saß, musste sie erst mal tief durchatmen, bevor sie den Umschlag öffnete. Ein Fehler. Im nächsten Moment wurde ihr fast schlecht.

Erwarte mich.
Ich sehe dich.

Katrin ließ den Zettel auf ihren Schoß fallen und sah sich hektisch um.

Er beobachtet mich, ging es ihr durch den Kopf. Irgendwo versteckte sich jemand und beobachtete sie, das Gefühl hatte sie ganz deutlich.

Während sie den Wagen startete, wählte sie die Nummer von Charlotte Schneidmann. Durch die Freisprechanlage klang die Stimme der Kommissarin merkwürdig blechern.

»Schon wieder ein Brief?« Sie hörte sich überrascht an.

»Ich werde beobachtet. Hundert Prozent.«

»Die Drohbriefe richten sich nicht gegen dich persönlich, das weißt du, Katrin.« Die Kommissarin wollte sie beruhigen.

»Ich weiß. Aber die letzten gingen an mich. Warum?«

Am anderen Ende herrschte Schweigen. »Darüber habe ich auch schon nachgedacht«, antwortete Charlotte.

»Und?«

»Du bist die Einzige, die auf die Briefe reagiert«, sagte sie dann. »Weder die Mahnheims noch die Schmieds haben jemals etwas wegen dieser Sache unternommen. Nur bei dir scheint der Verfasser Erfolg zu haben.«

Katrin schnappte nach Luft. »Du meinst, ich bin ein gutes Opfer?!«

»So würde ich es nicht formulieren … Aber ja, deine Reaktion könnte für den Verfasser befriedigend sein.«

Katrin war für einen Moment sprachlos, bis ihr klar wurde, was das bedeutete. Sie merkte, wie ihr der Schweiß ausbrach. »Aber … woher kennt er denn meine Reaktion?«, fragte sie und hörte die Panik in ihrer eigenen Stimme, die sie sofort wieder unter Kontrolle zu bringen versuchte. Sie hatte recht gehabt, ihr Gefühl hatte sie nicht getäuscht. Die gelbe Vespa, der Mann mit dem Regencape. Sie wurde beobachtet. Von dem Verfasser der Briefe. Aber warum nur? Was hatte er bloß vor?

»In den meisten Fällen, in denen jemand bedroht wird und keine konkreten finanziellen Forderungen im Raum stehen«, fuhr Charlotte fort, »geht es dem Täter um Macht. Die empfindet er nur, wenn sein Opfer Angst hat.«

»Ich denke, das hat bei mir funktioniert«, murmelte Katrin.

»Aber ich kann dich beruhigen«, sagte die Kommissarin. »Wir haben jemanden in Verdacht, der Verfasser der Briefe zu sein. Wir sind gerade auf dem Weg zu ihm.«

Katrin fiel ein Stein vom Herzen. »Gott sei Dank. Dann ist der Spuk also bald vorbei. Wer ist es?«

»Darf ich dir leider nicht sagen. Soll ich danach bei dir vorbeikommen?«, fragte Charlotte. »Dann können wir in Ruhe alles besprechen. Bist du nachher zuhause?«

»Ich muss jetzt erst die Kinder abholen. Aber in einer guten Stunde bin ich wieder da.«

»Gut. Bis später.«

Katrin drückte auf den Aus-Knopf und startete den Wagen. Sie verschwendete keinen Gedanken mehr an irgendwelche Einkäufe oder andere Besorgungen. Sie wollte jetzt nur so schnell wie möglich ihre Jungs nach Hause holen und die Wohnung dann nicht mehr verlassen, bis Charlotte ihr mitteilen würde, dass sie den Kerl hatten.

Während sie den Wagen aus der Parkbucht lenkte, blickte sie immer wieder nervös in den Rückspiegel. Heute Morgen, als sie die Kinder weggebracht hatte, war kein Brief im Kasten gewesen und ein paar Stunden später, als sie den Müll runterbrachte, auch nicht. Er musste also in der letzten Stunde abgelegt worden sein. War derjenige immer noch in der Gegend?

Beruhig dich, ermahnte sie sich selbst. Vielleicht waren die Kommissare schon bei dem Kerl, vielleicht hatte er ihnen schon alles gestanden.

Aber als sie das Ende der Straße erreicht hatte und links abbiegen wollte, zuckte sie erschrocken zusammen, als neben ihr plötzlich ein Motor jaulend aufheulte. Ihre Hände wurden schweißnass, und ihr Herz begann zu rasen. Sie traute sich kaum, zur Seite zu blicken, wusste sie doch, was sie dort sehen würde.

Er stand direkt neben ihrem Fenster. Gelbe Vespa, schwarzes Regencape, dunkler Helm. Durch das Visier sah er ihr unverwandt in die Augen, die vollkommen ausdruckslos waren. Katrins Herz pochte schneller, und sie drückte reflexartig auf das Gaspedal, bog ab und fuhr zügig weiter. Er war es. Keine Frage. Es war derselbe Fahrer wie neulich. Sollte sie Charlotte noch mal anrufen und ihr sagen, dass der Kerl sie wieder verfolgte?

Erneut blickte Katrin in den Rückspiegel und stellte zu ihrer Überraschung fest, dass der Rollerfahrer nicht mehr zu sehen war. Vielleicht hatte sie ihn abgehängt, dachte sie. Vielleicht konnte sie ihn in dem dichten Verkehr aber auch einfach nicht mehr sehen.

Die restliche Strecke bis zu St. Lamberti behielt sie den Verkehr hinter sich fast pausenlos im Auge. Sie musste ins nahe gelegene Parkhaus Alter Steinweg fahren, da es vor der

Kirche keine Parkplätze gab. Menschen kamen ihr mit Einkaufstüten bepackt entgegen, und aus einem Lautsprecher dudelte Weihnachtsmusik. Trotzdem fühlte sich Katrin unwohl, sie mochte keine Parkhäuser und fand die Vorstellung, dass sich jemand zwischen den Autos verstecken könnte, immer schon gruselig. Zu viel *Aktenzeichen xy* gesehen, dachte sie. Der penetrante Uringeruch, der ihr im Treppenhaus entgegenschlug, tat sein Übriges.

Als sie den muffigen Zugang zum Parkhaus verlassen hatte und endlich die kalte frische Luft einatmete, war die gelbe Vespa das Erste, das sie sah. Sie parkte direkt neben dem Eingang. Aber wo war der Fahrer? Hektisch flogen ihre Augen über die Menschen, die aus den Geschäften strömten und sich auf dem Bürgersteig drängelten. Aber sie konnte den Mann nicht ausmachen. Sie prägte sich das Nummernschild ein und sagte es sich immer wieder stumm auf, bis es in ihrem Kopf gespeichert war.

Vom Parkhaus bis zur Kirche war es nicht weit, aber trotzdem kam Katrin die Strecke endlos vor. Sie lief über den Alten Steinweg, bis sie den Lambertikirchplatz erreicht hatte. Als sie nur noch wenige Meter entfernt war, sah sie ihn aus dem Augenwinkel. Das flatternde Regencape, der schwarze Helm in seiner Hand. Ihre Blicke trafen sich, und zum ersten Mal sah sie sein Gesicht. Die dunklen Locken hingen ihm strähnig in die Stirn. Er war ungepflegt. Und jung, viel jünger, als sie es erwartet hatte. Seine Gesichtszüge hatten noch viel Kindliches, was im Gegensatz zu seinen ausdruckslosen Augen stand. Farbe undefinierbar, eine merkwürdige Mischung aus verschiedenen Braun- und Blautönen.

Katrin spürte, wie der Mut in sie zurückkehrte.

»Jetzt reichts«, sagte sie leise. Ihr Kampfwille erwachte.

Von so einem Bengel würde sie sich keine Angst mehr einjagen lassen! Charlotte hatte gesagt, sie würde den Täter anstacheln, immer weiterzumachen. Das wollen wir doch mal sehen!, dachte sie.

Ich bin kein Opfer!

Entschlossen zog sie ihr Handy aus der Tasche und schoss, während sie weiter auf den jungen Mann zuging, ein Foto von ihm.

»Ich habe Sie fotografiert«, rief sie ihm zu, »ich werde dieses Foto der Polizei schicken. Verstehen Sie? Dieses Spiel ist beendet!«

Für einen Moment glaubte sie, den Schrecken in seinen Augen zu sehen. Doch dann sah er sie wieder genauso ausdruckslos an wie zuvor.

»*Ich* beende dieses Spiel«, sagte er tonlos. Ohne eine Miene zu verziehen, beschleunigte er sein Tempo und eilte auf das Kirchenportal zu.

»Das wollen wir ja mal sehen«, brüllte Katrin hinterher.

Energisch ging sie auf die Kirche zu, fest entschlossen, diesen Kerl jetzt zur Rede zu stellen. Als sie den Bau betrat, sah sie einige bekannte Mütter und Väter, die Kinder in Leos Klasse hatten und ebenfalls zum Abholen hier waren.

Katrin ließ den jungen Mann nicht aus den Augen, der hinter einen Pfeiler verschwand. Gut zehn Meter weiter war eine offene Tür, über die ein Schild mit der Aufschrift »Turmbesteigung« angebracht war. Katrin brach der Schweiß aus.

Er ist hoch auf den Turm, ging es ihr durch den Kopf. Leo …

Sie rannte vorbei an dem kleinen Tisch, an dem eine ältere Dame an einer Kasse saß.

»Die Türmerin macht gerade Pause«, rief die Frau ihr noch

hinterher, aber da war sie schon die ersten Treppenstufen hinauf.

Wenn Leo mit seiner Klasse noch da oben war, ging es ihr durch den Kopf, und dieser Irre auf dem Weg dorthin war … Nein, Leo durfte nie wieder in Gefahr geraten, nie wieder! Katrin beschleunigte ihr Tempo und rannte nun so schnell die Treppenstufen hinauf, wie es ihr nur möglich war, auf Jahrhunderte alten Stufen, immer im Kreis. Sie musste eine Pause machen, ihr war schwindelig, und sie war völlig außer Atem. Als sie innehielt, hörte sie die Schritte. Sie waren nicht weit von ihr entfernt und eilten genauso schnell nach oben, wie Katrin hinterherlief.

Sie wischte sich den Schweiß von der Stirn und lief weiter. Ihre Oberschenkel brannten, trotzdem beschleunigte sie ihr Tempo und nahm jetzt zwei Stufen auf einmal. Die anderen Schritte waren schon bald lauter zu hören als zuvor, sie war kurz davor, ihn einzuholen.

Dann sah sie das schwarze Cape. Nur einen Zipfel, der sofort um die nächste Wendung des Treppenhauses verschwunden war.

»Warte!«, rief Katrin atemlos. »Das hat doch keinen Sinn!«

Endlich hatte sie ihn eingeholt. Atemlos stand er in dem Raum, der zur Plattform führte, auf der die Türmerin normalerweise arbeitete. Es war ein Vorraum, der mit einer schweren Holztür zur offenen Plattform versperrt werden konnte. Ohne diese Tür würde der Wind lautstark durch den Treppenaufgang pfeifen.

Zu ihrer großen Erleichterung hörte Katrin nichts. Keine Kinderstimmen, kein Lachen.

Aus wirren, ja fast hilflosen Augen blickte der junge Mann sie an, und das Gefühl, Opfer zu sein, verschwand in diesem

Moment endgültig. Vor diesem Bubi musste sie keine Angst haben, er war in Panik. Seine Mundwinkel zuckten nervös, und er fuhr sich immer wieder mit den Händen durch das picklige Gesicht. Wie alt mochte der Kerl sein? Keine fünfundzwanzig, schätzte sie.

»Was wollen Sie von mir?«, fragte er mit zittriger Stimme.

»Machen Sie Witze?« Katrin war überrascht. »Die Frage ist doch wohl eher, was Sie von mir wollen!«

»Ich …« Er stockte.

»Warum fahren Sie mir dann nach? Warum sind Sie mir bis zur Kirche gefolgt? Was soll das alles?« Sie staunte, wie viel Mut sich in ihr ausbreitete, wie die Kälte, die ihr immer den Rücken hochkroch, sobald sie ängstlich wurde, langsam verschwand. Sie hatte es im Griff, sie hatte sich im Griff, und das Gefühl der Stärke, das sie nun stattdessen empfand, beruhigte sie. Die Arbeit der letzten Jahre war nicht umsonst gewesen.

Ihr Gegenüber wirkte jedoch immer verzweifelter. Seine Unterlippe zitterte, und er fuhr sich immer wieder durch Gesicht und Haare. Seine Fingernägel waren bis zum Ansatz abgekaut und an einigen Stellen blutig verkrustet. Katrin konnte kaum glauben, dass ihr diese erbärmliche Kreatur so viel Angst eingejagt hatte.

»Ich musste es tun«, jetzt klang er fast weinerlich, »ich hatte keine andere Wahl.«

»Hat Sie jemand beauftragt, mich zu verfolgen?«

Er nickte, leicht, kaum merklich.

»Wer? Und warum?«

Der junge Mann konnte nicht sprechen. Er presste sich eine Hand vor den Mund. Seine Augen wanderten immer wieder hektisch im Raum hin und her, und er wirkte auf Katrin fast wie ein Tier, das in einen Käfig gesperrt war und nicht mehr ein noch aus wusste.

»Was wollen Sie von mir?«, fragte Katrin erneut. »Warum die Briefe? Was soll das alles?«

Er bewegte seinen Oberkörper vor und zurück, als würde ihm das helfen, eine Antwort zu finden.

»Ich musste es tun …«, wiederholte er schließlich.

»Warum sind Sie mir bis hierhin gefolgt? Es muss doch einen Grund geben, warum wir beide hier oben sind!«, sagte Katrin energisch.

Er wich immer weiter vor ihr zurück. »Ich wollte, dass Sie es sehen … damit Sie keine Angst mehr haben.«

»Dass ich was sehe? Wovon reden Sie?« Langsam, aber sicher war Katrin von dem Gestammel genervt. Sie zog ihr Handy aus der Tasche und hielt es hoch. »Wenn Sie mir jetzt nicht sofort sagen, was das alles soll, dann rufe ich die Polizei.«

Von einer Sekunde auf die andere hörte er auf zu zittern. Langsam hob er den Blick. Jetzt waren seine Augen weder ausdruckslos noch angsterfüllt, sondern eiskalt, und es kam ihr fast so vor, als stünde plötzlich ein anderer Mann vor ihr.

»Ich trage das Böse in mir«, sagte er ernst, und Katrin spürte, wie die Kälte wieder ihren Rücken hochkroch.

»Was soll das?« Sie versuchte, mit fester Stimme zu sprechen, aber es gelang ihr nicht.

»In meinen Adern fließt böses Blut. Ich muss es beenden, sonst hört das Böse niemals auf.«

Er drehte sich um und ging zu der Tür, die zur Plattform der Türmerin führte. Katrin wusste genau, wie es dahinter aussah, wie viele Stellen es dort gab, durch die die Türmer seit Jahrhunderten auf die Stadt hinabgeschaut hatten. Und die man mit etwas Geschick durchaus überwinden konnte. Aber die Tür war doch abgesperrt, oder nicht? Sie musste doch abgesperrt sein, alles andere wäre aus Sicherheitsgründen doch undenkbar!

»Was meinen Sie damit? Was wollen Sie beenden?« Sie merkte, wie schrill ihre Stimme klang. Wieder dachte sie an Leo. Er war doch nicht mehr auf der Plattform, oder? Hier war doch niemand mehr, oder täuschte sie sich?

Der junge Mann griff unter seinen Umhang und zog etwas hervor. Im ersten Moment dachte Katrin, es wäre eine Waffe, aber dann sah sie, dass es sich um irgendein Werkzeug handelte. Mit einem präzisen Griff hebelte er die alte Holztür auf.

Noch einmal drehte er sich zu ihr um. Seine Augen hatten sich zu Schlitzen verengt. Kalt, aber irgendwie auch entrückt sah er sie an.

»Es ist mein Schicksal. Ich kann es nicht ändern.« Während er sich umdrehte und durch die Tür ging, wiederholte er erneut: »Ich muss es beenden.«

Katrin schrie Leos Namen, so laut sie konnte. Aber mehr als ein Echo war nicht zu hören.

Er ist nicht hier, dachte sie, die Plattform wäre nicht verschlossen, wenn die Kinder noch hier oben wären.

Sie stürmte auf die Plattform und sah den jungen Mann am Rand stehen, wie er über eine der steinernen Brüstungen nach unten schaute. Sonst war niemand hier oben.

»Wenn Sie noch einen Schritt näher kommen, springe ich!«, rief er ihr zu, ohne den Blick auf sie zu richten. Es war kalt hier oben, der Wind pfiff durch die Öffnungen und ließ sie zittern.

Vorsichtig warf sie einen Blick auf ihr Handy und drückte auf die Wahlwiederholung. Auch wenn sie jetzt nicht mit Charlotte sprechen konnte, so hoffte sie doch, dass die Kommissarin verstehen würde, was sie sagte, und die Situation richtig einschätzte.

»Sie sind jung«, sagte sie möglichst laut. »Was immer Sie auch getan haben, es gibt die Chance für einen Neuanfang. In Ihrem Alter gibt es immer einen Neuanfang. Sich von St. Lamberti zu stürzen ist doch keine Lösung.« Jetzt musste Charlotte Schneidmann eigentlich wissen, wo sie war.

Der junge Mann antwortete nicht. Sie sah, wie er am ganzen Leib zitterte. Er stemmte sich auf die Brüstung, schwang das rechte Bein hinüber, dann das linke und saß jetzt förmlich am Abgrund.

»Bitte tun Sie es nicht«, sagte Katrin. »Denken Sie an Ihre Eltern! Ich habe zwei Kinder, und ich kann Ihnen versichern, man wird als Eltern seines Lebens nicht mehr froh, wenn das eigene Kind stirbt!«

Plötzlich hörte der Mann auf zu zittern. Er drehte den Kopf zu ihr und sah sie an. Sein Gesicht war totenbleich und zeigte keine Regung. Er wirkte nun wieder völlig ruhig. Dann legte sich ein Lächeln auf seine Lippen, es war fast mitleidig.

»Sie täuschen sich«, sagte er sanft. »Ich bin das Böse. Und alle werden froh sein, wenn es mich nicht mehr gibt.«

Er drehte sich wieder um, blickte noch für einen Moment versonnen in die Tiefe und ließ sich dann von den Steinen gleiten, so als wäre unter ihm direkt der Boden und nicht neunzig Meter freier Fall.

In Sekundenschnelle stand Katrin an der Brüstung. Sie sah, wie einer der drei Käfige hin und her schaukelte, offenbar im Sturz getroffen. Dann hörte sie nur noch die entsetzten Schreie der Passanten.

Charlotte konnte sich nicht erinnern, wann sie das letzte Mal so schnell durch den Innenstadtverkehr zur Lamberti-Kirche gekommen war. Der Anruf von Katrin Ortrup hatte sie erreicht, als sie sich gerade auf den Weg zu deren Wohnung hatte machen wollen. Sie hatte sie zuerst gar nicht verstehen können, aber dann war ihr klar geworden, in welcher Situation sich die Frau gerade befand. Und dass der Mann, der Katrin Ortrup seit Tagen verfolgte, sich vor ihren Augen in den Tod gestürzt hatte.

Käfer hatte sie begleitet, und als sie jetzt vor der Kirche angekommen waren, standen schon Notarzt- und Leichenwagen da, ebenso wie eine Streife. Der zerschmetterte Körper wurde gerade in einen Zinksarg gehoben, während die beiden Polizisten versuchten, die Schaulustigen zu vertreiben. Ein weiterer Beamter verteilte Sägespäne auf der Blutlache.

»Ich kann mich nicht erinnern, dass sich hier schon mal jemand heruntergestürzt hätte«, murmelte Käfer und blickte zum Turm hinauf. »Die haben da doch Vorkehrungen getroffen.«

»Es gibt immer eine Möglichkeit. Vor ein paar Jahren hat sich jemand vom Kölner Dom gestürzt. Und zwar von ganz oben, vom goldenen Kreuz auf der Kirchturmspitze.«

»Wie ist er da hingekommen?«

»Da wird doch immer gebaut, und wo Steinmetze hinkommen, kommt ein Selbstmörder auch hin«, meinte Charlotte. »Du kannst so einen Kirchturm ja nicht komplett einzäunen, wie man das von Leuchttürmen zum Beispiel kennt.«

»Dass die Plattform offen ist, ist klar. Aber wie kam er da so einfach rauf?«

»Wahrscheinlich mit einem Stechbeitel, jedenfalls hat man den bei ihm gefunden.«

»Einem was?«

»Ein Werkzeug, das Tischler benutzen. Geht wohl durch Holz, als wäre es Butter. Damit hatte er die alte Tür zur Plattform in Sekundenschnelle auf. Da vorne ist sie«, fügte sie mit Blick auf Katrin Ortrup hinzu. Sie hatte Leo im Arm und stand mit dem Rücken zum Geschehen. Schon von Weitem konnte Charlotte sehen, wie geschockt sie war.

»Ich spreche mal mit den Kollegen«, meinte Käfer und ging zu den Streifenpolizisten.

»Hallo, Katrin«, begrüßte Charlotte sie und fügte mit Blick auf die anderen Kinder und Eltern hinzu: »Können wir kurz alleine sprechen?«

Katrin nickte. »Leo, bleibst du bitte bei deiner Klasse?«

»Wo gehst du hin?«, fragte der Junge.

»Nirgendwohin. Ich will nur kurz alleine mit der Kommissarin sprechen.«

Die Erklärung schien dem Jungen auszureichen. »Okay«, meinte er und lief zu seinen Klassenkameraden.

»Zum Glück hatten sich die Kinder gerade die Orgel angeschaut«, sagte Katrin, die Leo besorgt hinterherblickte. »Nicht auszudenken, wenn sie oben gewesen wären …«

»Was ist passiert?«, fragte Charlotte, und Katrin erzählte ihr, wie der Rollerfahrer sie bis zur Kirche verfolgt hatte, wie er dann auf den Turm gestiegen war und schließlich gesprungen war.

»Er sagte zu mir, dass er das Böse in sich habe und dass es deshalb das Beste sei, wenn er springen würde.« Sie schüttelte fassungslos den Kopf. »Er war völlig durcheinander, einerseits zitterte er vor Angst und erinnerte mich mehr an einen Jungen als an einen Mann, andererseits war er kalt, fast böse und sehr entschlossen. Warum hat er das nur getan? Kannst du dir das erklären?«

»Im Moment noch nicht«, gab Charlotte zu. »Aber wir haben einen Hinweis erhalten, dass der junge Mann eventuell der Enkel von Till Brönne ist …«

»Der den Mord in den 80er-Jahren begangen hat?«

»Genau. Vielleicht hat er sich in einer Art Wahn mit der Tat seines Großvaters identifiziert.«

Katrin sah sie nachdenklich an. »Das würde einiges erklären … Glaubst du, er hat deshalb auch Carla Dellbrück ermordet?«

»Wir wissen es nicht«, antwortete Charlotte. »Ich hoffe, dass wir das schnell klären können. Die Identifizierung könnte nach so einem Sturz eventuell schwierig sein.«

»Warte …« Katrin zog ihr Handy aus der Tasche und tippte auf dem Display. »Ich habe ihn fotografiert. Ich dachte, wenn er weiß, dass ich ein Foto von ihm habe, dann lässt er mich vielleicht in Ruhe. Hier.«

Sie reichte ihr das Handy, und Charlotte blickte in die erschrockenen Augen des jungen Mannes.

»Das ist der Mann, der dich verfolgt hat?«, fragte sie ungläubig.

Katrin nickte. »Ja. Ich bin so froh, dass Leo nicht mehr da oben war«, sagte sie und schüttelte den Kopf, als wollte sie die schlimmen Gedanken von sich abschütteln.

»Ich schicke das eben an meine Nummer, okay? Dann haben wir das als Beweismittel gesichert.«

»Natürlich«, sagte Katrin. Sie wartete kurz, bis Charlotte ihre Nummer eingegeben hatte, und blickte dann auf ihre Armbanduhr. »Ich muss meinen Jüngsten von der Schule abholen … kann ich mein Handy wiederhaben?«

»Natürlich«, meinte Charlotte. »Fahr ruhig. Ich weiß ja, wo ich dich finde.«

»Danke.« Katrin nickte ihr noch mal blass zu, nahm dann Leo an die Hand und ging zügig mit ihm weg, ohne noch einmal einen Blick auf die Kirche zu werfen.

»Jetzt versteh ich gar nichts mehr«, sagte Käfer, der sich zu ihr gesellt hatte.

»Ich auch nicht.« Charlotte schüttelte immer noch ungläubig den Kopf. »Der Tote ist nicht Jonathan Brönne«, sagte sie dann.

»Ich weiß«, meinte Käfer und kratzte sich am Hinterkopf. »Laut Ausweispapieren ist es Jo Adler. Der Freund von Leni Schmied.«

Aus der Innenstadt bis nach Münster-Angelmodde war es eigentlich nicht weit. Dank der Kanalarbeiten auf dem Albersloher Weg brauchten sie aber bestimmt eine halbe Stunde länger als sonst. Wie lange, dachte Charlotte, konnten Kanalarbeiten dauern? Die ganze Fahrt über hatten sie hin und her überlegt. Aber als sie schließlich vor dem Elternhaus von Jo Adler standen, konnten sie sich die Zusammenhänge immer noch nicht erklären. Mit bedrückter Miene blickte Käfer auf das rote Klinkerhaus, in dessen Erdgeschoss ein kleines Fahrradgeschäft war. Unkraut sprießte zwischen den Pflastersteinen und in den Blumenkübeln, in denen vertrocknete, nicht mehr zu definierende Pflanzen aus dem längst vergangenen Frühling standen. Das Haus wirkte zwar nicht verwahrlost, aber gepflegt war es beim besten Willen auch nicht.

»Ich hasse das«, sagte er und seufzte.

Charlotte nickte. Auch für sie gehörte das Überbringen einer Todesnachricht zu den unangenehmsten Aufgaben in ihrem Job. Besonders wenn man Eltern den Tod ihres Kindes erklären musste.

Sie atmete tief durch und drückte auf die Klingel. Kurz darauf öffnete ihnen eine Frau mittleren Alters. Sie trug ihre grauen Haare kurz und hatte tiefe schwarze Schatten unter den Augen. Sie sah aus wie jemand, der schon viel Leid erlebt hatte, dachte Charlotte sofort. Sie stellte sich und Käfer vor und hatte den Satz noch nicht zu Ende gesprochen, da schlug die Frau schon die Hände vors Gesicht.

»Nein, nein«, stammelte sie. »Jetzt ist es also so weit …«

Sie schluchzte auf und ging, ohne ein weiteres Wort zu sagen, zurück ins Haus. Käfer sah Charlotte zögernd an.

»Sie scheint zu ahnen, warum wir hier sind«, raunte er ihr zu.

Charlotte nickte. »Frau Adler?«, rief sie in das Haus hinein. »Komm«, meinte sie dann zu Käfer.

Sie fanden die Frau im Wohnzimmer. Sie saß auf einer blauen Couch und hielt ein Kissen fest umschlungen in ihren Armen. Wie um sich selbst zu beruhigen, schaukelte sie vor und zurück. Dabei liefen ihr die Tränen über die Wangen.

»Frau Adler«, begann Charlotte. »Sie ahnen es wohl schon … Wir müssen Ihnen eine traurige Nachricht übermitteln.«

»Wie ist es passiert?«, fragte die Frau tonlos, ohne sie dabei anzusehen.

»Sind Sie bereits informiert worden?«, fragte Käfer, aber Frau Adler schüttelte nur den Kopf.

»Nein. Aber ich wusste, dass es eines Tages so kommen würde. Jo ist …?«

Charlotte nickte. »Er ist tot. Es tut uns sehr leid.«

»Wie?«, fragte sie nur.

»Er hat sich von St. Lamberti gestürzt«, antwortete Charlotte, und die Frau schluchzte erneut laut auf.

Nach einer Weile wischte sie sich die Tränen aus dem Gesicht. »Er war schon lange in psychiatrischer Behandlung«, sagte sie und räusperte sich. »Jo litt unter einer schizoaffektiven Störung. Vor gut fünf Jahren traten die ersten Symptome auf.«

Charlotte kannte dieses Krankheitsbild noch aus ihrem Studium. Dabei kamen die Symptome einer Schizophrenie mit denen einer Depression zusammen. Die Krankheit war eigentlich gut behandelbar, wurde sie allerdings nicht erkannt, endete sie häufig im Suizid.

»Eigentlich war er gut mit Medikamenten eingestellt, aber in letzter Zeit hatte er sich immer häufiger merkwürdig verhalten«, sagte Frau Adler. »Sein Therapeut hatte uns von Anfang an gewarnt … Es gibt wohl immer wieder Patienten, die meinen, sie könnten auf ihre Medikamente verzichten, weil es ihnen vermeintlich gut geht. Aber ohne die Tabletten sieht die Welt schnell anders aus, und dann nimmt es nicht selten ein böses Ende …«

Käfers Handy klingelte, und mit Blick auf das Display entschuldigte er sich und nahm den Anruf an. »Hammersbach, was gibt es?«, sagte er und wendete sich ab.

»Wo finden wir den Vater von Jo?«, fragte Charlotte. »Wir müssten auch mit ihm sprechen.«

Die Frau starrte mit glasigen Augen ins Nichts. »Mein Mann ist vor knapp zehn Jahren bei einem Autounfall ums Leben gekommen«, sagte sie.

»Das tut mir sehr leid«, sagte Charlotte aufrichtig und blickte in Käfers überraschtes Gesicht. Sie fragte sich, was Hammersbach ihm wohl gerade sagte. »Gibt es jemanden, den wir anrufen können und der vorbeikommen kann? Es wäre vielleicht ganz gut, wenn Sie jetzt nicht alleine sind.«

»Ja, meine Schwester … Ich rufe sie an …«

»Danke, Hammersbach«, sagte Käfer und drückte sein Handy aus. Mit nachdenklicher Miene kam er zu ihnen zurück.

»Frau Adler, das war gerade mein Kollege vom Präsidium. Ist es richtig, dass Ihr Mann nach der Hochzeit Ihren Namen angenommen hatte?«

»Ja, das stimmt. Lars hieß eigentlich Brönne. Aber er wollte mit diesem Namen nichts zu tun haben …«

»Wegen Till Brönne?«, hakte Charlotte nach, obwohl sie die Antwort bereits wusste.

Die Frau nickte. »Sie kennen seine Geschichte also? Man kann wohl verstehen, warum mein Mann diesen Namen loswerden wollte.«

Charlotte nickte. »Wussten Sie, dass Ihr Schwiegervater …«

»Er war nie mein Schwiegervater.«

»Okay. Wussten Sie, dass Till Brönne Kontakt zu Ihrem Sohn hatte?«

Jetzt hob Frau Adler zum ersten Mal den Kopf und sah sie aus verweinten, aber auch erstaunten Augen an. »Das kann nicht sein.«

»Doch. Nach unseren Informationen hat er ihm sogar eine Vespa geschenkt«, sagte Käfer.

Die Frau schüttelte fassungslos den Kopf. »Das kann ich mir nicht vorstellen … Jo hat diesen Mann nie kennengelernt, wir hatten nie Kontakt zu ihm, auch nicht als er aus der Haft entlassen wurde. Wir haben ihn noch nicht mal über den Unfalltod meines Mannes informiert, dieser Kerl existierte für uns gar nicht.«

»Aber Ihr Sohn wusste, dass es ihn gab?«, fragte Charlotte.

»Ja. Natürlich. Irgendwann fragt ja jedes Kind nach seinen

Großeltern. Und als wir der Meinung waren, dass Jo alt genug ist, um die Wahrheit zu erfahren, haben wir ihm gesagt, dass seine Oma tot ist und dass dieser Kerl sie umgebracht hat.« Sie schluchzte auf. »Kurze Zeit später bekam er die psychischen Probleme ...«

»Bei einer schizoaffektiven Störung liegt doch meistens ein Stoffwechselproblem im Gehirn vor«, versuchte Charlotte sie zu beruhigen. »Eine schockierende Nachricht ist doch nicht der Auslöser für so eine Erkrankung.«

»Trotzdem. Es gab diesen zeitlichen Zusammenhang. Und als dann auch noch sein Vater starb, wurde es immer schlimmer ... Bis heute ...«

»Eine letzte Frage, Frau Adler. War Jo Linkshänder?«

»Ja. Warum ist das wichtig? Das ist jetzt doch auch egal ...«

Charlotte bestand darauf, die Schwester der Frau anzurufen, und sie blieben so lange, bis sie da war, erst dann verabschiedeten sie sich. Ohne ein Wort miteinander zu wechseln, stiegen sie in Käfers Auto. Er lenkte seinen Wagen aus der Parklücke und ordnete sich in den Verkehr ein.

»Ein psychisch kranker Mann identifiziert sich mit den Taten seines Großvaters und schlägt auf dieselbe Art und Weise zu wie er früher«, sagte sie schließlich. »Wenn der Haftrichter das hört ...«

»Ist Klaus Dellbrück raus«, sprach er aus, was auch sie dachte. »Vermutlich ist er das eh schon.«

Charlotte nickte. »Und so wie es aussieht, auch mit Recht. Obwohl es mir auch lieber wäre, wenn wir was Handfestes hätten. Fährst du zum Wohnheim?«

»Ja. Wir müssen mit seiner Freundin sprechen, und ich will mir das Zimmer genau anschauen, bevor da jemand anderes reingeht.«

Sie nagte an ihrer Unterlippe. »Meinst du, die Vespa war der einzige Grund, warum Jo wieder Kontakt zu Till Brönne aufgenommen hat?«

»Vermutlich nicht. Wenn du als junger Mensch erfährst, was dein Großvater für eine Geschichte hat, dann wärst du doch wahrscheinlich auch neugierig, oder?«

»Oder abgeschreckt. Ich werde mich mal mit seinem Therapeuten unterhalten«, sagte Charlotte. »Schizoaffektive Störungen sind normalerweise gut zu behandeln. Und bei ihm war sie ja eindeutig erkannt worden. Mit den richtigen Medikamenten führt die Erkrankung nur selten zum Suizid.«

»Du hast ja gehört, was die Mutter gesagt hat«, meinte Käfer. »Kommt offenbar nicht so selten vor, dass Patienten ihre Medikamente nicht mehr nehmen.«

»Mich würde auch interessieren, was seine Freundin Leni dazu sagt. Sie muss doch gemerkt haben, dass sich sein Zustand verschlechtert hat.«

»Und wir sollten unbedingt mit Till Brönne sprechen. Er hat erst wenige Tage vor dem Suizid seines Enkels zum ersten Mal Kontakt zu ihm gehabt. Da würde mich schon interessieren, wie dieses Treffen abgelaufen ist.«

Charlotte nickte. »Wir kommen immer wieder zu Till Brönne«, sagte sie nachdenklich. »Obwohl er Carla Dellbrück nicht gekannt hat, gibt es da irgendeine Verbindung … Nur welche?«

Eine knappe Stunde später saßen sie mit Subotik und Hammersbach zusammen im Büro. Käfer stand vor dem Whiteboard, das hinter seinem Schreibtisch an der Wand hing, und fasste mit einem roten Stift die Fakten zusammen. Zuerst schrieb er Carla Dellbrücks Namen und ihren Todestag an die

Tafel. »Unser Fall begann am 26. November mit dem Auffinden der Leiche von Carla Dellbrück«, begann er. Er zeichnete drei Pfeile ein, die von ihrem Namen zu den Verdächtigen im Mordfall Dellbrück führten: Klaus Dellbrück, Jo Adler und Till Brönne, wobei er den letzten Namen mit einem großen Fragezeichen versah.

»Bisher ist der Zusammenhang zu Till Brönne und seiner über dreißig Jahre zurückliegenden Tat noch unklar«, fügte er hinzu.

»Aber vermutlich gibt es einen Zusammenhang«, ergänzte Charlotte und betonte das Verwandtschaftsverhältnis, das zwischen Jo Adler und Till Brönne bestand.

Käfer fasste kurz zusammen, welche Ermittlungen ins Leere verlaufen waren und daher vernachlässigt werden konnten: Die Befragungen an der ehemaligen Arbeitsstätte der Ermordeten hatten genauso wenig gebracht wie die in der Nachbar- und unmittelbaren Verwandtschaft von Carla Dellbrück.

»Wir sollten uns jetzt auf Jo Adler konzentrieren«, sagte Käfer weiter, »und klären, wie weit er in den Fall verwickelt ist.«

»Warum sollte er Carla Dellbrück ermordet haben?«, fragte Hammersbach.

Käfer verwies auf die psychische Erkrankung des jungen Mannes und auf die kriminelle Vergangenheit seines Großvaters. »Darin könnte ein starkes Motiv liegen, wenn ihr mich fragt.«

»Trotz alledem ist da auch immer noch Klaus Dellbrück«, ergänzte Charlotte. »Der bald aus der Untersuchungshaft entlassen wird.« Sie bat Hammersbach und Subotik, die Akte Dellbrück noch einmal genau zu prüfen, falls ihnen irgendein Detail entgangen sein sollte.

»Charlotte und ich werden die Freundin von Jo Adler aufsuchen.«

»Sie weiß noch nicht, was passiert ist?«, staunte Subotik.

Charlotte schüttelte den Kopf.

»Sie hat keine Ahnung.«

Kapitel 4

Aggressivität verhindern – die Frage nach dem Wie

Kinder, Jugendliche und Erwachsene, die viel Aggressivität transportieren, reagieren auffallend oft aufbrausend oder gewaltbereit. Mein aggressiver Vater bestand praktisch nur aus Wut, die er an uns Kindern ausließ. Meine Mutter stand meist teilnahmslos daneben, wenn es mal wieder Prügel für uns setzte, und auch ihr Verhalten hat dazu beigetragen, dass aus mir der aggressive Mensch wurde, der ich vor vielen Jahren einmal war.

Wenn ein sozial verträgliches Verhalten im Elternhaus nicht beigebracht wurde, bestehen im Erwachsenenalter Defizite, die im Alltag zu zwischenmenschlichen Konflikten führen. Diese Erfahrung habe ich nicht nur im Gefängnis gemacht, sondern auch in den Jahren danach. Ich habe es an anderen beobachtet, aber auch an mir selbst.

Ein sozial verträgliches Verhalten muss gelernt werden.

Viel zu oft wird gewartet, bis das Kind in den Brunnen gefallen bzw. tatsächlich jemand handgreiflich geworden ist. Je früher eine Verbesserung der Selbstkontrolle angestrebt wird, desto rascher führen alternative Konfliktlösungen zu einem harmonischen Miteinander. Ich wäre dankbar gewesen, wenn mir jemand mit solchen Ratschlägen zur Seite gestanden hätte, denn dann würde meine Frau heute noch leben. Bekommt man seine

»dunkle Seite« in den Griff, kommt das nicht nur den Mitmenschen, sondern in erster Linie der eigenen Person zugute. Darüber sollte man sich immer im Klaren sein, wenn man mal wieder die Kontrolle über sich selbst verliert. Jeder Ausraster schadet einem nur selbst.

Extrem aggressive Menschen erkennen bei einer kritischen Auseinandersetzung, dass sie die Wut schier auffrisst. Und die Ohnmacht. Das war bei meinem Vater genauso wie bei mir. Meine Wut wuchs angesichts der sinnlosen Prügel durch meinen Vater. Heute weiß ich, dass Zorn im Grunde sinnlos wird, wenn man die Ursache nicht beseitigen kann. Einfach abschalten kann man ihn deshalb freilich noch lange nicht.

In vielen Fällen gehen Wutausbrüche mit Rachegelüsten einher. Steht der Sinn nur noch nach Abrechnung und Genugtuung, richtet sich die Wut letztendlich gegen die eigene Person, auch wenn es auf den ersten Blick absurd erscheint. Beschäftigen sich die Gedanken fast ausschließlich mit der Planung und Durchführung von Vergeltungsmaßnahmen, bleibt kein Raum mehr übrig für Überlegungen, die zu erfreulichen Erlebnissen beitragen.

Um Aggressionen besser in den Griff zu bekommen, muss zunächst eine Stärkung der Selbst- und Fremdwahrnehmung erfolgen. Hätte ich damals gewusst, wie viel Wut in mir steckt und woher sie überhaupt kommt, hätte ich mich besser kontrollieren können. Und hätte ich gewusst, dass die Streitereien mit meiner Frau auch Ausdruck ihrer Angst waren, hätten sie mich niemals so provozieren können. Jeder sollte sich seiner eigenen Gefühle bewusst sein, damit eine vernünftige Basis für Veränderungen geschaffen werden kann.

Der Fremdwahrnehmung mangelt es zumeist ebenfalls an Objektivität. Fehlendes Einfühlungsvermögen beeinflusst jedoch die eigene Verhaltensweise sehr stark. Toleranz beginnt beim Zuhören und Warten, bis eine andere Person nicht mehr spricht. Auch das fehlte meiner Frau und mir. Wir haben uns nie gegenseitig ausreden lassen, sind uns immer ins Wort gefallen und haben versucht, den anderen lächerlich zu machen.

Es ist nicht einfach, sich die eigenen Defizite bewusst zu machen. Aber es ist der erste Schritt in ein gewaltfreies Leben. …

13

Leni Schmied war völlig aufgelöst. Schluchzend saß sie auf ihrem Bett, das Gesicht hinter den Händen verborgen. Charlotte hatte sich neben sie gesetzt und einen Arm um die junge Frau gelegt, während er etwas hilflos davorstand.

»Wann haben Sie Ihren Freund denn das letzte Mal gesehen?«, fragte Käfer.

»Gestern … Abend …« Sie konnte kaum sprechen und presste die Worte stakkatohaft hervor. »Wir haben zusammen gegessen … Dann einen Film geschaut …«

»Wussten Sie, dass Ihr Freund an einer schizoaffektiven Störung litt?«, fragte Charlotte.

Leni Schmied sah sie groß an. »Wie bitte? Nein, davon wusste ich nichts. Das kann ich mir auch nicht vorstellen … Er wirkte immer völlig normal auf mich …«

»Haben Sie nicht mitbekommen, dass er regelmäßig Medikamente einnahm?«

Die junge Frau schüttelte den Kopf und schluchzte erneut los. »Wir waren ja erst ein paar Monate zusammen … Ach, Jo …«

Charlotte warf ihm einen Blick zu, und er verstand sofort, was sie meinte. Leni Schmied war kaum in der Verfassung, um befragt zu werden. Käfer überlegte, wie er der jungen Frau etwas Zeit geben sollte, um sich zu fassen.

»Hätten Sie einen Kaffee für mich?«, fragte er deshalb. »Ich kann auch selbst einen kochen«, fügte er mit Blick auf die Kaffeemaschine hinzu, die auf einem kleinen Tischchen in der Ecke stand.

»Warten Sie, ich mach das schon …« Langsam stand Leni auf, nahm die leere Kaffeekanne und verschwand damit ins Bad. Kurz darauf kam sie zurück und schüttete das Wasser in die Maschine. »Wollen Sie auch?«, fragte sie Charlotte.

»Nein, danke. Ich hatte heute schon mindestens drei.«

Leni nickte nur, gab fünf Löffel Kaffeepulver in den Filter, und Käfer fragte sich, ob das nicht viel zu viel war. Dann drückte sie mit zittriger Hand den Startknopf. Es war zu viel.

»Ich weiß, dass es nicht leicht für Sie ist«, fuhr er wie beiläufig fort. »Wir haben auch nur noch ein paar Fragen. Denn es besteht der Verdacht, dass Jo Adler in eine Straftat verwickelt war.«

»Was denn für eine Straftat?« Sie schüttelte den Kopf. »Das kann ich mir überhaupt nicht vorstellen …«

»Möglicherweise hat er andere Leute bedroht und verfolgt. Hat er Ihnen mal etwas von seinem Großvater erzählt?«

Leni Schmied putzte sich die Nase und nickte langsam. »Till Brönne. Natürlich hat er mir von ihm erzählt. Wir haben ja auch zusammen die Vorträge von ihm besucht.«

»Wie stand er zu seinem Großvater?«

Leni zuckte ratlos mit den Schultern. »Ich weiß nicht, ich kann es nicht richtig sagen. Irgendwie war er auf eine ganz komische Art fasziniert von ihm. Diese düstere Vergangenheit … Und jetzt dieser Ruhm …«

Käfer konnte das nachvollziehen. Er konnte verstehen, was seine Aura ausmachte. Die Wandlung vom Bösen zum Guten war ein überaus beliebtes Motiv in Romanen und Filmen, und das nicht ohne Grund. Käfer selbst fand Brönnes Wandlung beachtlich und zollte ihr Respekt. Aus seiner langjährigen Arbeit wusste er, wie wenig selbstverständlich ein solcher Weg war und wie viele ehemaligen Knastbrüder in der Freiheit wieder rückfällig wurden – oder aber auch einfach nur rumhurten und saufend in den Tag hineinlebten. Dass Brönne es geschafft hatte, ein angesehenes Mitglied der Gesellschaft zu werden, für die er sich auch noch einsetzte, war mehr als bemerkenswert.

»Ihr Freund hatte uns bei unserer ersten Befragung gesagt, dass er Carla Dellbrück nicht kannte. Gab es einen Kontakt zu Klaus Dellbrück?«, fragte Käfer.

Leni sah ihn nachdenklich an. »Ich glaube nicht, dass er ihn kannte …«

Die Kaffeemaschine dampfte und gab ein glucksendes Geräusch von sich. Leni nahm eine große Tasse aus dem Regal, warf einen Blick hinein, als wollte sie sich von der Sauberkeit des Bechers überzeugen, und schenkte den Kaffee ein.

»Danke«, sagte Käfer, als sie ihm die Tasse reichte. Er nippte einmal daran und hätte den Kaffee am liebsten sofort wieder ausgespuckt. So bitter schmeckte er. »Der tut gut«, log er.

»Wir haben bei Jo ein spezielles Werkzeug gefunden, das normalerweise nur Tischler benutzen«, fuhr Charlotte fort.

»Und Sie meinen, er hat das von Herrn Dellbrück?«

»Es wäre eine Möglichkeit«, antwortete Käfer. »Hat Ihr Freund denn gerne mit Holz gearbeitet?«

Sie schwieg für einen Moment. »Nein. Das wäre mir neu«, sagte sie. »Ich würde ihn das alles so gerne fragen …«, schluchzte sie.

Käfer beschloss, die Befragung an dieser Stelle zu beenden. Charlotte vergewisserte sich noch, dass Leni Schmied zu einer

Freundin in ein Nachbarzimmer ging und nicht alleine war, dann suchten sie den Hausmeister des Wohnheims auf, um sich den Schlüssel für Jo Adlers Zimmer geben zu lassen. Kurz darauf standen sie vor der Tür, streiften sich die Plastikschoner über die Schuhe und zogen sich Handschuhe an.

In dem Zimmer war es dunkel, die Vorhänge waren noch verschlossen, und der Mief eines ungelüfteten Schlafraums schlug ihnen entgegen. Käfer machte Licht, während Charlotte als Erstes die Gardinen aufriss und ein Fenster öffnete.

»Hier erstickt man ja«, murmelte sie.

Für einen Moment standen sie wortlos im Raum und blickten sich um. Sie ließen die Szene auf sich wirken, um sich einen ersten Eindruck zu verschaffen, bevor sie sich um die Details kümmerten.

»Das Bett ist sehr ordentlich gemacht«, meinte Charlotte. »Fast wie im Hotel.«

Die Kissen waren akkurat aufgeschlagen, die Decke sorgfältig zwischen Matratze und Bettkasten gesteckt. Das stand in einem merkwürdigen Kontrast zu der Unordnung, die sonst in dem Zimmer herrschte. Essensreste lagen auf der Fensterbank herum, Kleidung stapelte sich auf dem Boden, nur der Schreibtisch war penibel aufgeräumt. Die Staubschicht auf der Fensterbank war deutlich zu erkennen, während der Arbeitsplatz des jungen Mannes picobello sauber war.

»Als würden hier zwei unterschiedliche Personen wohnen«, meinte Käfer. »Ist mir beim ersten Mal gar nicht so aufgefallen.«

»Da wussten wir ja auch noch nichts von der schizoaffektiven Störung. Jetzt sehen wir sein Zimmer natürlich ganz anders«, meinte Charlotte. »Grundsätzlich können Schizoaffektive multiple Persönlichkeiten entwickeln. Das siehst du dann auch im Zimmer.« Sie öffnete einen Schrank. »Wobei mich das dann schon wundert«, meinte sie und zeigte auf das obere Fach.

Käfer trat zu ihr und blickte auf eine ganze Reihe von Medikamenten, die dort nebeneinander aufgereiht standen. Charlotte nahm eine der kleinen, flaschenartigen Behälter heraus.

»Das sind auf jeden Fall die richtigen«, meinte sie mit Blick auf die Beschriftung. Dann betrachtete sie die halb leere Packung. »Er scheint sie auch genommen zu haben.«

»Aber wer weiß schon, wie regelmäßig?«

»Das stimmt.« Charlotte ging zum Schreibtisch und setzte sich vor den Laptop. »Heer soll sich die Tabletten mal genau anschauen. Vielleicht gab es Wechselwirkungen, von denen Jo Adler nichts wusste.«

Sie startete den Laptop, während Käfer die Kleidungsstücke durchsah. Alles war schwarz, selbst die Unterwäsche war durchgehend schwarz. Und in keinem guten Zustand, die meisten Sachen waren alt, hatten Flecken und Löcher, rochen muffig.

»Ich frage mich ja, was so ein Rosa-Einhorn-Mädchen an einem leicht gammeligen Grufti-Typen findet«, meinte Käfer.

»Fragt man sich bei Annette und dir auch manchmal.«

»Bitte?«

»Scherz.« Charlotte grinste ihm zu und drehte sich dann mit ernster Miene wieder zum Laptop. »Kein Passwort«, meinte sie. »Das ist ungewöhnlich, macht aber einiges einfacher.«

Käfer ging in das kleine Badezimmer, das nicht größer war als eine normale Gästetoilette. Er fragte sich, wie man das Klo überhaupt benutzen sollte, ohne mit den Knien an die Wand zu stoßen. Ausprobieren wollte er es allerdings nicht.

»Im Bad war er auf jeden Fall immer dieselbe Persönlichkeit«, rief er Charlotte zu. »Leider die, die nicht putzt. Ist das ekelig …«, meinte er mit Blick auf den mit Haaren verstopften Abfluss. Bis auf eine Zahnbürste, Zahnpasta und einen Nassrasierer stand nichts auf der Ablage. »Noch nicht mal ein Deo …«, murmelte Käfer.

»Ich hab was!«, rief Charlotte.

»Das Bad ist echt fies. Was hast du?« Käfer stand wieder neben ihr.

»*Zwei Wochen im Todeshaus, wann macht es dir den Garaus? Hier wurde gemordet und gestorben, nicht nur einmal ist es so geworden. Und das nächste Mal, fällt auf dich die Wahl …*«, las Charlotte vor.

»Der erste Brief an Katrin Ortrup«, meinte Käfer. »Gibt es noch mehr davon?«

»Einen ganzen Ordner«, antwortet sie und klickte das nächste Dokument an.

Tatsächlich hatte Jo Adler jeden Drohbrief ordentlich abgespeichert.

»Mit seinen Dateien ging er offenbar pfleglicher um als mit seinem Bad«, meinte Käfer. »Warum hat er das bloß gespeichert? Richtig schlau war das nicht.«

»Ich hab die Dateien im Papierkorb gefunden«, meinte Charlotte. »Er hatte sie offenbar gelöscht.«

»Aber im Papierkorb landen nur Dateien, die du vorher gespeichert hast. Warum hat er das getan?«

»Vielleicht wollte er nicht den Überblick verlieren«, überlegte sie. »Vielleicht war er sich aber auch so sicher, niemals gefunden zu werden, dass es ihm egal war. Außerdem war er psychisch krank, das darf man nicht vergessen.«

Käfer blickte auf den Bildschirm und sah sich die Übersicht im Explorer genauer an. »Was ist das hier?«, fragte er und zeigte auf eine Datei mit dem Namen »ich«. Charlotte klickte die Datei an. Ein Word-Dokument erschien. Wortlos starrten sie auf die Zeilen.

»Was ist das für eine kranke Scheiße …«, murmelte Käfer.

Am nächsten Morgen saßen sie erneut mit Hammersbach und Subotik zusammen in Käfers Büro, in das sie nun auch bald wieder einziehen würde. Käfer verteilte das ausgedruckte Dokument an die beiden Kollegen, während Charlotte zusammenfasste, was sie herausgefunden hatten.

»Zu den Drohbriefen fanden sich noch diese Tagebucheinträge auf dem Rechner von Jo Adler. Sie kommen fast einem Geständnis gleich.«

»13. November«, las Hammersbach. »Wenn sie glaubt, dass der Umzug sie retten kann, dann hat sie sich getäuscht. Ich weiß, wo sie jetzt wohnt. Sie kann mir nicht entkommen.« Er grunzte. »Das klingt in der Tat wie ein Geständnis.«

Käfer blätterte in den Zetteln. »Schaut euch den Eintrag vom Tattag an. Also vom 26. November … Heute habe ich es getan. Sie ist Geschichte. Ich habe das Werk meines Großvaters weitergeführt. Bald werde ich es zu Ende bringen. Jetzt ist die Nächste dran.«

»Dann war es ja gut, dass Klaus Dellbrück aus der Haft entlassen wurde«, meinte Hammersbach. »Die Spusi hat übrigens Fingerabdrücke von Dellbrück auf diesem Werkzeug gefunden, mit dem Jo Adler die Tür in der Lamberti-Kirche aufgestemmt hat. Das Ding stammt definitiv aus seiner Werkstatt.«

»Also war Jo dort«, sagte Käfer. »Vielleicht hat er es mitgenommen, als er Carla Dellbrück erschlagen hat. Aber wenn er sie wirklich ermordet haben sollte, was war dann sein Motiv? Selbst wenn er psychisch noch so von der Rolle war und glaubte, in Großvaters Fußstapfen zu wandeln, dann frage ich mich doch trotzdem, warum er sich ausgerechnet diese Frau geschnappt hat?«

»Sie stammt aus dem Haus, in dem sein Großvater damals sein Werk begann …«, meinte Charlotte. »Jedenfalls glaubte er, dass es das Haus wäre. Ihren Auszug interpretierte er vielleicht als Flucht …«

»Was ihn wiederum anstachelte, die Tat zu Ende zu bringen«, führte Käfer ihren Gedankengang fort. »Das würde jedenfalls zu seinen Tagebucheintragungen passen.«

»Ein paar Haken hat die Geschichte allerdings. Zum einen war Jo Adler psychisch krank. Allein das schränkt die Glaubwürdigkeit der Dokumente massiv ein. Wer sagt uns, dass er das Tagebuch nicht während eines psychotischen Schubs geschrieben hat?«

»Dann sein Suizid«, fuhr Käfer fort. »Mir ist klar, dass er Teil seiner Erkrankung ist, aber mir ist nicht klar, warum er es in Anwesenheit von Katrin Ortrup getan hat.«

»Stimmt«, meinte Hammersbach nachdenklich. »Wenn er versucht hätte, sie mit in die Tiefe zu reißen, wäre es was anderes gewesen. Aber so?«

»Mir kommt es vor, als wollte er ihr zeigen, dass von ihm keine Gefahr mehr ausgeht«, meinte Charlotte nachdenklich. »Was natürlich im Widerspruch zu seinem Drohverhalten im Vorfeld steht. Aber an einer Stelle im Tagebuch schreibt er ja auch, dass er von Schuldgefühlen geplagt ist.«

»Ihr seht, es gibt noch einige Fragezeichen«, meinte Käfer. »Charlotte wird mit dem Therapeuten des Jungen sprechen. Ihr nehmt euch bitte die Wohnheimbewohner vor, und ich werde mich mal mit Mats Förster und seiner Mutter unterhalten. Katrin Ortrup glaubt, Jo Adler häufiger bei diesem Mats gesehen zu haben. Vielleicht bringt er noch etwas Licht ins Dunkle.«

»Alles klar«, meinte Subotik und stand auf. Hammersbach folgte ihm.

»Ist es okay, wenn ich auf deinem Platz bleibe?«, fragte Charlotte ihn, als er bereits in der Tür war.

»Ja, klar«, meinte er und warf Käfer einen Blick zu. »Pass nur auf, dass der dir nicht alles wegfrisst.«

»Bitte?« Käfer gab sich empört. »Als wäre ich jemals scharf auf deine Mettbrötchen gewesen!«

»Aber auf meine Schokoriegel.«

»Pah!«

Hammersbach verließ den Raum, und Käfer sah ihm kopfschüttelnd hinterher. »Einmal hat er mir ein Stück Schokolade abgegeben, einmal.«

Charlotte lachte und blickte dann wieder auf die ausgedruckten Tagebucheinträge von Jo Adler. Alles schien darauf hinzudeuten, dass er in dem psychotischen Wahn lebte, der Erbe seines mörderischen Großvaters zu sein. Traumatisierte Angehörige, auch über Generationen hinweg, ging es ihr durch den Kopf. Manchmal war das Schicksal wirklich unbarmherzig. Dass ausgerechnet der Enkel eines Mörders eine so schwerwiegende Psychose entwickelte und dadurch selbst zum Täter wurde, war in der Psychologie allerdings kein unbekanntes Phänomen. Immer wieder kam die Theorie von den bösen Genen auf, die ein Täterverhalten von Generation zu Generation weitergaben. Einer der Gründe, warum sich die meisten Nachfahren der schlimmsten NS-Verbrecher sterilisieren ließen. Wissenschaftler betrachteten dieses Thema inzwischen wesentlich differenzierter. Heute wusste man, dass es keine bösen Gene gab, aber durchaus welche, die man als labil bezeichnen konnte. Charlotte dachte an eine aktuelle Studie, die sie neulich gelesen hatte, in der der negative Einfluss auf die Entwicklung des eigenen Kindes beschrieben wurde, wenn die Frauen während ihrer Schwangerschaft Gewalt erfahren hatten. Es war mittlerweile bewiesen, dass pränataler Stress die Entwicklung des Nervensystems, die psychische Gesundheit und das Risiko für psychiatrische Störungen bei Neugeborenen beeinflussten. Die Gewalterfahrung war noch zwei Generationen später in der DNA der Frauen nachweisbar. Dabei musste noch nicht mal die Mutter direkte Gewalt erlebt haben, die Erfahrungen der Großmutter vererbten sich immer noch weiter. Nach allem, was sie wusste, konnte Charlotte nicht ausschließen, dass Jo Adlers Großmutter während ihrer Schwangerschaft Gewalt erlebt hatte.

Hinzu kam der Schock, den der Junge vermutlich erlitten hatte, als er von dem Verbrechen an seiner Großmutter erfuhr.

Charlotte konnte sich gut vorstellen, was es in einem pubertierenden, psychisch kranken Jugendlichen auslöste, wenn er in dieser Phase seines Lebens von der verbrecherischen Vergangenheit seines Großvaters erfuhr.

Nachdenklich blickte sie auf den letzten Tagebucheintrag, den Jo Adler an seinem Todestag noch geschrieben hatte:

»Es ist so weit. Ich werde nicht mehr länger warten und den Plan zeitgemäß durchführen. Das hoffe ich zumindest. Manchmal plagen mich immer noch Zweifel. Schließlich wird sie nur die Nächste sein und nicht die Letzte. Finde ich wirklich Ruhe, wenn alles zu Ende ist? Oder gibt mir nur ein anderes Ende Ruhe …«, las sie vor.

»Sein eigener Tod.«

»Ja. Hört sich nach Suizidgedanken an«, sagte Charlotte. »Aber richtig konkret wird er nicht.«

»Vermutlich war er hin- und hergerissen«, meinte Käfer.

»Aber er muss seinen Suizid doch geplant haben. Vermutlich hat er gewusst, dass Leo Ortrup heute diesen Ausflug in die Lamberti-Kirche gemacht hat …«

»Er kann sich auch spontan zu der Tat entschlossen haben«, entgegnete Käfer. »Man kommt ja nicht so einfach zu der Plattform, wo die Türmerin arbeitet. Als er gemerkt hat, dass er hinaufkann, hat er sich entschlossen, dem Ganzen ein Ende zu bereiten.«

Charlotte wusste, dass die meisten Selbstmörder nicht spontan handelten. Im Gegenteil. Meistens bereiteten sie ihren Suizid akribisch vor, sorgten dafür, dass Angehörige versorgt waren und sie nicht zu schnell fanden und womöglich von der Tat noch abhalten konnten. Bei einem Patienten mit einer schizoaffektiven Störung konnte das allerdings anders aussehen.

»Ich komme immer noch nicht mit seinem Motiv zurecht«, meinte Käfer. »Wenn es ihm darum ging, weiter in diesem Haus zu morden, warum hat er dann nur Carla Dellbrück getötet?«

»Der Auszug …«

»Ja, das habe ich verstanden«, unterbrach er sie. »Das würde erklären, warum er sie zuerst ermordet hat. Aber danach schickte er nur noch Katrin Ortrup diese Briefe. Was ist mit den Mahnheims und den Schmieds? Es hätte doch vermutlich jede Menge Gelegenheiten gegeben, sie anzugreifen.«

»Katrin Ortrup reagierte als Einzige auf die Briefe.«

»Mit Angst, ganz genau. Aber du kennst sie besser als ich, und du würdest mir doch vermutlich recht geben, dass man ihr die Angst nicht ansieht, oder? Wenn man nicht weiß, was sie erlebt hat, denkt man doch nicht, dass Angst ein besonders großes Thema im Leben dieser Frau ist.«

»Da hast du allerdings recht ... Wird Zeit, dass ich mit einem Fachmann über den Jungen spreche.« Sie stand auf und schnappte sich Tasche und Jacke. »Wie heißt der Therapeut von Jo Adler?«

»Moment.« Käfer durchwühlte seine Unterlagen. »Therapeutin. Dr. Tanja März. Sie hat ihre Praxis in der Nähe vom Aasee. Hier ist die Adresse.«

Es dauerte eine ganze Weile, bis Charlotte endlich vor Dr. März stand. Sie musste über eine Stunde in dem Wartebereich verbringen, da die Therapeutin mit einem Notfall beschäftigt war. Die ganze Praxis war in dunklem Holz gehalten, wodurch die Räume eine etwas altbackene Ausstrahlung hatten. Einzig die moderne Kunst an den Wänden lockerte die Atmosphäre etwas auf. Die grellen, teilweise in Neonfarben gestalteten Drucke sprangen den Besuchern ins Auge. Im Behandlungsraum von Dr. März sah es nicht viel anders aus. Außerdem kamen noch bunte Sitzpolster dazu.

»Tut mir leid«, sagte Dr. März, als sie Charlotte die Hand reichte. Die blonden, von grauen Strähnen durchzogenen Haare hatte sie zu einem Knoten im Nacken gebunden. Sie trug eine große schwarze Hipsterbrille, und zusammen mit ihrem schwarzen Rollkragenpulli und der dazu passenden Hose hätte man sie auch für eine Künstlerin halten können. »Ich musste einen Patienten davon überzeugen, sich in die Hände einer geschlossenen Einrichtung zu geben. Das war nicht so einfach. Sie sind von der Kripo?« Sie machte ein besorgtes Gesicht. »Ist etwas mit einem meiner Patienten?«

Charlotte nickte und erzählte ihr, was passiert war. Dr. März reagierte auf die traurige Nachricht sehr überrascht.

»Jo Adler? Wie kann das denn …« Kopfschüttelnd ging sie zu ihrem Schreibtisch, setzte sich und tippte auf der Tastatur ihres Laptops. »Ich habe ihn schon seit einer Weile nicht mehr gesehen. Er war eigentlich gut eingestellt … und jetzt so was …«

»Wann war er das letzte Mal hier?« Charlotte setzte sich.

Dr. März blickte auf den Bildschirm. »Vor über vier Monaten«, sagte sie dann. »Danach kam er nur noch, um sich ein Rezept für seine Medikamente abzuholen. Wie gesagt, er war gut eingestellt … Ich verstehe das gar nicht …«

»Es gab vor ein paar Monaten Fälle von Tierquälerei hier in der Nähe«, sagte Charlotte und erzählte ihr von dem Hund, dem auf eine ähnliche Art der Schädel eingeschlagen worden war wie Carla Dellbrück. Der Tierquäler hatte vermutlich auch einen Hammer benutzt und zwei Schläge gebraucht, um den Hund zu töten.

»Tut mir leid«, antwortete die Therapeutin. »Darüber weiß ich leider nichts.«

»Wann haben Sie Jo Adler zum ersten Mal untersucht?«

»Vor ziemlich genau acht Jahren«, antwortete Dr. März mit Blick auf den Bildschirm. »Der Beginn einer schizoaffektiven Störung kann nur selten genau bestimmt werden, deshalb kann ich Ihnen leider nicht sagen, wie lange er zu dem Zeitpunkt schon krank war. In der Regel braucht es viele Wochen, wenn nicht gar Monate, bis den Angehörigen und Freunden klar wird, dass hier etwas nicht stimmt. Und die Betroffenen selber können dabei eh nur selten einen nützlichen Beitrag leisten.«

Charlotte nickte. Meistens brauchte es jemanden, der einen psychisch Kranken auf sein Leiden hinwies, weil die Patienten selbst gar nicht in der Lage waren, es zu erkennen.

»Welche Symptome hatte er, als er bei Ihnen in Behandlung kam?«

»Ich konnte bei ihm sowohl Prodrome als auch Vorposten-Symptome feststellen«, begann Dr. März. »Prodrome sind Veränderungen oder Störungen im Verhalten.«

»Welche waren das bei ihm?«

»Adynamie und Dysphorie waren stark ausgeprägt, er war also mehr oder weniger immer müde und erschöpft, gleichzeitig aber auch missgestimmt und teilweise auch aggressiv. Er hatte starke Stimmungsschwankungen, mal war er heiter, mal resigniert, mal deprimiert, das konnte stündlich wechseln. Außerdem wurde er immer vergesslicher und entwickelte sich von einem guten Schüler zu einem wirklich schlechten.«

Charlotte konnte sich vorstellen, wie schwierig es war, die Krankheit in dem Alter zu erkennen. »Ist das nicht eigentlich ein relativ normales Verhalten von pubertierenden Jugendlichen?«

»Richtig. Aber bei Jo kamen noch abnorme Missempfindungen hinzu, bis hin zu hypochondrischen Klagen, was bisweilen bizarr und skurril war, auf jeden Fall kaum nachempfindbar.«

»Und die Vorposten-Symptome?«, fragte Charlotte.

»Kennen Sie sich mit der Thematik aus?«, fragte Dr. März.

»Ich habe Psychologie studiert«, sagte Charlotte. »Aber das liegt schon ein Weilchen zurück.«

»Verstehe. Unter sogenannten Vorposten-Symptomen versteht man bestimmte, vorübergehende Auffälligkeiten, die lange vor Ausbruch der Erkrankung auftreten, sich wieder zurückbilden und dann erneut irritieren können. Bei Jo zeigte sich das vor allen Dingen in einer körperlichen Verwahrlosung. Körperhygiene, selbst eine normale Achtsamkeit dem eigenen Körper gegenüber, fiel bei ihm weg.«

»Wie hat er sich im Laufe der Therapie entwickelt?«

»Gut«, sagte Dr. März. »Bei einem rechtzeitigen Erkennen der Krankheit hat eine schizoaffektive Störung eigentlich eine gute Prognose. Wir unterscheiden da zwischen einer Kurzzeitprognose, die sich vor allen Dingen auf einen akuten Schub und damit auf eine akute Selbsttötungsgefahr bezieht, und einer Langzeitprognose. Eine akute Selbsttötungsgefahr bestand bei Jo Adler meiner Meinung nach nicht.«

Charlotte konnte sehen, wie nervös Dr. März wurde. Wahrscheinlich fragte sie sich gerade, ob sie bei der Behandlung des Patienten etwas übersehen hatte. Ob er noch leben könnte, wenn sie keinen Fehler gemacht hätte.

»Wie sah seine Langzeitprognose aus?«

»Auch gut! Er konnte seinen Leistungsabfall einschränken, machte Abitur und begann sogar ein Studium. Das waren wichtige Punkte für ihn.«

»Und er hatte eine Freundin«, ergänzte Charlotte.

»Davon wusste ich nichts«, sagte Dr. März. »Also die Prognose war relativ gut. Die Einschränkung mache ich deshalb, weil das Risiko für Rückfälle besonders hoch ist, wenn die Krankheit in jungen Jahren zum ersten Mal auftritt, was bei Jo ja der Fall war. Außerdem wirken sich belastende Lebensereignisse negativ auf den Krankheitsverlauf aus.«

»Sie meinen den Unfalltod seines Vaters?«

Dr. März nickte. »Der löste den ersten großen Schub aus, ja. Aber es müssen gar nicht so gravierende Dinge sein. Prüfungen, Trennungen, ja schon heftiger Streit mit dem Partner können den Verlauf negativ beeinflussen, vor allen Dingen natürlich, wenn die medikamentöse Behandlung unterbrochen wird.«

»Wir haben in seinem Zimmer jede Menge Psychopharmaka gefunden.«

Dr. März schüttelte wieder den Kopf. »Wenn er sie regelmäßig genommen hat, verstehe ich nicht, wie es zum Suizid kommen konnte.«

»Wir ermitteln in einem Mordfall, in dem Jo Adler einer der Hautverdächtigen ist«, sagte Charlotte. »War er ein aggressiver Patient?«

»Mord?« Nun klang Dr. März vollends überrascht. »Nein, eigentlich war er nicht besonders aggressiv. Ich weiß, dass wir einmal über seinen Großvater sprachen ...«

»Einem verurteilten Mörder.«

Sie nickte. »Und er hat sich sehr klar und deutlich von ihm distanziert, hat immer gesagt, wie schrecklich er es findet, einen solchen Verwandten zu haben, und dass er nicht verstehen kann, einem anderen Menschen Gewalt anzutun. Da war er allerdings schon bei mir in Behandlung.«

»Vor der Behandlung hatte er aggressive Phasen?«

»Ja. Das war einer der Gründe, warum seine Mutter damals mit ihm zu mir kam. Zunächst dachte sie ja, dass er mit dem Tod seines Vaters nicht zurechtkäme, bis ich dann die Diagnose stellte. Auf die Medikamente sprach er sehr gut an, und seine Symptome verschwanden recht schnell. Das letzte Mal, als ich ihn gesprochen habe, wirkte er ausgesprochen aufgeräumt und reflektiert. Auch optisch war er inzwischen eine gepflegte Erscheinung, und er zeigte keinerlei Auffälligkeiten. Es ist mir ein Rätsel, wie er einen so massiven Rückfall erleiden konnte.«

Als Charlotte die Praxis verlassen hatte und zurück zu ihrem Wagen ging, dachte sie an das heruntergekommene Wohnheimzimmer von Jo Adler. An die abgestandene Luft, die dreckige Kleidung und auch an das Zusammentreffen mit ihm.

»Wenn der Junge eines nicht war, dann gepflegt«, murmelte Charlotte. Irgendetwas musste zwischen dem letzten Zusammentreffen von Dr. März und Jo Adler passiert sein.

Aber was?

14

Zögernd drückte Katrin Ortrup auf die Klingel. Der schreckliche Selbstmord lag nun zwei Tage zurück, und sie fühlte sich stark genug, um mit Hanna Förster zu sprechen. Sie hatte das dringende Bedürfnis, sich bei der Frau zu entschuldigen, ihr alles irgendwie zu erklären. Immerhin hatte Katrin ihren Sohn fälschlicherweise verdächtigt, etwas mit den Drohbriefen zu tun zu haben.

Zu ihrer Überraschung stand Kommissar Peter Käfer hinter Hanna Förster in der Tür und verabschiedete sich gerade von ihr. Freundlich drückte er Katrin die Hand und erkundigte sich besorgt nach ihrem Befinden.

»Es geht mir gut«, antwortete Katrin. »Ich bin froh, dass alles vorbei ist.«

Der Kommissar nickte, wünschte ihr alles Gute und ging. Katrin sah Hanna Förster an, wie sehr sie sich zusammenriss. Mit fester Stimme bat sie Katrin herein.

»Ich habe gehört, was Sie mitgemacht haben«, sagte Hanna Förster. »Tut mir leid.«

»Mir tut es leid, dass ich Ihren Sohn verdächtigt habe«, sagte Katrin, während sie sich mit der Frau in die Küche setzte. »Wie geht es ihm?«

Hanna Förster seufzte. »Er hat sich entschlossen, eine Therapie zu beginnen. Das ist ein Anfang. Ich hoffe, dass er dann nie wieder etwas mit solchen Typen zu tun haben wird.

Der Kommissar hat mir gesagt, dass Sie diesen Jo Adler bei uns im Haus gesehen haben?«

»Ja, ich bin mir sicher. Haben Sie ihn nie kennen gelernt?«

Hanna Förster schüttelte den Kopf. »Nein. Ich wusste noch nicht mal, dass Mats ihm seinen Roller verkauft hat. Und schon gar nicht, dass er der Enkel ...« Sie stockte. »Dieser Till Brönne. Mats hat ihn getroffen, mehrmals. Der Mann engagiert sich ja so für straffällig gewordene Jugendliche, und ich hatte wirklich den Eindruck, als wenn Mats der Kontakt zu ihm guttun würde. Aber dann freundete er sich mit dem Enkel von ihm an ...!« Ihr war anzusehen, wie fassungslos sie immer noch über die Neuigkeiten war. »Ich frage mich wirklich, in welchen Kreisen mein Sohn in der letzten Zeit unterwegs war ...«

»Hat er diesen Jo Adler denn erst über Till Brönne kennengelernt?«, fragte Katrin.

»Das hat mich der Kommissar auch gefragt, aber ich kann es Ihnen auch nicht sagen. Ihre Kinder sind noch klein, in dem Alter weiß man noch genau, mit wem sie sich treffen und was sie so treiben. Aber Mats ist erwachsen. Und er hat ein Drogenproblem. Ich habe in den letzten zwölf Monaten nicht mehr die geringste Ahnung gehabt, was er unternahm, mit wem er sich traf und wie er seine Drogen finanziert hat. Sie können mir glauben, dass wir alles versucht haben, um ihn nicht endgültig zu verlieren. Aber ich weiß nicht, ob wir es geschafft haben.«

»Er macht eine Therapie«, warf Katrin in die Waagschale. »Er ist auf einem guten Weg.«

Hanna Förster putzte sich die Nase und sah Katrin ernst an. »Passen Sie gut auf Ihre Jungs auf.«

Noch lange hallten die Worte in Katrins Kopf nach. Auch

als sie längst wieder in der Wohnung war und mit Leo und Finn Monopoly spielte, musste sie immer wieder an Hanna Förster denken. Sie gab sich die Schuld an der Drogenabhängigkeit ihres Sohnes. Vermutlich war sie da nicht die Einzige, wahrscheinlich hatte die arme Frau schon jede Menge Vorwürfe gehört. Es war naheliegend, die Schuld erst mal bei den Eltern zu suchen.

Nachdenklich blickte Katrin auf Leo. Was hatte er in seinem kurzen Leben schon mitmachen müssen: Eine Entführung, die Scheidung seiner Eltern, und auch, wenn Katrin in den letzten Tagen versucht hatte, alles rund um die Drohbriefe von den Kindern fernzuhalten, war sie sich nicht sicher, ob ihr das auch wirklich geglückt war.

Munter warf er die Würfel über das Spielfeld und freute sich wie verrückt, als er die Schlossallee kaufen konnte. Ein unbeschwertes Kind. Aber wie würde es Leo in zehn Jahren gehen? Wäre es denkbar, dass ihn sein Trauma einholte und es ihn irgendwann so plagte, dass er vor lauter Verzweiflung zu Drogen greifen würde? Wie würde sie so etwas verhindern können?

Im gleichen Moment wusste sie aber auch, dass sie die beiden nicht vor allen Gefahren im Leben schützen konnte. So wenig wie Hanna Förster Mats.

Nach dem Besuch bei Hanna Förster war Käfer in die Klinik gefahren, in der sich Sohn Mats im Moment zum Entzug aufhielt. Er wusste selbst nicht so genau, was er sich von einem Gespräch mit dem jungen Mann erhoffte, aber es interessierte ihn, was er über Jo Adler wusste. Käfer konnte nur hoffen, dass er in einer so guten körperlichen Verfassung war, dass ein normales Gespräch überhaupt möglich war. In den letzten zwei

Jahrzehnten hatte er mit vielen Junkies zu tun gehabt, die nicht mehr in der Lage waren, einfachste Fragen sinnvoll zu beantworten.

Die Paulus-Klinik war hell und freundlich und hatte nicht viel mit den geschlossenen Psychiatrien zu tun, in denen Käfer aus beruflichen Gründen schon häufig gewesen war. Die Schwestern und Pfleger auf dem Gang trugen hellblaue Arbeitskleidung, wodurch der Krankenhauscharakter etwas abgemildert wurde. Überall waren gemütliche Sitzgelegenheiten. Gut bestückte Bücherregale standen daneben, genauso wie Kaffeeautomaten und Wasserspender. Aber niemand saß in diesen liebevoll angelegten Ecken. Vermutlich waren die meisten Patienten auf ihren Zimmern oder in der Therapie.

Ein junger Arzt in Dunkelblau erklärte ihm, dass in der akuten Entgiftungsphase eigentlich keine Besuche erwünscht seien, und erst als Käfer ihm versichert hatte, so kurz wie nur irgend möglich mit dem Patienten zu sprechen, hatte er ihn zum Zimmer von Mats Förster gebracht.

Blass saß der junge Mann vor ihm. Er trug eine graue Jogginghose und ein weißes T-Shirt mit großem Levis-Aufdruck und sah viel jünger aus, als Käfer es erwartet hatte. Jünger als die einundzwanzig Jahre, die er war, und vor allen Dingen jünger, als er es von anderen Drogenabhängigen kannte, die wegen ihrer Sucht meistens um Jahre älter aussahen, als sie es tatsächlich waren. Das in warmen Ockertönen gehaltene Zimmer wirkte zwar freundlich und einladend, aber auch sehr unpersönlich. Auf Fotos oder andere private Gegenstände hatte Mats Förster offenbar verzichtet, als er in die Klinik gekommen war.

»Kripo? Schon wieder?«, fragte er ihn ungläubig, nachdem

Käfer sich vorgestellt hatte. »Ich hab seit der Schlägerei keine Scheiße mehr gebaut. Schwöre.«

»Ich bin hier, weil ein Freund von Ihnen sich das Leben genommen hat«, sagte Käfer und setzte sich.

Mats Försters Mund klappte auf. »Ein Freund von mir? Von wem reden Sie?«

»Jo Adler.«

»Jo ist tot?« Mats Försters Frage klang eher wie eine Feststellung. »Vorsicht. Er war kein Freund von mir.«

»Wirklich nicht? Sie haben sich doch regelmäßig getroffen, und er hat Ihre Vespa gekauft. Wenn er kein Freund war, was war er dann?«

»Also. Ich kannte ihn kaum.«

»Wie lief denn Ihr Kontakt?«

»Vor allen Dingen über Leni, sie wollte unbedingt, dass ich ihn kennen lerne. Er wollte mal ein bisschen Crystal testen, also hab ich ihm was besorgt. Aber der kam sofort auf 'n schlechten Trip, das war überhaupt nichts für den«, erklärte Mats. »Danach hab ich ihn noch ein paar Mal gesehen. Ende der Geschichte.«

Käfer war hellhörig geworden. »Leni Schmied hat Ihnen gesagt, dass Jo Adler mal Drogen ausprobieren wollte?«

»Ja. Ich kenn' die Leni seit Kindesbeinen, die war lange unsere Nachbarin. Sie hat ziemlich genau mitbekommen, wie das mit den Drogen bei mir lief. Sie selbst hat damit nie Probleme gehabt, die Glückliche.«

»Hat Leni auch Crystal genommen?«

»Klar. Ich hab ihr jedenfalls mal was gegeben, und im Gegenzug hat sie mir Sachen aus der Uniklinik besorgt, wenn sie da ein Praktikum machen musste.«

»Was hat sie Ihnen dann besorgt?«

»Psychopharmaka, Zeug zum Pennen, Zeug zum Wachwerden, was es in der Psychiatrie halt so gibt.«

Das ergab ein völlig neues Bild von Leni Schmied. Es war nicht so einfach, Medikamente aus einem Krankenhaus mitzunehmen. Natürlich kam es immer wieder vor, aber die Sicherheitsvorkehrungen waren inzwischen so streng, dass es eine gehörige Portion kriminellen Potenzials bedurfte, um die Medikamente mitgehen zu lassen und nicht dabei erwischt zu werden. Dafür musste man Bestandslisten fälschen oder sich andere Tricks einfallen lassen. Auf dem Weg in den Sondermüll gab es noch Möglichkeiten, Packungen abzuzweigen. Die abgelaufenen Medikamente standen bei Drogenabhängigen hoch im Kurs. Dass Leni Schmied mal Drogen ausprobiert hatte, fand Käfer nicht weiter bemerkenswert, auch wenn es nicht in das Bild passen wollte, das er von der Musterstudentin hatte. Aber gerade die griffen heute häufiger zu illegalen Mitteln, um den Druck und das hohe Pensum überhaupt durchzuhalten, und vielleicht gehörte Leni Schmied zu denen. Dass sie aber ihr Studium und somit auch ihre ganze Zukunft aufs Spiel setzte, um Mats Förster mit gestohlenen Medikamenten zu versorgen, das überraschte Käfer.

»Wie waren die beiden so als Paar?«, fragte er.

»Leni und Jo?«

Käfer nickte.

»Voll komisch«, meinte Mats Förster. »Die Leni ist ja eher so 'ne Schicke, steht total auf teure Klamotten und so. Jo dagegen war ja eher so ein Gammeltyp. Aber so what? Gegensätze ziehen sich an. So ist es doch wohl.«

»Klar«, stimmte Käfer ihm zu, obwohl er etwas anderes dachte. »Wussten Sie, dass Till Brönne der Großvater von Jo war?«

»Jap.«

»Was ist das für ein Mann?«

»Große Klasse«, sagte Mats, und Käfer sah ihm die Begeisterung an. »Ich hab ihn ein paar Mal getroffen, er kam sogar in unsere Zelle, als ich letzte Woche kurz im Knast war. Auch da hat er mich schwer beeindruckt. Guter Typ, hat genau die richtigen Sachen gesagt. Wenn er nicht wäre, wäre ich heute nicht hier.«

»Was für ein Verhältnis hatte Jo zu ihm?«

Mats dachte für einen Moment nach. »Schwer zu sagen. Er war immer total fasziniert, dass ich neben dem Haus wohne, in dem sein Opa den Mord begangen hat ...«

»Aber das stimmte doch gar nicht.«

»Hab ich ihm auch gesagt, interessierte Jo aber nicht. Ich glaube, er wollte sich gern ein bisschen gruseln.«

»Verstehe.«

Käfer fragte noch nach den Drohbriefen, aber dazu konnte ihm Mats Förster nichts sagen. Er betonte, nie mitbekommen zu haben, wenn Jo die Briefe abgelegt habe.

»Dass der so was gemacht hat«, meinte er dann kopfschüttelnd. »Hätte ich ihm gar nicht zugetraut. Klar war Jo schräg drauf, aber immer irgendwie harmlos.«

»Neigte er denn zu Wutausbrüchen? Oder wurde er mal gewalttätig?«

»Der Jo? Nee, echt nicht. Der ließ sich ganz schön viel gefallen, wenn Sie mich fragen, das war keiner, der zuschlug.«

Käfer wollte noch wissen, wie gut Mats Förster Klaus und Carla Dellbrück kannte, aber zu diesem Zeitpunkt ließ die Aufmerksamkeit des jungen Mannes bereits nach. Er begann, seine Hände zu kneten, Schweißtropfen bildeten sich auf seiner Stirn, und er wurde immer fahriger.

»Sorry«, murmelte er, »die Wirkung meiner Medikamente lässt nach. Ich krieg irgendein Zeug, damit der Entzug nicht so hart ist.« Er drückte sich eine Hand vor den Bauch und verzog das Gesicht. »Scheißbauchschmerzen. Können Sie mal einen Pfleger rufen?«

»Die Klingel ist direkt neben Ihnen.«

»Ach ja …« Jetzt krümmte er sich fast vor Schmerzen. Er drückte die Klingel und sah Käfer gequält an. »Mit den Dellbrücks hatte ich nichts zu tun. Waren zwar unsere Nachbarn, aber viel zu alt, um groß mit denen zu reden …«

Als die Tür aufging und der Pfleger eintrat, verabschiedete Käfer sich.

Er verließ die Klinik und wählte noch auf dem Parkplatz die Nummer der Rechtsmedizin.

»Christian? Hast du den jungen Selbstmörder von gestern schon auf dem Tisch?«

»Liegt gerade vor mir. Bin fast durch.«

»Irgendwelche Auffälligkeiten?«

»Bei einem Sturz aus neunzig Meter Höhe zeigt ein Körper natürlich gewisse Auffälligkeiten. Da ist einiges schon ganz schön im Eimer.«

Käfer wollte sich gar nicht vorstellen, wie der zerschmetterte Körper aussah.

»Bemerkenswert ist vor allen Dingen, dass der Mann schon eine ganze Weile nichts mehr gegessen hatte. Magen und Darm waren vollständig leer, also hatte er mindestens zwei Tage keine Nahrung aufgenommen.«

»Das ist ungewöhnlich lang. Was macht die toxikologische Auswertung des Blutes?«

»Läuft noch.«

»Auf Drogen und Psychopharmaka …«

»… wird automatisch getestet. Aber das geht nicht von heute auf morgen. Dauert ein bisschen, wie du sicherlich weißt.«

»Ich dachte, ich frag einfach mal.«

»Klar.«

Käfer bat seinen Kollegen, sich sofort zu melden, falls es etwas Neues geben sollte, und verabschiedete sich, als Charlotte auf der anderen Leitung anklopfte.

»Ich habe gerade noch mal mit der Mutter von Jo Adler gesprochen«, begann sie ohne Umschweife. »Sie hat mir was Interessantes erzählt.«

»Ich bin ganz Ohr«, sagte Käfer, während er zu seinem Wagen ging.

»Ich sprach mit ihr über Jo und seine psychische Erkrankung und wollte wissen, ob es dafür eventuell eine erbliche Disposition gibt, die Krankheit also schon mal in der Familie aufgetaucht ist. Sie meinte, dass sie und ihr verstorbener Mann niemals psychische Probleme hatten. Daraufhin habe ich sie auf Till Brönne angesprochen, der ja früher ganz offensichtlich zu Aggressionen neigte.«

»Du meinst, er hatte dieselbe Erkrankung wie Jo? Und hat deshalb damals den Mord begangen?«

»So meine Theorie«, meinte Charlotte. »Die wurde aber sofort widerlegt.«

»Inwiefern?«

»Ihr verstorbener Mann, Jos Vater, war gar nicht Till Brönnes leiblicher Sohn. Er war das Ergebnis einer Affäre, die seine Mutter hatte. Somit war Jo auch nicht der leibliche Enkel von Brönne.«

Nachdenklich starrte Käfer aus dem Fenster. »Warte mal … War Brönne nicht selbst auch ein Kuckuckskind?«

»Korrekt. Das wurde als Grund genannt, warum er in seiner Kindheit immer so verprügelt wurde. Sein Stiefvater kam damit nicht klar.« Käfer konnte die Aufregung in Charlottes Stimme hören.

»Und dann erfährt er irgendwann, dass sein Sohn ebenfalls nicht sein leiblicher ist …«, fuhr Käfer fort.

»Daraufhin bringt er seine Frau um!«, unterbrach Charlotte ihn. »Du erinnerst dich an die alten Zeugenaussagen, die ich gefunden hatte? Die Nachbarn, die Erika Brönne immer in einer Telefonzelle gesehen haben?«

»Ihre Affäre …«

»Möglicherweise. Und dann frage ich mich doch, ob die Tat damals wirklich im Affekt passierte«, sagte Charlotte.

»Du hast die Akten doch auch alle durchgesehen«, fuhr sie fort. »Hatte Brönne auch nur mit einem Wort erwähnt, dass er nicht der leibliche Vater war?«

Käfer dachte nach. Nein, darüber hatte er nichts in den Akten gefunden. Nirgendwo hatte er gelesen, dass Frau Brönne eine Affäre gehabt hatte, aus der auch noch ein Kind hervorgegangen war. Es war naheliegend, dass Till Brönne das in der Verhandlung verschwiegen hatte, um den Richtern kein Mordmotiv zu liefern.

»Ich würde mich zu gerne mal mit dem alten Liebhaber von Frau Brönne unterhalten«, meinte Käfer.

»Zwei Doofe, ein Gedanke«, sagte Charlotte. »Kurz bevor Jos Vater bei einem Verkehrsunfall zu Tode kam, hatte er tatsächlich Kontakt zu seinem leiblichen Vater aufgenommen.«

»Du hast einen Namen?«

»Und eine Adresse.«

Er traf Charlotte vor dem Altenheim, in dem Falk Zeller lebte. Auf den ersten Blick wirkte die Einrichtung wie eines der besser geführten Häuser, die Wände waren in warmen Rottönen gestrichen, an denen Fotografien aus Münster in weißen Rahmen hingen. Alles machte einen ordentlichen und gepflegten Eindruck.

»Ich hab mich schon nach ihm erkundigt«, begrüßte Charlotte ihn. »Er wohnt im dritten Stock.«

Sie nickte der Dame hinter dem Empfang zu und ging Richtung Fahrstuhl. Käfer folgte ihr.

»Hoffentlich bringt uns das Gespräch weiter, und wir sehen danach klarer, was für eine Verbindung zwischen Brönne und dem Dellbrück-Fall besteht«, meinte Charlotte im Fahrstuhl.

Käfer nickte. Er spürte, dass die Lösung zum Greifen nah war, und er hoffte, dass dieser Falk Zeller ihnen ein weiteres Puzzleteil liefern könnte.

Kurz darauf klopfte Charlotte an seine Zimmertür. Als von innen ein schwaches »Herein« zu hören war, betraten sie den Raum. Käfer unterdrückte den Impuls, einen überraschten Laut von sich zu geben, und auch Charlotte stand das Erstaunen ins Gesicht geschrieben. Sie räusperte sich schnell und stellte sich vor.

»Herr Zeller, wie schon am Telefon gesagt, sind wir hier, weil wir Ihnen ein paar Fragen zu Erika Brönne stellen möchten«, sagte sie.

Der alte Mann nickte. Käfer schätzte, dass er die achtzig längst erreicht haben dürfte, sein Haar war schlohweiß und nur noch als dünner Kranz auf dem Kopf zu sehen. Er saß in einem Rollstuhl und wirkte sehr gebrechlich.

»Der Fall scheint Sie offensichtlich nie ganz losgelassen zu haben«, meinte Käfer und wies auf die Pinnwand, vor der

Falk Zeller saß. Dort hingen zahllose Fotos einer jungen, attraktiven Frau. Es war Erika Brönne, die Käfer sofort anhand der Polizeibilder erkannt hatte. Offensichtlich waren es Schnappschüsse, die Zeller von seiner damaligen Geliebten gemacht hatte. Auf einem badete sie in einem See und winkte lachend in die Kamera, auf einem anderen saß sie auf dem Beifahrersitz eines Wagens und sah nicht weniger glücklich aus.

»Ich werde sie niemals vergessen«, sagte der alte Mann und nickte in Richtung der Fotos. »Und wenn ich könnte, würde ich dieses Schwein eigenhändig umbringen. Hätte ich schon längst getan, wenn ich nicht an diesen Rollstuhl gefesselt wäre.«

»Wie lange waren Sie mit Erika Brönne zusammen?«

»Mehr als zehn Jahre«, antwortete er. »Sie wollte sich längst von ihm trennen, hat es aber aus Angst nie geschafft. Ich hätte sie dabei viel mehr unterstützen müssen. Den Vorwurf mache ich mir bis heute.«

Käfer nickte. Zehn Jahre waren eine lange Zeit für eine Affäre, und als Außenstehender fragte man sich sofort, warum solche Beziehungen so lange im Geheimen verliefen. Warum trennte man sich nicht von seinem Ehepartner, um mit dem anderen einen Neuanfang zu wagen? Er selbst konnte das nicht nachvollziehen.

»Wissen Sie, wann Till Brönne von der Affäre erfahren hatte?«, fragte Charlotte.

»Nicht genau. Aber er muss es schon eine Weile gewusst haben. Er hatte sie deshalb immer wieder eingeschüchtert und bedroht. Und als sie sich endlich von ihm trennen wollte, hat er sie umgebracht …« Der Blick des alten Mannes ging ins Nichts.

Käfer und Charlotte sahen sich an und schienen beide dasselbe zu denken.

»Sie tauchen in den Akten von dem Fall überhaupt nicht auf, Herr Zeller«, meinte Charlotte. »Warum haben Sie damals nicht mit der Polizei gesprochen?«

»Dann wäre Till Brönne vielleicht nicht wegen Totschlags, sondern wegen Mordes verurteilt worden«, ergänzte Käfer. »Jedenfalls hätte es dann ein Mordmotiv gegeben.«

»Wissen Sie, wie ich in den Rollstuhl gekommen bin?«, fragte Falk Zeller mit zittriger Stimme. »In der Nacht vor Erikas Tod bin ich von einem Unbekannten halb totgeprügelt worden. Es ist eigentlich ein Wunder, dass ich hier überhaupt vor Ihnen sitze. Über ein Jahr lag ich im Koma, danach brauchte ich noch zig Operationen und Reha-Maßnahmen, um überhaupt wieder einigermaßen ein Mensch zu werden. Als ich meine erste anständige Aussage zu dem Überfall machen konnte, saß Brönne schon im Knast. Da ich mich an die Tat nicht erinnern konnte und es keinerlei Hinweise auf den oder die Täter gab, wurden die Ermittlungen irgendwann eingestellt.« Er klang bitter. »Aber natürlich war er es. Wer soll es denn sonst gewesen sein?«

Käfer ahnte, dass man Brönne diese Tat nie mehr würde nachweisen können. Aber dass er es gewesen war, der Falk Zeller in den Rollstuhl geprügelt hatte, hielt er nach allem, was sie inzwischen wussten, für mehr als wahrscheinlich.

»Wie kam es, dass Sie vor einigen Jahren Kontakt zu Ihrem leiblichen Sohn hatten?«, fragte Charlotte. »Wussten Sie, dass Sie der Vater waren?«

»Nein.« Bitter schüttelte der Mann den Kopf. »Erika hatte es mir verschwiegen. Ich weiß bis heute nicht warum. Vielleicht hatte sie Angst um den Jungen. Brönne war ja alles zuzutrauen. Stefan, mein Sohn, hat dann durch Zufall herausgefunden, dass Brönne nicht sein Vater war. Sein Sohn Jo hatte wohl gesundheitliche Probleme, und man wollte eine Erbkrankheit ausschließen, weil Stefan und seine Frau sich noch ein weiteres Kind wünschten. Und dabei kam dann raus, dass Brönne nicht sein Vater war.«

»Das heißt, Ihr Sohn hatte nach Brönnes Entlassung Kontakt zu ihm?«, fragte Käfer.

»Einmal, ja. Um eine Speichelprobe zu bekommen.«

»Hat er Ihnen erzählt, wie das Treffen verlaufen ist?«, hakte Charlotte nach.

Falk Zeller strich sich über seine Halbglatze und schüttelte den Kopf, als könne er es immer noch nicht fassen. »Brönne muss ausgesprochen freundlich gewesen sein. Schon während er ihm die Probe gab, hatte er ihm von mir erzählt. Er hat die ganzen Jahre geahnt, dass ich Stefans leiblicher Vater bin. Und tatsächlich war er es, der ihm dann meinen Namen genannt hat. Der Mann, der mein Leben zerstört hat, hat am Ende dafür gesorgt, dass ich meinen Sohn treffen konnte.« Falk Zeller hob den Blick und sah sie grimmig an. »Und wissen Sie, was mich am meisten stört? Dass ich dafür so etwas wie Dankbarkeit verspüre. Ich will diesem Schwein nicht dankbar sein, verstehen Sie?«

Käfer nickte zustimmend. Da war sie wieder, die Wandlung vom Bösen zum Guten, ein weiterer Beweis dafür, dass Brönne sich in den langen Jahren der Haft verändert hatte. War er doch schuldlos in den Mordfall von Carla Dellbrück verwickelt? War er zum Vorbild für einen psychisch kranken Täter geworden, ohne das zu wissen und ohne es verhindern zu können?

»Durch ihn habe ich einmal meinen Sohn und meinen Enkelsohn getroffen ...« Käfer wurde hellhörig. »Sie haben Jo Adler auch persönlich kennengelernt?«

»Davon hat mir Frau Adler gar nichts erzählt«, meinte Charlotte.

»Sie wollte es nicht«, erklärte Falk Zeller. »Der Junge hatte wie gesagt gesundheitliche Probleme, und sie hatte Sorge, dass es schlimmer würde, wenn er die wahren verwandtschaftlichen Verhältnisse erfuhr. Aber Stefan sah das anders. Und so konnte ich meinen Enkel wenigstens einmal treffen ... Nach Stefans Tod brach leider jeder Kontakt ab. Ich würde zu gerne wissen, was aus Jo geworden ist.«

Käfer sah, wie Charlotte sich auf die Unterlippe biss. Dann atmete sie durch und klärte den Mann über den Selbstmord seines Enkels auf. Währenddessen rasten die Gedanken durch Käfers Kopf. Jo Adler wusste, dass er nicht der Enkel von Till Brönne war. Wie konnte er sich dann in den Wahn hineinsteigern, das mörderische Werk seines vermeintlichen Großvaters zu Ende zu führen?

Kapitel 5

Gebrauchsanweisung gegen Gewalt

Wer häufig Wut und Groll in sich spürt und Probleme mit dem Loslassen hat, dem können meine Übungen helfen. Hätte ich sie damals schon gekannt, wäre meine geliebte Frau heute vermutlich noch am Leben. Denn dann hätte ich mich aus dieser Situation, die nur noch aus Wut und Streit bestand, anders befreien können als durch Gewalt. Mangelnde Konfliktkompetenz führt nicht selten zu ernsthaften Schwierigkeiten in der Familie oder bei der Arbeit, da ist mein persönliches Schicksal keine Ausnahme. Aber so schlimm wie bei mir muss es bei niemandem werden.

Im Strafvollzug gehören Antiaggressionskurse zum Tagesgeschehen. Wo sonst prallt geballte Aggression so heftig aufeinander wie hier? Auch ich bin in den ersten Jahren meiner Haft erneut gewalttätig geworden, ich kam mit der Situation nicht klar, in der ich mich befand, und konnte meine Wut nicht kontrollieren. Und ich musste lernen, dass Friedfertigkeit und Sanftmut nicht Feigheit und Schwäche bedeuten. Meine Übungen sollen helfen, dass es gar nicht erst zu einem Aufenthalt in einer Haftanstalt kommen muss. Noch vor einem gewalttätigen Delikt aktiv werden, sich den eigenen Aggressionen stellen und mit Hilfe von Übungen dagegen angehen verhindert im günstigsten Fall eine gerichtliche Verurteilung.

Folgende Übungen, die ich während meiner Therapie im Gefängnis selbst angewandt habe, eignen sich hervorragend zum besseren Umgang mit der eigenen Aggressivität:

Zuerst möchte ich auf ein Rollenspiel hinweisen. Auch ich habe mich damit zunächst schwergetan, aber schnell den Sinn dieser Übung verstanden. Eine provozierende Situation wurde nachgeahmt, und ich musste versuchen, meine Verhaltensweise zu ändern. Dabei musste ich sowohl die Täter- als auch die Opferrolle einnehmen. Gerade Letzteres war für mich eine außerordentliche Erfahrung, da ich mich zum letzten Mal in meiner Kindheit als Opfer gefühlt hatte und mich nun an diese Emotionen erinnerte. Es war erstaunlich, dass wir Häftlinge – allesamt »schwere Jungs« – alle dasselbe fühlten.

Als weiteren Punkt möchte ich auf die Wichtigkeit von Sport hinweisen, so banal es zunächst auch klingen mag. Aber ich habe in meiner Kindheit nie die Möglichkeit gehabt, beim Sport meine körperlichen Grenzen zu erfahren und das Einhalten von Regeln zu lernen. Sich auf sportlicher Ebene messen zu können funktioniert jedoch nur, wenn alle sich an die Regeln halten. Im Gefängnis haben wir deshalb Judotechniken und Elemente aus dem Ringen erlernt und regeltreue Kämpfe mit anderen Insassen geführt. Eines hat sich dabei deutlich gezeigt: Wer gelernt hat, bei einem sportlichen Kampf Regeln einzuhalten, der weiß auch, wann bei einer Schlägerei Schluss ist. So jemand tritt in der Regel nicht mehr gegen den Kopf eines Opfers, das bereits bewusstlos am Boden liegt.

Natürlich ändert man sich nicht von heute auf morgen.

Es bedarf der Geduld, bis ein souveränes und selbstbewusstes Agieren nach und nach das aggressive Verhalten ersetzt. Ich gebe gerne zu, dass ich die vielen Jahre in der Haft durchaus gebraucht habe, um mich zu verändern. Um von einem aggressiven Schläger, der seine Frau im Affekt tötete, zu einem Menschen zu werden, der Gewalt zutiefst verachtet. Es ist nicht übertrieben, wenn ich sage, dass es mir heute Probleme bereitet, eine Fliege totzuschlagen. Man kann lernen, ohne Gewalt zu leben und seine Wut zu kontrollieren. Ich habe es gelernt. Und mit meiner Hilfe werden Sie es auch lernen. …

Charlotte sah auf die Uhr. Es war bereits nach sieben, eine Zeit, zu der jeder normale Mensch bereits im Wochenende war. Sie hasste es, freitagabends zu arbeiten. Der Abend war für sie und Bernd eigentlich heilig. Nichts war schöner, als sich mit ihm aufs Sofa zu fläzen und eine gute Serie zu schauen, während Felix schon in seinem Bettchen schlief. Sie seufzte. Ein wenig würden sich ihre Männer noch gedulden müssen, dachte sie mit Blick auf die Kisten, die vor ihr standen. Darin hatten sie alles gesammelt, was sie in Jo Adlers Wohnheimzimmer gefunden und für wichtig gehalten hatten. Fotoalben, Klausuren, Uniunterlagen, Tablettenpackungen und noch jede Menge Zeug mehr.

Charlotte drückte den Rücken durch und trank einen Schluck von ihrem inzwischen nur noch lauwarmen Kaffee. Dann begann sie, die Klausuren und Hausarbeiten von Jo Adler durchzugehen. Denn auch, wenn er in seinen Tagebucheinträgen den Mord an Carla Dellbrück gestanden hatte, so fehlten ihnen immer noch Puzzleteile, um das gesamte Bild zu sehen. Was war sein Motiv gewesen? Er wusste, dass Falk Zeller sein leiblicher Großvater war, wieso hatte er sich dann in den Wahn hineingesteigert, das mörderische Erbe von Till Brönne zu Ende führen zu müssen? Und selbst wenn es tatsächlich so gewesen war, warum hatte er dann Carla Dellbrück nach ihrem Auszug aus dem Haus ermordet? Wenn er so fokussiert auf das Haus und seine vermeintliche Geschichte war, wäre es doch viel logischer gewesen, sich das Opfer unter den Hausbewohnern zu suchen. Irgendetwas passte hier nicht zusammen.

Charlotte blätterte die Unterlagen durch. Jo Adler war ein hervorragender Student gewesen, jedenfalls die meiste Zeit. Bis zum Frühjahr dieses Jahres hatte er alles mit Eins bestanden. Dann war es zu einem rapiden Leistungsabfall gekommen, und an den letzten Klausuren hatte er gar nicht mehr teilgenommen.

»Das muss der Zeitpunkt gewesen sein, an dem er den Rückfall erlitten hat«, murmelte Charlotte.

Sie nahm sich das Fotoalbum, auf dem vorne der Schriftzug »Meine ersten Jahre« stand. Es enthielt Fotos von Jo Adlers Kindheit, von der Geburt bis zum zehnten Lebensjahr, schätzte Charlotte. Auf allen Fotos war ein glückliches Kind zu sehen, meist umringt von seinen nicht weniger glücklich wirkenden Eltern. Die Bilder berührten Charlotte, viele Szenen kannte sie aus ihrem Familienleben, und die Tatsache, dass der junge Mann seinem Leben vor zwei Tagen ein so grausames Ende gesetzt hatte, erschütterte sie erneut. Mit einem Seufzer klappte sie das Album zu.

Als Käfer hereinkam, zuckte er bei ihrem Anblick zusammen. »Hast du mich erschreckt!«

»Charmant!«

Er grinste. »Ich dachte einfach, du wärst schon im Wochenende. Aber umso besser. Ich komme gerade von den IT-Jungs.«

»Die Armen arbeiten also auch noch.«

»Ich weiß gar nicht, ob die überhaupt ein Privatleben haben. Egal.« Käfer setzte sich an seinen Schreibtisch. »Sie haben ein paar wirklich interessante Sachen herausgefunden. Zum einen, dass die Tagebuchdatei an einem Tag auf Jos Computer geladen wurde.«

»Was heißt das? Hat er sie per USB-Stick übertragen?«

»Ganz genau. Er könnte sie natürlich an einem anderen Gerät geschrieben und dann auf seinen heimischen PC gezogen haben, aber …«

»… wie wahrscheinlich ist das?«, führte Charlotte seinen Satz zu Ende. »Tagebuch schreibt man in der Regel, wenn man seine Ruhe hat, als eher in den eigenen vier Wänden.«

»Sehe ich genauso. Aber es kommt noch besser. Das Handy von Jo ist bei dem Sturz zwar ziemlich in Mitleidenschaft gezogen worden …«

»Das kann ich mir vorstellen …«

»Trotzdem haben sie es aber geschafft, einiges wiederherzustellen. Zum Beispiel die Chatprotokolle … Warte, die müssten jetzt da sein.« Er tippte auf seiner Tastatur. »Diese hier sind zwischen ihm und Leni Schmied geschrieben worden«, fügte er noch hinzu.

Charlotte stand auf und las die WhatsApp-Nachrichten, die Jo in den letzten Tagen geschrieben und bekommen hatte.

Hast du deine Medis schon genommen? xxx

Ja. Hilft aber nicht.

Du musst sie immer zeitgemäß nehmen, sonst wirken sie nicht! xxx

Mach ich doch. Hat aber keinen Sinn. Hat alles keinen Sinn.

Charlotte stutzte. »Zeitgemäß …«, murmelte sie.

Käfer sah sie an. »Ja. Kommt uns bekannt vor, oder?«

Sie nickte. »Die Tagebucheinträge von Jo Adler. Jo schrieb, dass er den Plan *zeitgemäß* umsetzen würde.«

»Was keinen richtigen Sinn ergibt.«

»Nein. Er hat das Wort falsch verwendet. Er meinte rechtzeitig oder zeitnah.«

»Und Leni verwendet das Wort auch falsch«, stimmte Käfer ihr zu. »Tabletten nimmt man nicht *zeitgemäß* ein, durchaus aber rechtzeitig.«

Ihre Blicke trafen sich, und sie schienen beide dasselbe zu denken.

»Könnte Leni Schmied die Tagebucheinträge geschrieben haben?«, fragte Charlotte.

»Das würde jedenfalls dazu passen, dass sie per USB-Stick auf Jos Computer übertragen wurden. Übrigens an dem Tag seines Suizids.«

Charlotte dachte nach. »Wenn sie die gefälscht hat, kann sie das eigentlich nur aus einem Grund getan haben …«

»Sie wollte, dass Jo als Mörder dasteht. Sie wusste, dass wir nach seinem Selbstmord das Zimmer durchsuchen und die Tagebucheinträge finden würden«, führte Käfer ihren Gedanken weiter.

»Aber sie konnte unmöglich wissen, dass er von der Lamberti-Kirche springt, oder?«

Käfer zog eine Augenbraue hoch. »Hör dir das an.« Er las ihr den weiteren Chatverlauf vor:

Wenn du nicht mehr willst,
ist es dein gutes Recht, es zu beenden. xxx
Aber wie?

Springen ist bestimmt das Einfachste.
Ein Schritt und du hast es hinter dir. xxx
Und was ist dann mit dir?
Ich wäre glücklich, weil ich dann weiß,
dass du es auch bist. xxx

»Und so geht das in einem fort. Diese Nachrichten wurden kurz vor seinem Suizid ausgetauscht: Soll ich es wirklich tun«, las Käfer vor. »Und darauf sie: Ja, dann bist du endlich frei.«

»Sie hat ihn fast in den Selbstmord getrieben.«

»Jedenfalls hat sie es ihm nicht ausgeredet«, gab Käfer ihr recht.

Charlotte grübelte. »Sehe ich das jetzt richtig, und die beiden haben im Fall von Carla Dellbrück gemeinsame Sache gemacht? Und danach wollte Leni den Jungen loswerden?«

»Fragt sich nur warum.«

»Aber wie hat sie es geschafft, ihn derart zu manipulieren?«

Charlotte ging zu der Kiste mit den privaten Sachen von Jo Adler, nahm eine Tablettenpackung heraus und betrachtete sie genau.

»Ich frage mich, ob man es merken würde, wenn die Pillen in dem Fläschchen ausgetauscht worden wären«, meinte sie dann. »Ist in der Gerichtsmedizin noch jemand?«

»Also abgesehen davon, dass da ja immer jemand ist, habe ich Christians Wagen eben noch gesehen. Der ist also noch da. Was willst du von ihm?«

Charlotte hielt das Röhrchen mit den Tabletten hoch. »Wissen, was da wirklich drin ist.«

Wenig später standen sie bei Christian Heer im Labor. »Wie, Schnelltest?« Seine Stimme klang genervt, und er blickte demonstrativ auf seine Armbanduhr. »Wie stellt ihr euch das vor? Es gibt keinen Schnelltest, der mal eben innerhalb von ein paar Minuten die verschiedenen Wirkstoffe in einem Medikament feststellt!«

»Aber es gibt einen, mit dem man Stärke feststellen kann, oder nicht?«, beharrte Charlotte.

»Placebos?«, fragte Christian und nahm ihr eine Tablettenpackung aus der Hand. »Ihr glaubt, das sind Placebos?«

»Wir vermuten es«, sagte Käfer. »Ist die Blutuntersuchung schon abgeschlossen?«

»Nein, noch nicht.« Christian betrachtete immer noch interessiert die Tabletten und schüttete sie schließlich aus dem Fläschchen heraus. »Morgen früh müsste ich die Blutergebnisse haben. Warum sollte Jo Placebos genommen haben?«

»Vielleicht wusste er es nicht«, meinte Charlotte.

Käfer erzählte dem Gerichtsmediziner von den Chatprotokollen, die sie ausgewertet hatten und in denen Leni Schmieds Besorgnis wegen der Tabletteneinnahme dokumentiert war. »Vielleicht hat sie die Tabletten gezielt gegen Placebos ausgetauscht, um Jo Adler für ihre Zwecke zu benutzen.«

»Schaun wir mal …«, murmelte Christian. Dann gab er die Tabletten in einen Kolben, schüttete aus einem anderen etwas Flüssigkeit hinzu und schwenkte den Kolben wie einen guten Rotwein hin und her. Nach wenigen Augenblicken verfärbte sich die Flüssigkeit lila.

»Pure Stärke«, sagte er dann. »Ihr habt recht. Der arme Kerl hat offenbar Placebos genommen.«

Zügig verließen sie die Rechtsmedizin und nickten sich vor dem Eingang zu. Käfer sprach es als Erstes aus.

»Wenn es wirklich Leni war, die die Tabletten gegen Placebos ausgetauscht hat, dann war sie die Strippenzieherin in der ganzen Sache.«

»Und Jo die Marionette. Aber warum? Warum hätte sie das gemacht?«

»Ich habe keine Ahnung. Aber das wird sie uns hoffentlich gleich selbst sagen.«

»Wo steht dein Wagen?«

Sie eilten über den Parkplatz. »Da vorne. Wenn wir gut durchkommen, sind wir in fünf Minuten da«, sagte er.

Doch sie trafen Leni Schmied nicht im Wohnheim an.

»Es ist Freitagabend, vielleicht ist sie ausgegangen«, meinte Charlotte und relativierte sich im nächsten Satz. »Bei dem, was alles passiert ist, würde ich allerdings nicht ausgehen.«

Eine junge Frau im Gothic Look ging an ihnen vorbei und schloss die Tür des Nachbarzimmers auf. Charlotte zog ihren Ausweis hervor.

»Wir sind auf der Suche nach Leni Schmied«, sagte sie. »Wissen Sie, wo sie sich im Moment aufhält?«

»Die Leni? Die ist gestern nach Holland gefahren. Wollte ans Meer, hat sie gesagt«, meinte die junge Frau. »Die Sache mit Jo hat sie wohl total fertig gemacht.«

»Verstehe. Wissen Sie, wohin sie genau gefahren ist?«

»Nö. Sie sagte, sie wollte sich treiben lassen, einfach mit dem Auto losfahren und mal gucken, wo sie landet.«

»Hat sie einen eigenen Wagen?«, fragte Käfer.

»Seit ein paar Tagen fuhr sie mit einem roten GTI rum. War wohl irgendein Schnäppchen. So genau weiß ich es auch nicht. Wir haben nicht so viel miteinander zu tun.«

Das konnte Charlotte sich vorstellen. Während um Leni Schmied immer eine rosarote Bonbonwolke zu schweben schien, war diese junge Gothic-Frau das krasse Gegenteil davon. Hautenge schwarze Jeans, darüber ein weites schwarzes Oberteil, das Gesicht weiß geschminkt, wodurch die rabenschwarzen Haare noch dramatischer wirkten.

»Okay, danke«, meinte Charlotte, und die junge Frau verschwand in ihrem Zimmer. Ratlos sah sie Käfer an. »Haben wir genug in der Hand, um sie zur internationalen Fahndung ausschreiben zu lassen?«

»Im Prinzip ja. Aber ich würde mir vorher gerne Klarheit über ihr Motiv machen. Lass uns noch mal mit Dellbrück sprechen. Und mit ihren Eltern.«

»Okay. Teilen wir uns auf? Ich fahre zu den Schmieds und du zu Klaus Dellbrück?«

Es war schon fast neun Uhr, als Käfer sie vor dem Haus im Tulpenweg rausließ, bevor er selbst zu Klaus Dellbrück fuhr. Charlotte schlug den Kragen ihres Mantels hoch und fröstelte. Ein wirklich ungemütlicher und kalter Novembertag endete so, wie er angefangen hatte.

»Charlotte?«

Sie zuckte zusammen, als Katrin Ortrup hinter den Mülltonnen hervortrat.

»Entschuldigung, ich wollte dich nicht erschrecken.«

»Schon gut, nichts passiert.«

»Willst du zu mir?«

»Nein. Ich bin auf dem Weg zu den Schmieds.«

Katrin sah sie stirnrunzelnd an. »Ist der Fall noch nicht abgeschlossen?«

Charlotte zögerte. »Ehrlich gesagt, nein. Es gibt noch einige ungeklärte Fragen bezüglich einer jungen Frau. Kennst du Leni Schmied?«

»Ein ausgesprochen nettes Mädchen. Ich habe mich auf der Einweihungsparty länger mit ihr unterhalten.«

Charlotte wurde hellhörig. »Leni Schmied war auf deiner Einweihungsparty?«

»Ja. Die Nachbarn hatten ja dazu eingeladen, die hatten alles organisiert«, erklärte Katrin.

»Stimmt. Davon hast du erzählt.«

»Ich fand es nett, dass sie da war. Ist ja nicht selbstverständlich, dass so junge Leute Lust darauf haben, ihren Samstagabend mit so alten Säcken wie uns zu verbringen.« Sie lachte.

»Hast du ihr erzählt, was damals mit Leo passiert ist?«

Charlotte dachte an Käfers Worte. Woher wusste Jo Adler, dass Angst ein so zentrales Thema in Katrins Leben war? Man merkte es der Frau nicht an, die nach außen immer so stark wirkte. Aber er musste gewusst haben, dass sie sich als Opfer für die Drohbriefe besonders gut eignete.

»Ja, wir haben darüber gesprochen«, antwortete Katrin. »Leo hatte ihr auch schon einiges erzählt, auch von der Scheidung. Sie hat zu Kindern einen wirklich guten Draht.«

Charlotte nickte. »Schön. Ich sag dir Bescheid, wenn es was Neues gibt, okay?«

»Danke, Charlotte.« Katrin schloss die Haustür auf. »Sag mal, wenn das hier alles endgültig vorbei ist, hast du vielleicht Lust, mal ein Glas Wein trinken zu gehen?«

»Ich trinke keinen Alkohol«, antwortete Charlotte.

»Ach ja. Völlig vergessen …«

»Macht nichts. Ich leiste dir aber mit einem Wasser gerne beim Weintrinken Gesellschaft.«

Katrin grinste. »Prima. Dann machen wir mal was aus.«

»Gerne.«

Katrin verschwand nach oben, und Charlotte klingelte bei

den Schmieds. Sie entschuldigte sich für die späte Störung und stand kurz danach im Flur der Wohnung.

»Wissen Sie, wo Ihre Tochter ist?«

»Sie wollte ein paar Tage an die Nordsee«, sagte Eric Schmied. »Den Kopf freibekommen.«

»Die Sache mit ihrem Freund hat sie doch sehr mitgenommen«, ergänzte Anke Schmied.

»Auf ihrem Handy ist sie leider nicht zu erreichen.«

»Vermutlich will sie ihre Ruhe haben«, meinte Frau Schmied. »Was wollen Sie denn von ihr?«

»Nur ein paar Fragen stellen. Ich versuche, mir noch ein genaueres Bild über ihr Verhältnis zu Carla Dellbrück zu machen. Die beiden waren ja wohl ganz gut befreundet, wie ich höre.«

»Na ja«, meinte Anke Schmied spöttisch. »Das ist maßlos übertrieben, würde ich sagen. Sie hat kein gutes Haar an Carla gelassen.«

Sprach da wieder die eifersüchtige Mutter? Oder stimmte es, was Frau Schmied sagte?

»Da muss ich meiner Frau recht geben«, stimmte Eric Schmied ihr zu. »Mit Klaus Dellbrück kam Leni immer gut klar, aber mit seiner Frau … Nein, das war nun wirklich anders. Wer hat Ihnen denn erzählt, dass die beiden befreundet waren?«

»Bestimmt wieder die Elli von oben«, mutmaßte Anke Schmied. »Die redet doch dauernd zu viel.«

Charlotte überging die Frage. »Wie war eigentlich Ihr Verhältnis zu Jo Adler, dem Freund Ihrer Tochter?«, fragte sie stattdessen.

»Ach«, Anke Schmied winkte ab, »das war doch nichts Ernstes.«

»Nein? Haben Sie ihn mal kennengelernt?«

»Leni hat ihn nie mit zu uns gebracht«, erklärte Anke Schmied. »Sie hat immer gesagt, dass es sich nicht lohnen würde, ihn zu treffen, da es sowieso nichts Ernstes sei.«

»In dem Alter muss man sich ja auch noch nicht festlegen«, ergänzte Eric Schmied. »Wir haben sie immer darin bestärkt, sich nicht so früh zu binden, sondern lieber alle Energie in das Studium zu stecken.«

»Und das hat sie ja auch gemacht. Bringt nur gute Noten nach Hause, das Mädel.« Anke Schmied lächelte stolz.

Charlottes Handy klingelte. Mit einem Blick auf das Display entschuldigte sie sich, drehte sich zur Seite und nahm den Anruf an. »Käfer?«

»Klaus Dellbrück ist nicht da.«

»Hast du es auf seinem Handy versucht?«

»Mailbox. Die Nachbarn sagten, er sei mit seiner Nichte verreist.«

Bei Charlotte gingen sofort alle Alarmglocken an. »Nichte?«

»Eben.«

»Treffen wir uns auf dem Präsidium?«

Käfer stimmte zu, und Charlotte beendete das Gespräch.

»Ist irgendwas mit Leni?«, fragte Anke Schmied besorgt.

»Nein, nein, von Ihrer Tochter haben wir noch nichts gehört«, wehrte Charlotte ab. »Eine letzte Frage noch: Sie sagten, dass Leni sich gut mit Herrn Dellbrück verstand. Hatten Sie den Eindruck, dass da mehr sein könnte? Dass Herr Dellbrück vielleicht mehr Interesse an Ihrer Tochter haben könnte?«

Anke Schmied wich Charlottes Blick aus, während ihr Mann sich empörte: »Kann schon sein, dass der vielleicht mehr wollte«, meinte er grimmig. »Aber Leni ist ein anständiges Mädchen, die würde sich niemals auf einen verheirateten Mann einlassen. Schon gar nicht auf einen, der ihr Vater sein könnte! Nein, so was würde unsere Leni niemals machen.«

Mit dem Taxi fuhr Charlotte zum Präsidium, weil sie keine Lust hatte, so spät noch mit dem Bus durch die halbe Stadt zu fahren. Als sie ins Büro kam, schrieb Käfer Leni Schmied und Klaus Dellbrück gerade zur Fahndung aus.

»Klaus Dellbrück hat einen roten GTI«, sagte er zu ihr, ohne aufzublicken.

Charlotte nickte. »Die vermeintliche Affäre von Dellbrück ...«

»War kein Treppenhausgetratsche, sondern Leni Schmied«, führte Käfer ihren Satz zu Ende. »Jedenfalls sollten wir diese Möglichkeit nicht mehr ausschließen.«

»Gemeinsam bringen sie Carla Dellbrück um und nutzen Jo Adler aus, um den Verdacht von sich zu lenken«, überlegte Charlotte. »Das würde einiges erklären.«

»Oder sie haben Jo Adler benutzt, um Carla Dellbrück umzubringen«, meinte Käfer. »Ihn also quasi angestiftet.«

»Auch möglich.

Das würde auch erklären, warum Leni Schmied mit diesem Jo überhaupt zusammen war«, sagte Charlotte. »Ich habe mich immer gewundert, warum die beiden ein Paar waren. Irgendwie passte das doch gar nicht.«

»Weißt du, was mich echt nervt? Wenn das alles stimmt, was wir vermuten, dann hatten wir von Anfang an den richtigen Mann eingebuchtet! Dann haben wir den Täter laufen lassen, verdammt noch mal!«

»Du weißt, wie viel gegen ihn als Täter sprach.«

»Und wie viel für ihn!« Sauer fuhr er sich durch seine Locken. »Wir haben uns verarschen lassen! Der hat einen auf trauernden Witwer gemacht, während seine junge Geliebte draußen die Strippen weitergezogen hat!«

»Das können wir bisher noch nicht beweisen, Käfer«, sagte Charlotte. »Wir haben nur die Suizid-WhatsApp-Nachrichten. Und ich bin mir noch nicht mal sicher, ob das strafbar ist. Ansonsten haben wir nichts in der Hand.«

Er sah sie für einen Weile schweigend an. »Das sollten wir ihnen nicht sagen, wenn man sie findet.«

Charlotte nickte. Nein, das sollten sie tatsächlich besser für sich behalten. Sobald ein gewiefter Anwalt wie Sanddorn dahinterkommen würde, dass ihr Fahndungsaufruf reine Spekulation war, wären Leni und Dellbrück schneller wieder auf freiem Fuß, als es ihnen lieb sein konnte.

Nachdenklich sah sie ihn an. »Solange die Fahndung läuft«, begann sie, »vielleicht sollten wir die Zeit nutzen …«

»Und uns in Dellbrücks Haus umsehen?«

Am nächsten Morgen standen sie in aller Frühe vor Dellbrücks Haus. Auch wenn sie nicht daran glaubten, dass ihnen jemand öffnen würde, drückte Käfer energisch auf die Klingel.

»Die Fahndung ist ergebnislos …«, schimpfte er.

»Sie läuft noch nicht mal zwölf Stunden«, gab Charlotte zu bedenken. »Nachts ist es schwieriger als tagsüber. Bisschen gedulden musst du dich schon.«

Eine dunkelhaarige Frau schaute aus dem Nachbarfenster. Sie schien Käfer zu kennen. »Kommissar Käfer?«

»Frau Baumann!« Mit schnellen Schritten ging er zum Nachbarhaus. Charlotte folgte ihm.

»Ich hab Ihnen doch gestern schon gesagt, dass Herr Dellbrück mit seiner Nichte verreist ist.«

»Ich weiß. Aber wir müssten dringend da drinnen nach dem Rechten sehen.«

»Ist irgendwas passiert?«, fragte Frau Baumann.

»Darüber kann ich Ihnen im Moment keine Auskunft geben«, antwortete Charlotte. »Haben Sie einen Ersatzschlüssel zum Haus?«

Frau Baumann verschwand im Inneren der Wohnung.

Käfer blickte auf sein Handy. »Das Appartement auf Mallorca wurde überprüft. Es ist sauber.« Er drückte das Handy aus. »Wenn er nicht völlig dämlich ist, sind die niemals nach Mallorca geflogen.«

Charlotte nickte. Das konnte sie sich auch nicht vorstellen, es wäre einfach viel zu leichtsinnig. »Ich würde an ihrer Stelle gar keinen Flug nehmen. Wenn wir die Flughäfen im Umkreis von hundert Kilometern abfragen, würden wir ziemlich schnell herausfinden, ob sie irgendwo eingecheckt haben.«

»Hammersbach überprüft das. Aber du hast recht, mit einem Auto sind sie wesentlich unauffälliger unterwegs. Leider ...«

»Vielleicht sind sie ja noch nicht weit ...«

»Sie haben einen Vorsprung von vierundzwanzig Stunden!« Käfer wirkte nervös. »Und wir haben nicht den geringsten Anhaltspunkt, wo sie sein könnten. Subotik versucht gerade, die Handys zu orten. Bisher ohne Erfolg ...«

In dem Moment trat Frau Baumann wieder ans Fenster. »Hier ist der Ersatzschlüssel.«

»Danke!« Charlotte nahm ihn an sich, und sie gingen in die Wohnung.

»Ohne Durchsuchungsbeschluss?«, meinte Käfer.

»Wir schauen nur nach dem Rechten, so wie es sonst

Frau Baumann getan hätte«, meinte Charlotte. »Wir dringen nicht gewaltsam ein, machen nichts kaputt und nehmen nichts mit.«

Er grinste sie schief an und nickte. »Ich wollte nur sicher sein, dass wir uns einig sind.«

Der Flur sah so aus, als hätte jemand die Wohnung fluchtartig verlassen. Einige Jacken waren von der Garderobe gerissen und lagen auf dem Boden, im Schlafzimmer waren die Schranktüren aufgerissen, und in der Küche stand noch das schmutzige Geschirr auf dem Tisch.

Käfer ging ins Schlafzimmer.

»Die Wintersachen sind noch alle da«, meinte er. »Nur die Sommersachen fehlen. Scheint so, als hätten sie auch Kleidung von Carla Dellbrück eingepackt. In ihrem Schrank ist alles durchwühlt, und einige Kleiderbügel sind leer.«

»Wie geschmackvoll.« Charlotte schüttelte sich. Was war Leni Schmied bloß für eine Frau? Wie konnte man in so jungen Jahren schon so skrupellos sein, einen Mord begehen und einen Menschen in den Selbstmord treiben, um dann mit dem älteren Liebhaber zu verschwinden? In den Kleidern des Mordopfers? Das war schon mehr als abgebrüht, besonders für eine Einundzwanzigjährige.

»Könnte auch sein, dass Klaus Dellbrück dabei die treibende Kraft war«, meinte Käfer. »Er manipuliert das junge Mädchen und will mit seiner jugendlichen Geliebten ein neues Leben anfangen.«

Sie nickte. »Absolut denkbar. Vielleicht ist er bei allem der große Drahtzieher im Hintergrund.«

Charlotte ging zum Schreibtisch neben dem Laufband im Arbeitszimmer. Bis auf einen Laptop, ein paar Stifte und einen Block war nichts darauf zu finden. Sie betrachtete das Papier, das blütenweiß und unbeschrieben vor ihr lag. Neugierig hielt sie es gegen das Licht.

»Willst du dir nicht lieber den Laptop angucken, anstatt auf leeres Papier zu starren?«, spottete Käfer.

»Eins nach dem anderen«, entgegnete Charlotte, legte dann das Papier zur Seite und startete den Laptop. »Unsere Täter sind sehr raffiniert vorgegangen. Wenn man immer sorgfältig alle Spuren löscht, bleibt schon mal eher eine Notiz zurück als gleich eine ganze Datei. Passwort ...«, murmelte sie dann, als sie die Aufforderung zur Eingabe des Passwortes auf der Startseite sah. Sie probierte es zuerst mit »Passwort«, dann mit »12345678« und dann noch mal mit der umgekehrten Zahlenfolge. »Hm. Die gängigsten Passwörter sind es schon mal nicht ...«

»Im Präsidium haben fast alle ihren Straßennamen plus Hausnummer«, warf Käfer ein, und im nächsten Moment tippte Charlotte »Tecklenburgerstraße12« ein.

»Auch nicht«, seufzte sie. Für einen Augenblick dachte sie nach, dann gab sie »Tulpenweg81« ein. »Na bitte, geht doch«, sagte sie leise und verschaffte sich einen Überblick über den Desktop. Sie öffnete den eMail-Account, aber sämtliche Nachrichten waren gelöscht worden, genauso wie alle Dateien. Sie klickte den Papierkorb an: nichts. Charlotte war sich zwar sicher, dass die IT-Jungs die Informationen wiederherstellen konnten, aber sie wusste auch, wie lange das dauern würde.

Charlotte loggte sich auf Facebook ein. Als die Startseite erschien, wurde auch sofort das Passwort sichtbar, und sie konnte sich auf die Seite von Klaus Dellbrück klicken. Auch hier war sorgfältig aufgeräumt worden, im Postfach fand sich keine Nachricht.

War ja klar, dachte sie frustriert. Wer so raffiniert vorging, der sorgte auch dafür, dass er keinen elektronischen Fußabdruck im Netz hinterließ.

Plötzlich stutzte sie.

Neben der Timeline, in der die wenigen Facebook-Freunde von Klaus Dellbrück in erster Linie Fotos von Freizeitaktivitäten und Grillabenden posteten, waren die Werbeanzeigen zu sehen, und Charlotte fiel auf, wie dominant »deinSchiff.de« in den Anzeigen vertreten war.

»Aha …«, murmelte sie. Klaus Dellbrück hatte sich intensiv mit dem Kreuzfahrtanbieter beschäftigt. Sie klickte eine der Anzeigen an und überflog die verschiedenen Angebote. Als sie feststellte, dass nur ein Kreuzfahrtschiff diese Woche auf Reisen ging, griff sie sofort nach ihrem Handy.

»Heute Nachmittag legt in Amsterdam ein Schiff ab«, rief sie Käfer zu, während sie die Nummer des Präsidiums eingab. »Dellbrück hat sich darüber informiert …«

»Wohin fährt das Schiff?«

»Mittelmeer … hält ein paar Mal in Nordafrika …«

»Zum Untertauchen nicht schlecht.«

»Eben.«

Am anderen Ende der Leitung meldete sich Hammersbach, und Charlotte bat ihn, sofort Kontakt mit dem Kreuzfahrtschiff aufzunehmen. »Falls die beiden auf der Passagierliste stehen, sollen die Kollegen vor Ort direkt zugreifen«, sagte sie.

»Ich kümmere mich darum.«

Charlotte bedankte sich und legte auf. Sie schloss den Internetbrowser und wollte den Laptop gerade wieder zuklappen, als ihr Blick auf den Ordner »Bilder« fiel.

Sie öffnete ihn und fand bestimmt fünfzig Dateien mit

unterschiedlichen Titeln, von »Urlaube Nordsee« bis hin zu »Auftritte Carla«. Aber auch hier waren alle Dateien leer.

»Sonny«, las sie laut vor. Auch dieser Ordner war leer.

»Wer soll das sein? Ich hab den Namen noch nie gehört.« Käfer stand wieder neben ihr und blickte ihr über die Schulter.

»Ich auch nicht. Vielleicht hatten sie mal ein Haustier, das so hieß? Davon würde man ja durchaus einen Ordner mit Fotos anlegen.«

»Möglich. Vielleicht kann die Spusi da noch mehr raufinden.«

In dem Moment klingelte Käfers Handy. Kurz darauf machte er die Beckerfaust und sah Charlotte triumphierend an.

»Du hattest recht. Sie stehen auf der Passagierliste!«

Es war bereits später Nachmittag, als Leni Schmied und Klaus Dellbrück aufs Präsidium gebracht wurden. Die holländischen Kollegen hatten die beiden gefasst, als sie in Amsterdam gerade das Kreuzfahrtschiff besteigen wollten. Die Zusammenarbeit mit den Beamten vor Ort ging schnell und reibungslos. Schon in der Vergangenheit hatten sie gut zusammengearbeitet. Beide Seiten waren bilateral an einem unkomplizierten Ablauf und dem kurzen Dienstweg interessiert. Hammersbach und Subotik waren sofort nach Amsterdam gefahren, hatten den Papierkram geregelt und die beiden nach Münster gebracht. Dellbrück verweigerte die Aussage und bestand darauf, seinen Anwalt anzurufen.

»Das ist Ihr gutes Recht«, sagte Charlotte zu ihm. »Ihres übrigens auch, Frau Schmied.«

Leni Schmied trug ein schickes Kleid, das ihr etwas zu groß war. Der feste, dunkle Stoff umspielte ihre Taille und die Hüften, und Charlotte schätzte, dass es mindestens zwei Konfektionsgrößen kleiner sein müsste, um Leni wirklich zu passen. Der Saum war mit roten Mohnblumen bestickt, und obwohl oder vielleicht gerade weil das Kleid edel und teuer aussah, wirkte es an Leni unpassend. Sie selbst sah müde und blass aus.

»Ist das ein Kleid von Carla?«, fragte Charlotte.

Leni sah sie an. »Ich weiß nicht, in was ich da hineingeraten bin«, sagte sie. »Ich habe solche Angst, dass Klaus …«

Sie schwieg und warf einen ängstlichen Blick in Richtung Klaus Dellbrück in beiger Chinohose und hellblauem Hemd. Charlotte hatte den Eindruck, als hätten sich die beiden für ihre Kreuzfahrt extra etwas schick gemacht.

»Was ist los, Leni?«, fragte Dellbrück, und in seiner Stimme klang Besorgnis und Verunsicherung mit. »Du solltest ohne einen Anwalt nichts sagen, okay? Sanddorn holt uns hier raus, mach dir keine Sorgen.«

Sie nickte unsicher und warf Charlotte einen angstvollen Blick zu.

Käfer schien dieser Blick nicht entgangen zu sein. »Bis Ihr Anwalt da ist, besorge ich uns erst mal einen Kaffee«, meinte er und nahm Dellbrück am Arm. »Kommen Sie, die Formalitäten können wir auch ohne Ihren Herrn Sanddorn klären.«

Charlotte nickte ihm zu. Nur wenn sie mit Leni Schmied alleine war, hatte sie eine Chance, etwas aus dem Mädchen herauszukriegen. Sobald dieser Sanddorn wieder dazwischenfunken würde, würde das Gespräch schwieriger werden. In der Nähe Dellbrücks wirkte Leni eingeschüchtert. Bei allem, was sie inzwischen über sie wusste, war Charlotte sich allerdings nicht sicher, ob dieses Verhalten vielleicht nur gespielt war. Sie konnte es nicht richtig einschätzen. Bauchgefühl, verdammt!

Dellbrück warf Leni einen eindringlichen Blick zu und ließ sich von Käfer aus dem Raum führen. Die junge Frau zuckte zusammen, als die graue Stahltür laut ins Schloss knallte, sodass die Scheibe in der Tür wackelte.

Sie zupfte am Saum ihres Kleides, als wollte sie den Stoff unbedingt über ihre Knie ziehen. Charlotte stellte das Aufnahmegerät an und erklärte, dass sie das Gespräch mitschneiden müsse.

»Ist es okay, wenn ich Leni sage?« Vertrauen aufbauen, dachte Charlotte. Sie musste jetzt unbedingt Lenis Vertrauen gewinnen. Kühn griff sie zum Du.

Die junge Frau nickte.

»Schön, ich bin Charlotte. Da bist du ja in was reingerasselt«, sagte sie freundlich.

Lenis Augen wanderten panisch von links nach rechts, schienen die tristen grauen Wände des Verhörraums geradezu abzuscannen. Charlotte wusste um die Wirkung, die dieser Raum hatte. Gerade auf diejenigen, die noch nie etwas mit der Polizei zu tun gehabt hatten, wirkte er einschüchternd. Die schmucklosen Wände, das vergitterte kleine Fenster, die dicke Tür. Ein venezianischer Spiegel wäre noch schön, dachte Charlotte, den kannte jeder aus dem Fernsehen, und man fühlte sich sofort beobachtet. Leider besaßen sie so etwas hier nicht.

»Ich habe solche Angst, dass Klaus …« Leni stockte. »Ich glaube, er hat Carla umgebracht!«

Charlotte beugte sich nach vorne und stützte sich auf ihren Ellenbogen ab. Jetzt wurde es interessant, dachte sie und sah Leni aufmerksam an.

»Wie kommst du darauf?«

»Er wollte unbedingt mit mir ins Ausland, benahm sich schon die ganze Zeit so komisch … und dass er wollte, dass ich Carlas Sachen anziehe, das ist doch total merkwürdig, oder?«

Sie spielt dir was vor, dachte Charlotte. Das ist das reinste Bauerntheater. Aber sie musste zunächst darauf eingehen, um das Vertrauen, das sie aufgebaut hatte, nicht zu verlieren.

»Okay. Fangen wir ganz von vorne an. Wie lange seid ihr zwei schon ein Paar?«

Leni senkte den Blick. »Ein Jahr ungefähr, vielleicht auch länger. Ich wollte das eigentlich gar nicht, aber dann ist es irgendwie passiert …«

»Und die Beziehung zu Jo Adler?«

»Ich hatte mich ernsthaft in Jo verliebt … Hatte gehofft, durch ihn den Absprung von Klaus zu kriegen …« Sie schluchzte auf. »Und jetzt ist Jo tot …«

Das verlogene Getue ging Charlotte auf die Nerven.

»Wenn du in Jo so verliebt warst«, sagte sie, und ihre Stimme klang deutlich kühler, »warum hast du ihn dann ermuntert, sich das Leben zu nehmen?«

Für einen Moment zuckte es in Lenis Gesicht, offensichtlich ahnte sie nicht, dass Charlotte darüber Bescheid wusste. Schnell fing sie sich wieder. »Ich dachte, es wäre das Beste für ihn, ich dachte, das wäre sein Wunsch …«

»Verstehe.« Charlotte dachte nach. »Wann hast du Sonny das letzte Mal gesehen?«, fragte sie und hoffte inständig, dass es sich dabei nicht um eine Katze oder einen Hund handelte. Das Zucken, das erneut über Lenis Gesicht huschte, zeigte ihr, dass ihr Gefühl sie diesmal nicht betrogen hatte. Sonny war kein Haustier.

»Keine Ahnung …«

»Warum hatte Dellbrück einen eigenen Ordner mit Bildern von Sonny angelegt?«

»Das waren doch nur ein paar Schnappschüsse von irgendwelchen Events …«

Charlotte beschloss, alles auf eine Karte zu setzen. »Wir gehen im Moment davon aus, dass Klaus Dellbrück und dieser Sonny dich so unter Druck gesetzt haben, dass du die Medikamente von Jo gegen Placebos ausgetauscht und seine Tagebucheinträge gefälscht hast. Stimmt das?«

Für einen winzigen Augenblick wirkte Leni irritiert, und Charlotte fragte sich, ob ihr Plan aufginge. Sie wollte, dass Leni Vertrauen zu ihr fasste, und glaubte, dass Charlotte sie für ein hilfloses Opfer hielt.

Nach einer Weile nickte Leni. »Ja, Klaus wollte, dass ich Jo die Schuld für die Tat in die Schuhe schiebe. Dabei war es im Endeffekt er, der Carla ermordet hat! Ich wollte das nicht, das müssen Sie mir glauben!«

Charlotte lehnte sich zurück und fuhr mit den Händen über ihre dunkle Jeans. Sie wollte sich ihre Anspannung nicht anmerken lassen und ahnte, dass sie der Wahrheit gleich ein gehöriges Stückchen näher kommen würde.

»Erzähl bitte genau, was an diesem Sonntag passiert ist.«

Leni seufzte. »Klaus rief mich an. Er sagte mir, dass er es mit Carla nicht mehr aushalten würde, und bat mich, mit Jo vorbeizukommen. Jo war schon die ganze Zeit merkwürdig drauf … vermutlich lag das an seiner Krankheit, aber das wusste ich da ja noch nicht …«

Sie lügt schon wieder, dachte Charlotte, die im Augenwinkel Käfers Silhouette hinter der Glasscheibe der Tür bemerkte. Zum Glück saß Leni mit dem Rücken zur Tür und konnte nicht sehen, dass inzwischen auch Dellbrück neben Käfer auftauchte. Auch wenn die Stahltür noch so dick war, die Scheibe, die im oberen Drittel eingesetzt war, war genau das Gegenteil davon, und Charlotte wusste, dass Käfer und Dellbrück ihre Worte zumindest leise hören konnten. Freundlich forderte sie Leni auf weiterzuerzählen.

»Ich weiß nicht, wie Klaus Jo überredet hat, jedenfalls folgte er Carla plötzlich in die Werkstatt und schlug ihr mit dem Hammer auf den Kopf. Ich habe nur noch geschrien und geweint, wollte mich natürlich sofort um Carla kümmern, aber da stand Klaus plötzlich im Raum. Er nahm den Hammer und … Und er schlug noch mal zu. Ich werde dieses Geräusch niemals vergessen … Es war so furchtbar!«

Im selben Augenblick flog die Stahltür auf und knallte gegen die Wand, die auf der Höhe der Klinke bereits eine deutliche Macke hatte.

»Du verdammtes Miststück!«

Erschrocken zuckte Leni zusammen und drehte sich um. Hinter ihr standen Klaus Dellbrück und Käfer in der Tür, einen Kaffee in der Hand. Dellbrück schien fassungslos.

»Wer hat sich den ganzen Scheißplan ausgedacht?« Seine Stimme klang bedrohlich, aber auch verzweifelt. Er ging auf den Tisch zu, an dem die beiden Frauen saßen, und stellte wütend seinen Kaffee ab, der über den Rand des Bechers schwappte. Käfer folgte ihm ruhig und stellte sich direkt neben den Mann, vermutlich auch, um sofort eingreifen zu können, falls Dellbrück handgreiflich werden sollte.

Das schien auch Lenis Sorge zu sein. Mit ängstlich eingezogenen Schultern und zitternden Händen wandte sie sich flehend an Charlotte. »Bitte, bringen Sie ihn weg! Er bedroht mich schon seit Wochen. Ich habe solche Angst vor ihm!«

Aber Charlotte verzog keine Miene.

»Du hast Angst vor mir?«, polterte Dellbrück. »Soll das ein Witz sein? Du hast doch vor nichts Angst! Ich hätte auf Carla hören sollen …«

Dellbrück schlug sich verzweifelt die Hände vors Gesicht und drehte sich weg. Schleppend ging er zwei Schritte bis zur Wand und lehnte sich daran an, wobei er die ganze Zeit mit dem Kopf schüttelte. Käfer machte einen Schritt auf ihn zu und stand nun unmittelbar vor ihm.

»Was meinen Sie damit?«, hakte er nach. »Was hat Ihre Frau Ihnen über Leni erzählt?«

Charlotte beobachtete den Mann vom Tisch aus genau, versuchte dabei aber auch, Leni im Auge zu behalten.

»Ich habe ihre Stimme noch genau im Ohr …« Nun wirkte Dellbrück ehrlich verzweifelt. »Als sie uns beide das erste Mal erwischt hat, hat sie zu mir gesagt: Wie naiv bist du eigentlich! Glaubst du ernsthaft, dieses junge Ding liebt dich? Die will doch nur dein Geld! Recht hatte sie …«

»Als wenn du so viel hättest«, rutschte es Leni spöttisch heraus.

»Eine eigene Immobilie, eine Firma und eine dicke Lebensversicherung«, zählte Käfer auf, »da kommt schon was zusammen.«

»Du hast mir immer gesagt, dass du den Druck von deinen Eltern nicht mehr aushalten würdest! Dass du rauswolltest und nicht mehr die Vorzeigetochter spielen willst. Du hast doch sogar die Wohnung auf Mallorca einem Immobilienmakler gegeben, nachdem er dir gesagt hat, dass man mindestens dreihunderttausend dafür kriegt! Du wolltest das doch alles!«

Der Mann sah so enttäuscht aus, dass Charlotte fast Mitleid mit ihm bekommen hätte. Allerdings nur fast. Für jammernde Mörder hatte sie kein Herz.

Leni warf Klaus Dellbrück einen verächtlichen Blick zu. »Ich habe nichts getan.«

»Ansichtssache«, meinte Charlotte. »Bei allem, was du jetzt sagst, solltest du eines bedenken: Du bist einundzwanzig Jahre alt«, fügte sie eindringlich hinzu. »Das heißt, du wirst nach dem Erwachsenenstrafrecht verurteilt werden. Bei einem Mord sind das mindestens fünfzehn Jahre, bei einem Doppelmord können es auch gerne mehr werden.«

»Doppelmord?« Leni Schmied sah sie irritiert an. »Wovon reden Sie?«

»Jo. Du hast Jo regelrecht überredet, sich das Leben zu nehmen.«

»Er wollte sterben!« Nun klang ihre Stimme aufgeregt. »Wenn jemand etwas wirklich will, warum soll man ihn dann davon abhalten?«

»Aber hätte Jo das auch gewollt, wenn du seine Tabletten nicht durch Placebos ausgetauscht hättest? Vom Crystal will ich gar nicht reden.«

Lenis Augen weiteten sich. Dann verschränkte sie die Arme vor der Brust und machte ein trotziges Gesicht. »Sie können mir gar nichts nachweisen.«

Charlotte seufzte. »Ich glaube, da täuschst du dich. Für Mord geht man fünfzehn Jahre ins Gefängnis, und das ist nur das Minimum. Durch die Sache mit Jo werden es garantiert zwanzig, bevor du eine Chance auf Entlassung bekommst. Dann bist du über vierzig, hast keinen Job, keine Familie, nichts. Und wirst es vermutlich auch nicht mehr kriegen. Wenn du aber kooperierst und mit deiner Aussage zur Klärung des Falls beiträgst, könnte sich das positiv auf deine Haftstrafe auswirken.«

»Wenn der Anwalt erst mal da ist, gehe ich gar nicht in den Knast«, antwortete Leni Schmied patzig. »Ich habe nichts getan! Ich habe Carla nicht umgebracht! Jo hat zugeschlagen, und Klaus hat es zu Ende gebracht, war es nicht so?« Sie sah Klaus Dellbrück herausfordernd an.

»Und ich dachte, du liebst mich …«, stammelte er und sackte an der Wand etwas in die Knie, sodass Charlotte Sorge hatte, er könnte zusammenbrechen. Käfer schien dasselbe zu denken, denn er griff Dellbrück unter die Arme und hielt den Mann dadurch auf den Beinen.

»Wollen Sie sich setzen?«

Aber Dellbrück schüttelte den Kopf. Bitter sah er Leni an. »Du hast mich nie geliebt …«

»Ach Gottchen. Werden wir jetzt sentimental? Als du deine Frau erschlagen hast, warst du nicht so 'n Weichei.«

In Dellbrück begann es zu kochen.

»Es war deine Idee«, sagte er eisig. »Du und Sonny, ihr habt euch diesen Mist ausgedacht.«

Sonny. Da war er wieder, dieser unbekannte Name. Sie wusste immer noch nicht, wer es war.

»Niemand kann mir irgendetwas nachweisen!«

»Wir wissen, dass Sie die Drohbriefe geschrieben und die Tagebucheinträge von Jo gefälscht haben«, sagte Käfer zu dem Mädchen.

»Und dass du ihn auf Katrin Ortrup angesetzt und seine lebenswichtigen Medikamente gegen Placebos ausgetauscht hast.« Charlotte bemühte sich nicht mehr, freundlich und verbindlich aufzutreten. »Man kann kaum behaupten, dass das nichts ist. Und wenn wir uns erst mal mit Sonny unterhalten haben, bin ich mir sicher, dass wir noch mehr in der Hand haben«, fügte sie listig hinzu und bemerkte Käfers Blick, dem es auf der Zunge zu liegen schien, genauer nach diesem Sonny nachzufragen.

Leni Schmied knetete ihre Hände und starrte auf den Boden. Sie wirkte angeschlagen, aber immer noch siegessicher.

»Du hast Klaus Dellbrück um den Finger gewickelt«, setzte Charlotte nach, »dir das alles ausgedacht und einen Mord begangen, um dir mit seinem Geld ein schönes Leben zu machen.«

»Ich habe sie nicht umgebracht! Ich bin unschuldig!« Leni fuhr sich durch die roten Locken, und in ihren Augen war die Nervosität deutlich zu sehen.

»Anstiftung zum Mord wird bei uns ähnlich bestraft wie Mord selbst«, sagte Käfer.

Dellbrück scharrte mit den Füßen. »Ich zahl die Zeche nicht alleine …«, murmelte er.

Charlotte wusste, dass jetzt der entscheidende Moment gekommen war. Wenn jetzt dieser Sanddorn hier auftauchen würde, konnte alles vorbei sein.

»Okay, Herr Dellbrück, wollen Sie uns jetzt nicht mal schildern, wie die Dinge aus Ihrer Sicht gelaufen sind?«

Leni warf ihm einen warnenden Blick zu, aber Dellbrück wich ihr aus.

»Ich habe mich in Leni verliebt«, begann er und starrte dabei auf den Boden. »Ich konnte es nicht fassen, dass sich so ein junges und hübsches Mädchen für mich interessierte. Aber ganz offensichtlich tat sie das. Es dauerte nicht lange, und wir hatten eine Affäre.« Ein melancholisches Lächeln ging über sein Gesicht.

»Wir waren so glücklich, alles wäre perfekt gewesen. Wenn nur Carla nicht gewesen wäre …«

»Sie hätten sich scheiden lassen können.«

»Das wollte ich auch. Aber Leni überzeugte mich davon …« Er stockte.

»Carla war eine vermögende Frau«, ergänzte Charlotte, und Klaus Dellbrück nickte, während Leni mit den Augen rollte.

»In der Uni hat sie dann diesen Jo kennengelernt, und als sie wusste, wer sein Großvater ist und welche Erkrankung er selbst hat, erzählte sie mir von ihrem Plan …«

»Totaler Blödsinn«, rief Leni, aber eine gewisse Verunsicherung war in ihrer Stimme doch zu hören.

»Stimmt es, dass erst Jo Adler zugeschlagen hat und dann Sie?«, hakte Käfer nach, und Dellbrück nickte traurig. »Es war nicht so geplant, eigentlich sollte Jo das alleine machen. Aber er hat es einfach nicht hingekriegt …«

Leni wurde nervöser. Sie seufzte laut. »Jo … Er wollte es eigentlich machen. Wie sein Großvater. Er hatte sogar die Grablichter besorgt. Dummerweise hat er immer Handschuhe getragen …«, erzählte sie zögernd. »Ich hatte Carla um eine Aussprache gebeten, sie ahnte ja schon die ganze Zeit, dass zwischen mir und Klaus was lief. Also sind wir in die Werkstatt, wo sich Jo schon versteckt hatte. Aber dann …« Sie stockte.

»Er schlug nicht richtig zu«, half Charlotte ihr auf die Sprünge.

Leni Schmied nickte. »Carla ging zwar zu Boden, war aber noch bei Bewusstsein und jammerte herum. Zum Glück kam Klaus in dem Moment und hat die Sache zu Ende gebracht …«

»Der eigentliche Plan, dass Jo als Täter dasteht, klappte

nicht«, fasste Charlotte zusammen. »Und als Sie dann verhaftet wurden und alles aufzufliegen drohte, wolltest du den Verdacht von ihm ablenken, Leni, richtig? Deshalb hast du dafür gesorgt, dass weitere Drohbriefe auftauchten und sich die Bewohner des Hauses bedroht fühlten.«

Leni zuckte mit den Schultern, als ginge sie die ganze Sache nichts an, aber Charlotte sah, dass diese Coolness nur vorgespielt war. Die Nervosität der jungen Frau war nicht zu übersehen.

»Warum Katrin Ortrup? Warum habt ihr die Drohungen nur noch an sie geschickt?«, hakte Charlotte nach.

Leni ließ ihre rot gekneteten Hände los und legte sie auf den abgenutzten Holztisch. »Sie war die Einzige, die auf die Briefe reagierte und Jo auch ein paar Mal gesehen hatte. Durch sie schien alles endlich in die richtige Richtung zu gehen«, erklärte sie langsam.

»Verstehe. Durch sie sollte Jo stärker in den Fokus der Ermittlungen rücken.«

Leni hob den Kopf. Sie warf einen flüchtigen Blick zu Klaus Dellbrück, bevor sie sich räusperte und mit fast trotziger Stimme sagte: »Jedenfalls habe ich Carla nicht umgebracht.«

Charlotte nickte, in der Hoffnung, die junge Frau würde glauben, als scheinbar Unbeteiligte davonzukommen.

»Wer hat dir die Tipps gegeben, Jo so zu manipulieren?«, fragte Charlotte. »Ist das alles auf deinem eigenen Mist gewachsen? Die Sache mit dem Tagebuch und den Placebos für Jo?«

Leni schwieg und begann wieder, ihre Hände zu kneten.

»Das war Sonnys Idee«, sagte Klaus Dellbrück. »Manchmal war ich fast eifersüchtig auf den Kerl. Er war es, der Leni die ganzen Tipps gegeben hat.«

Abschlussworte an den Leser

Es mag Ihnen vielleicht ungewöhnlich erscheinen, dass ich mich auf den letzten Seiten dieses Buches noch einmal direkt an Sie wende, liebe Leserinnen und Leser. Aber es ist mir ein besonderes Anliegen, mich persönlich für Ihre Aufmerksamkeit und Ihr wohlwollendes Interesse zu bedanken.

Während der Arbeit an diesem Buch habe ich viel Kontakt zu straffällig gewordenen Jugendlichen gehabt, habe mit ihnen gesprochen, mich per E-Mail mit ihnen ausgetauscht und ihren Geschichten zugehört, in denen ich mich so oft wiederfinden konnte. Bei all diesen jungen Menschen hatte ich das starke Gefühl, dass es für sie noch nicht zu spät ist. Ich bin mir sicher, dass sie das Ruder noch herumreißen können und nicht den Weg gehen müssen, den ich gegangen bin.

Wie ich schon zu Beginn des Buches betont habe, will ich keine Vergebung. Ich will kein Geld und keinen Ruhm, auf all das lege ich keinen Wert.

Das Einzige, was ich mir wünsche, ist, dass die Welt durch meine Geschichte, durch das, was ich erlebt und daraus gelernt habe, ein kleines Stück besser wird.

Lassen Sie uns gemeinsam daran arbeiten, dass Gewalt in unserer Gesellschaft bald nur noch ein Randproblem ist.

Herzlich, Ihr Till Brönne

15

Als sie am nächsten Morgen vor dem Mehrfamilienhaus parkten, in dem Till Brönne seine Wohnung hatte, lag eine kurze Nacht hinter ihnen. Bis in die frühen Morgenstunden hatten sie Leni Schmied und Klaus Dellbrück noch verhört. Selbst als Rechtsanwalt Sanddorn dazugekommen war, wurde das Verhör nicht abgebrochen, vielleicht auch weil der Anwalt genau wusste, wie schlecht es für seinen Mandanten aussah. An dem Tathergang gab es nun keinen Zweifel mehr. Klaus Dellbrück hatte seine Frau erschlagen, nachdem Jo Adler die Tat nicht zu Ende bringen konnte. Die Rolle von Leni in diesem grausamen Spiel war im Laufe der Nacht immer klarer geworden, auch wenn sie beteuerte, zum Spielball von zwei älteren Männern geworden zu sein, die sie manipuliert und benutzt hätten. Ihre Glaubwürdigkeit tendierte zu diesem Zeitpunkt schon gegen null. Es gab zu viele Indizien, die gegen sie sprachen und sie als Strippenzieherin kennzeichneten. Ihr Mangel an Empathie war bemerkenswert. Nicht nur die Tatsache, wie kaltherzig sie mit Jo Adler umgegangen war, sondern auch ihr Verhältnis zu Klaus Dellbrück. Offenbar gefiel sie sich zunächst in ihrer Bonnie-und-Clyde-Rolle und sah sowohl den Mord als auch das darauffolgende Fluchtmanöver als großes Abenteuer. Das sprach nicht gerade für geistige Reife, sondern erinnerte Käfer eher an die romantischen Vorstellungen eines Teenagers. Wie skrupellos sie Klaus Dellbrück dann aber über die Klinge springen ließ, als sie von der Polizei geschnappt wurden und das Abenteuer vorbei war, das fand Käfer nach wie vor erstaunlich. Charlotte deutete das als Zeichen eines ausgeprägten Narzissmus. Verbunden mit der fehlenden Empathiefähigkeit zeigten sich dadurch zwei Hauptmerkmale, die man auch bei klassischen Psychopathen fand, hatte sie ihm erklärt.

Leni beteuerte während der Vernehmung immer wieder, dass nicht sie die treibende Kraft gewesen sei, sondern dass dieser Sonny im Prinzip der Kopf des Verbrechens gewesen wäre. Im Gegensatz zu ihm habe sie nicht die Gewaltbereitschaft, die ihn bis heute noch antreiben würde. Sie habe auch einen Beweis dafür, eine Art Versicherung, Tonaufnahmen, die alles belegen würden und die in sicheren Händen seien. An diesem Punkt brach der Rechtsanwalt die immer wirrer werdenden Aussagen der jungen Frau ab. Entweder gab es diese Aufnahmen nicht, oder Sanddorn wollte sie erst mal selbst prüfen, um möglichen Schaden von seinen Mandanten abzuwenden, glaubte Käfer.

Jetzt standen Charlotte und er vor Till Brönne und konfrontierten ihn mit den Aussagen, die Leni Schmied und Klaus Dellbrück gemacht hatten. Und zu Käfers Überraschung versuchte Brönne noch nicht mal zu leugnen. Im Gegenteil. Er stand da und grinste sie frech an.

»Im Knast haben sie mich immer Sonny genannt«, gab er unumwunden zu. »Wegen meiner Ähnlichkeit zu Sonny Crockett aus Miami Vice. Erinnern Sie sich noch an die Serie?«

Käfer nickte stumm.

»Na, jedenfalls hat Leni das einfach übernommen.«

»Sie sagt, dass Sie die Idee zu dem Verbrechen hatten.«

»Das ist natürlich Blödsinn. Sie hat mich immer mal wieder so komische Sachen gefragt, aber ich hab das alles überhaupt nicht richtig ernst genommen. Ich dachte, Leni recherchiert für irgendeine Studie oder so.«

»Sie haben die junge Frau darauf hingewiesen, wie wichtig die Medikamente für Jo sind. Sie haben sie erst auf die Idee mit den Placebos gebracht«, sagte Charlotte. »Sie können doch nicht ernsthaft geglaubt haben, dass sie diese Infos für eine Studie brauchte!«

»Tja, dann habe ich die Situation wohl falsch eingeschätzt. Wie bedauerlich.«

Käfer wurde klar, dass der Mann genau wusste, dass sie ihm nichts anhaben konnten. Es stand Aussage gegen Aussage, und es gab keinen schriftlichen Beweis für seine Ratschläge und Tipps, die ihn zum Strippenzieher in dem Mordfall gemacht hatten.

»Was ich nicht verstehe«, begann Käfer, »Sie setzen sich so sehr für Jugendliche ein, die auf die schiefe Bahn geraten sind. Und ich weiß, dass die jungen Leute einen guten Draht zu Ihnen haben und Sie mit Ihrem Konzept auch wirklich etwas bewirken …«

Stolz blickte Brönne ihn an. »Ich weiß. Es funktioniert wunderbar. Mein Buch wurde auch schon wie verrückt vorbestellt, da kommt richtig Geld in die Kasse. Endlich. Als mein Anwalt damals sein Buch rausbrachte, habe ich ja kaum was verdient. Eine Schweinerei war das. Ich war schließlich die Hauptperson! Mit mir wollten alle die Interviews machen! Aber als es ums Geld ging, habe ich kaum was bekommen.« Ihm war anzusehen, wie sehr ihn das nach wie vor ärgerte. »Nun ja, das hat sich jetzt ja geändert. Bald werde ich in eine größere Wohnung ziehen können. Heute Abend ist übrigens die Podiumsdiskussion im Fernsehen. Ich bin live im Ersten. Sollten Sie nicht verpassen!«

»Warum ist Ihnen der Tod Ihres Enkels so egal?«, brachte Käfer seinen Satz zu Ende.

Für einen Augenblick verdunkelte sich die Miene von Brönne. »Wer sagt denn, dass er mir egal ist?«

»Sie wirken nicht gerade wie ein trauernder Großvater. Selbst wenn Sie wirklich nicht wussten, was Leni Schmied vorhatte, spätestens jetzt wissen Sie doch, was passiert ist. Haben Sie keine Schuldgefühle?«

Brönne zuckte nur mit den Schultern.

»Vielleicht liegt es daran«, mischte sich Charlotte ein, »dass Jo gar nicht Ihr leiblicher Enkel war?«

Der Hass stand Brönne jetzt ins Gesicht geschrieben. Mit finsterer Miene starrte er ins Nichts. »Meine Frau war eine gottverdammte Schlampe«, sagte er. »Dreimal in der Woche ist sie zum Friedhof gegangen, um das Grab ihrer Eltern zu pflegen, hatte sie gesagt. Dreimal in der Woche! Was für eine vorbildliche Frau, hatte ich gedacht. Bis ich rausfand, was sie wirklich in der Zeit machte.« Er erzählte, wie ihn an einem Totensonntag das schlechte Gewissen plagte, als seine Frau alleine zum Gräberschmücken auf den Friedhof ging. »Also bin ich ihr gefolgt. Ich wollte sie überraschen und ihr helfen, damit sie die ganze Arbeit nicht alleine hat. Sie parkte ihren Wagen vorm Friedhof, ich war nur ein paar Meter hinter ihr und wollte schon hupen, damit sie auf mich wartet, da sah ich, dass sie in die entgegengesetzte Richtung eilte und in einem Haus direkt gegenüber vom Friedhof verschwand. Ich wusste nicht, was ich davon halten sollte, und bin nach einer Weile auch zu dem Haus gegangen. Durch das Flurfenster konnte man sie schon sehen. Direkt hinter der Haustür …« Till Brönne schien wie gefangen in seiner Vergangenheit.

»Der Mord an Ihrer Frau war keine Tat im Affekt, richtig?«, fragte Charlotte.

Brönne lachte bitter auf. »Denken Sie, was Sie wollen. Ich habe meine Strafe abgesessen.« Dann verdunkelte sich sein Blick wieder. »Wissen Sie, wie mein Vater reagiert hat, als er wusste, dass er nicht mein Erzeuger ist? Er hat seinen ganzen Hass an mir ausgelassen. Dabei hatte meine Mutter die Prügel doch viel eher verdient.«

»So wie Sie Falk Zeller fast totgeschlagen haben?«

Brönne hielt inne. »Ich habe keine Ahnung, wovon Sie reden.« Dann verzog er spöttisch das Gesicht. »Der Junge sah exakt so aus wie dieser Mistkerl. Diese dunklen Locken … Ich hatte mich immer schon gefragt, woher er die hatte«, sagte Brönne grimmig. »Dieselben Locken hatte Jo auch. Ich habe diesen Bengel gehasst, der angeblich mein Sohn sein sollte und es nicht war. Und dasselbe galt auch für meinen vermeintlichen Enkel. Sie sind dem Liebhaber meiner Frau beide wie aus dem Gesicht geschnitten … Und ich bin froh, dass sie tot sind. Alle. Nichts ist schöner als das.«

Käfer wandte sich einen Moment ab.

»Sie haben Leni Schmied vorgeschlagen, Jo Adler als psychopathischen Mörder zu inszenieren, um ihn und damit das letzte Zeugnis der Affäre Ihrer Frau ins Verderben zu treiben«, sagte Charlotte, und er sah ihr an, wie viel Abscheu sie für Brönne empfand.

Unumwunden lächelte Brönne sie an. »Sie haben eine lebhafte Fantasie, Frau Schneidmann. Jeden Haftrichter wird das aufs Äußerste amüsieren.«

Konnte es wirklich sein, dass sie nichts Handfestes gegen Brönne hatten? Keinen stichhaltigen Beweis, der vor Gericht standhalten konnte? Käfer wurde fast schlecht, als ihm klar wurde, dass es ganz offensichtlich so war.

»Die Brandverletzungen auf dem Unterleib Ihrer Frau«, sagte er und versuchte, sich an die Details aus der alten Akte zu erinnern, »Sie wollten den Leichnam gar nicht verbrennen, oder? Sie wollten nur den Unterleib verbrennen.«

Brönne grinste ihn kalt an. »Wen interessiert das noch.«

»Mich«, erwiderte Käfer.

Brönne kam ihm so nahe, dass er seinen Atem riechen konnte. »Sie hat mir gesagt, ich könnte ihre Leidenschaft nicht mehr entflammen. Genauso hat sie sich ausgedrückt, die Nutte«, zischte er ihm zu. »Und dann hab ich sie doch entflammt.« Ein böses Grinsen ging über Brönnes Gesicht.

Unwillkürlich wich Käfer zurück, es fiel ihm schwer, seine Gesichtszüge unter Kontrolle zu halten.

Was für ein schrecklicher Kerl, dachte er. Wie sehr er die jungen Menschen täuschte, mit denen er arbeitete, und wie sehr er alle anderen täuschte, nur um als geläuterter Mann Geld zu verdienen, stieß Käfer zutiefst ab.

Aufgewühlt saß Charlotte am Abend auf dem Sofa. Es war schon fast halb zwölf, als die Podiumsdiskussion endlich begann. Bernd war neben ihr eingeschlafen, und sie selbst hatte auch große Mühe, die Augen offen zu halten.

Warum tust du dir das bloß an?, dachte sie und starrte auf den Bildschirm, auf dem das ganz in dunkelblauen Farben gehaltene Studio erschien. Einzig die vier Cocktailsessel, die nebeneinander auf einem kleinen Podest standen, setzten sich durch einen etwas helleren Ton von dem dunklen Einerlei ab. Selbst der Moderator hatte sich farblich seiner Umgebung angepasst und trug einen Anzug, der vom Hintergrund kaum zu unterscheiden war. Mit sonorer Stimme und einem leichten S-Fehler kündigte er seine heutigen Gäste an: Neben Brönne waren das noch die Leiterin einer Kinderschutzambulanz, ein Jugendrichter und ein CDU-Politiker.

Charlotte und Käfer hatten den ganzen Nachmittag mit dem Staatsanwalt diskutiert, ob es nicht doch noch eine Möglichkeit gebe, Brönne vor Gericht zu bringen. Er hatte versprochen, alles gründlich zu prüfen, sich aber wenig optimistisch gegeben. Selbst »Beihilfe zu einem Verbrechen« schien auszuscheiden, da Brönne nicht nachzuweisen war, dass er von Lenis Plänen gewusst hatte, und schon gar nicht, dass er sie sich ausgedacht hatte. Till Brönne war der Strippenzieher eines grausamen Verbrechens geworden, für das er womöglich nicht zu Rechenschaft gezogen werden konnte. Es machte Charlotte wütend, wenn sie nur daran dachte.

Er sah fantastisch aus, als er das Studio betrat. Die grauen Haare waren zu einer Art Tolle frisiert worden, was ihm das Aussehen eines alternden Hollywood-Stars verlieh. Er trug einen perfekt sitzenden Anzug und sah dank einer talentierten Maskenbildnerin so frisch aus, als käme er direkt von der Adria. Souverän lächelte er in die Kamera, sein neues Buch in der Hand.

Der Moderator befragte ihn nach seiner Geschichte, und Till Brönne erzählte sehr fesselnd, wie aus ihm der Mann geworden war, der er heute vermeintlich war. Charlotte griff nach der Fernbedienung und wollte gerade den Aus-Knopf drücken, als der Moderator zu einer interessanten Frage ansetzte.

»Sie vermitteln uns das Bild eines perfekt resozialisierten Mannes«, begann er, und Brönne nickte lächelnd.

»Ich glaube, das bin ich auch.«

»Vor wenigen Minuten ist uns eine Aufnahme zugespielt

worden, die ein Gespräch zwischen Ihnen und einer jungen Studentin dokumentiert. Ein Rechtsanwalt, der die Frau vertritt, hat es uns zugesandt.« Der Moderator drehte seinen Kopf in die Kamera und schien Charlotte nun direkt anzuschauen. »Das wollen wir Ihnen nicht vorenthalten.«

Brönne wurde nervös. Er rutschte auf seinem Stuhl hin und her und fuhr sich mit der Hand über das Gesicht. Dann hörte sie Brönnes Stimme aus dem Off.

»Du musst einfach weiterhin genau das tun, was ich dir sage.«

»Und wenn das nicht so funktioniert, wie Sie glauben?« Nun war es Lenis Stimme, die durchs Studio hallte.

»Dann müssen wir eben nachhelfen«, hörte Charlotte Brönnes Stimme sagen. »Ich weiß inzwischen besser, wie man das macht. Bei seinem Vater lief es schließlich auch perfekt.« Er lachte heiser.

»Sie haben Ihren Sohn umgebracht?« Nun war wieder Lenis Stimme zu hören. »Ich dachte, er wäre bei einem Verkehrsunfall gestorben?«

»Er war nicht mein Sohn!«, hörte sie Brönnes Stimme. Dann kicherte er wieder leise. »Ja, ein Verkehrsunfall. Ich weiß, wie man das macht …« Dann lachte er lauter, und die Aufnahme endete.

»Was sagen Sie dazu?«, fragte der Moderator.

Brönne saß totenbleich da, zu keiner Regung fähig. Der Moderator hakte noch ein paar Mal nach, aber mehr als ein hilfloses Nach-Luft-Schnappen brachte Brönne nicht mehr zustande.

Das war also Lenis Versicherung, dachte Charlotte lächelnd. In dem Moment piepte ihr Handy, Käfer hatte ihr eine Nachricht geschickt.

Die Kollegen sind schon im Studio, las Charlotte.

Zufrieden lehnte sie sich zurück und schaltete den Fernseher aus.

Charlotte konnte sich nicht erinnern, wann sie das letzte Mal so spät ausgegangen war. Käfer hatte sie spontan angerufen und gefragt, ob sie nicht Lust habe, Brönnes Verhaftung mit einem kleinen Absacker zu feiern. Da Bernd und Felix tief schliefen, hatte sie sich aus der Wohnung geschlichen und stand jetzt mit einer Cola in der Hand an der Theke der »Bar ohne Namen« und prostete Subotik, Hammersbach und Käfer zu, die mit erleichterten Mienen ihr Bier tranken. Der Mann hinter der Theke blickte demonstrativ auf die Uhr und unterdrückte ein Gähnen. Es war schon weit nach Mitternacht.

»Eigentlich mach ich jetzt zu«, warf er als Denkanstoß in die Runde. »Ist ja schließlich kein Wochenende.«

»Wir sind gleich weg«, erwiderte Charlotte. »Wir warten noch auf jemanden.«

Käfer sah sie mit großen Augen an. »So? Auf wen denn?«

In diesem Augenblick ging die Tür auf, und Katrin Ortrup kam herein. Ein Strahlen lag auf ihrem Gesicht. Herzlich drückte Charlotte sie an sich.

»Danke«, sagte Katrin leise.

»Immer wieder gerne«, antwortete Charlotte.

Katrin orderte ein Aperol Spritz, das ihr der Barmann knurrig einschenkte.

»Ich bin froh, dass der ganze Spuk nun wirklich ein Ende hat. Ab jetzt treffen wir uns hoffentlich nur noch privat.« In einem Zug trank sie das halbe Glas leer und fügte mit einem schiefen Grinsen hinzu: »Vielleicht ein bisschen früher nächstes Mal.«

Der Barmann, der defätistisch auf seiner Zapfanlage lehnte, nickte vor sich hin.

Charlotte lachte. Dann wandte sie sich an ihre Kollegen.

»Also Peter kennst du ja schon.« Katrin nickte und reichte Käfer die Hand. »Und das sind Carsten und Frank.«

Sie schüttelten sich die Hände, wobei Charlotte auffiel, dass Frank Subotik Katrins Hand einen Moment länger in seiner hielt als Hammersbach und Käfer.

»Möchten Sie noch etwas trinken?«, fragte Subotik lächelnd, und Charlotte sah, wie Katrin sein Lächeln erwiderte. Es war anders als das Strahlen, das sie eben noch im Gesicht gehabt hatte. Es war ein ganz bestimmtes Lächeln.

»Ich befürchte, dann bringt uns der Wirt um«, sagte sie mit Blick auf den Barmann, der ein zustimmendes Gesicht machte. »Aber waren wir nicht beim Du?«

Subotik nickte und zwinkerte Katrin zu. Und auch das tat er auf eine ganz bestimmte Art.

Die beiden würden ein schönes Paar abgeben, dachte Charlotte. Sie waren etwa im selben Alter, beide sportlich und ungebunden.

Während Subotik immer stärker in Flirtmodus verfiel und Katrin sich empfänglich zeigte, bekam sie plötzlich eine unwiderstehliche Sehnsucht nach Bernd. Zahlen und ab zu ihm ins Bett … vielleicht wird er ja noch mal wach.

– Ende –

Danksagung

Mein Dank gilt vor allen Dingen meiner Lektorin Bettina Steinhage von Bastei Lübbe für ein weiteres Jahr hervorragender Zusammenarbeit. Danke für deinen immer professionellen Blick auf den Text, für die konstruktive Auseinandersetzung mit der Autorin und deine wertvollen Anmerkungen!

Danken möchte ich auch Christiane Geldmacher für die Zusammenarbeit, außerdem meiner Agentin Petra Eggers und Carsten Buchsbaum von der Kriminalpolizei Niedersachsen, die mir wieder bei allen Fragen bereitwillig Auskunft gaben. Nicht vergessen möchte ich Susanne Budzyn und Axel Drews, die sich als Erstleser zur Verfügung stellten und wichtige Tipps und Anregungen hatten.

Ein herzliches Dankeschön auch an Sonja Lechner und Momke Zamhöfer von Bastei Lübbe, die alle Lesungen und Events so großartig organisieren – was würde ich nur ohne euch machen!

Schlussendlich sage ich dem ganzen Team von Bastei Lübbe Danke für die gemeinsame Arbeit an diesem Buch.